蟻の菜園

―アントガーデン―

柚月裕子

目次

一章

地下鉄の駅を出ると、冷たいビル風が吹きつけた。

今林由美は、身を竦めて空を見上げた。上空は一面、鈍色で覆われている。

ついこのあいだまで夏の欠片が居残っていたのに、ここ数日は真冬のような寒さだ。パンツの裾から、冷気が容赦なく入り込んでくる。下ろし立てのストールを首に巻きつけ、由美は歩道を歩きはじめた。

目指すビルは、地下鉄の出口から三分ほど歩いたところにある。栄公出版社の自社ビル、栄公ビルディングだ。業界では中堅クラスの出版社で、主に雑誌を手掛けている。

正面玄関から入ると、受付の女性が由美に気づいた。目礼すると彼女は、礼儀正しい笑顔を浮かべて頭を下げた。

エレベーターで六階にあがり、突き当たりのドアを開ける。

「おはようございます」

いつものように、誰にともなく挨拶をする。

昼前の編集部は、席が半分ほどしか埋まっていない。取材や打ち合わせに出ているか、遅れて出勤してくるかのどちらかだ。由美の声に気づいた数人が、そのままの姿勢で小さく頭を下げた。

フロアには四つの島がある。右から書籍編集、女性週刊誌、女性ファッション誌と続き、一番左が由美の席があるニュース週刊誌「ポインター」の島だった。

由美が壁際の席に着くと、上席にいる長谷川康子が声をかけた。

「今ちゃん。先週号の記事の評判、まあまあだよ」

康子は由美を今と呼ぶ。苗字は長くて言いづらいから、上の一文字を取ってそう呼んでいる。康子は原稿を滅多に褒めない。彼女の、まあまあ、は上出来という意味だ。

由美は康子に向かって微笑んだ。

「康っちゃんにそう言われると、嬉しいな」

由美は康子を康っちゃんと呼ぶ。他のライターや社外の人間がいるときは編集長と呼ぶが、ふたりのときは長年使っている愛称を使う。

康子が言っている記事とは、「現代のヒューマンファイル」と銘打った連載ページのことだ。二色刷り四ページの枠で、様々な分野で活躍している人物や、事件や話題性で世間が注目している人間を追う特集だった。

先週、取り上げた人物は、広告業界で活躍している女性クリエーターだった。早くに両親を事故で亡くし、難病にかかりながらも業界のトップに立ったアラフォー世代の成功譚は、多くの読者の興味を惹いたようだ。

鮮度が求められる政治や事件記事と違い、ひとりの人物の出生から現在に至るまでを取り上げる特集原稿は、ある程度の時間を要する。本人、もしくは本人と所縁のある人間へのインタビューはもとより、場合によってはコメントの裏取りまで行わなければならない。

だから囲み記事や緊急性のない企画ページは、由美のような外注のフリーライターが交代で担当している。ライターは自分が作成した企画書を編集長である康子に提出し、OKが出れば取材をはじめる。女性クリエーターの記事も、そのようにして出来あがったページだった。

辛口の康子から褒められ、自然に口元が緩む。由美の様子に気づいたのだろう。康子は由美の記事が載っている号を手に取ると、由美に向かって軽く振って見せた。

「いつもこういう記事をお願いね」

たまに褒めても、甘やかしたまま終わらないところは昔から変わらない。由美は大袈裟に肩を竦めた。

康子との付き合いは新入社員の頃からだから、かれこれ二十年近くになる。

知りあった頃は、よく一緒に飲みに行った。毎週のように合コンもしたし、女同士で旅行にも出掛けた。今でいう「女子会」のようなものだ。郷里が長野と富山で近く親近感を持ったことも親しくなった理由だが、なにより波長があった。

一見、ふたりは外見も中身も正反対に思えた。康子が好む服はスーツやタイトスカートなどのキャリア系で、由美が選ぶ服はパンツやジーンズといったカジュアルなものが多い。

顔立ちもパーツが大きく目鼻立ちがはっきりしている康子は、花に喩えるならブーケの主役を張る薔薇を思わせる。四十を過ぎたいまでは多少の肌の衰えは否めないが、道行く人を振り返らせるだけの輝きはまだ色褪せていない。

一方、由美は目鼻立ちの配置は悪くないのだが、それぞれのパーツが小さく地味な顔立ちをしている。康子はそれを端整な顔立ちと表現するが、自分はそうは思わない。単に、良くも悪くも印象に残らない顔なのだ。

後ろ向きな言葉を口にすると、康子は決まって、呆れたように笑う。由美が離婚を決意した夜もそうだった。急に呼び出したイタリアンレストランで、結婚生活の破綻を自分のせいにする由美に、今ちゃんには内から滲み出るような魅力がある、あなたは自分が思っている以上にいい女よ、いまからいい男がいっぱい寄ってくるから元気だしなさい、と白ワインをグラスに注いだ。二十代最後の秋だった。

あの夜から十年経つが、康子の予想はいまだに当たらない。これが康子が言っていた出会いかもしれない、と予兆を感じたことは何度かあるが、すべて思いすごしで終わった。いまでは、もう、予兆を感じるためのアンテナすらろくに張っていない。

由美は机三つ隔てた場所にいる康子を見た。窓を背にして、自分が担当する島を見渡せる席にいる。

二十代の頃は社会的な立場や収入の格差は少ない。だが、この歳になると、それぞれが置かれている環境や背負っている肩書、生活水準に明確な違いが出てくる。

康子と由美もそうだった。

二十年前は同じ新入社員という立場で、収入も変わりはなかった。

だが、いまはふたりの立ち位置は大きく変わっていた。長い年月のあいだに、康子はニュース週刊誌の編集長という肩書を手に入れ、年収も一千万に手が届くほどまでになった。親から出してもらった頭金で、十年前に新築のマンションも購入した。早期返済を繰り返し、残りの支払いも間もなく終わるらしい。年に一回は海外旅行にも行っている。

一方、結婚で一度会社を辞めた由美は、バツイチで、昔の職場のコネを使いながら仕事をしている。外注のフリーライターだ。年収は康子の半分にも満たない。そのうちの三分の一は、五年前に購入した中古マンションのローンに消える。唯一の気晴らしは、衝動的にしてしまう買い物くらいだ。

今日、首に巻いてきたクルチアーニのストールもそのひとつだった。去年買ったストールがクローゼットの中にしまってあるのに、仕事帰りに立ち寄った店でつい買ってしまった。そろそろカード会社から今月分の支払明細が届くはずだが、封を切るのが怖い。

康子を見ていると、ここまで差が開いてしまったのはなぜなのだろう、とときどき考える。独身を貫き恋と仕事を要領よくこなしてきた女と、男を見る目がないのに安住な結婚生活を夢見た女の違いなのだろうか。

由美は軽く首を振った。

人の幸、不幸は条件では測れない。康子と由美の場合もそうだ。康子は週刊誌の編集長という立場と安定した収入を手にしているが、日々、締め切りに追われ、社内の人間関係にも頭を悩ませている。住んでいるマンションも、ひとり娘ゆえ親から購入費を支援してもらえたが、いずれ両親の介護が待っている。

由美の仕事は収入や仕事量は安定しないが、自分で仕事のペースを作れるし、組織に属さないからわずらわしい社内政治にも関わらなくてすむ。マンション購入の援助がもらえない代わりに、家を継いだ兄夫婦が親の面倒を見てくれているので、こちらへの負担は少ない。

何事にも、表と裏があるのだ。

気持ちを切り替えて、パソコンをネットに繋いだ。次の企画のネタを探すためだ。ホームに設定している情報サイトが表示される。目に飛び込んできたトップニュースの見出しに、椅子の背もたれから身体を起こした。

『車中練炭死亡事件　結婚詐欺容疑で四十三歳女逮捕　複数の男性殺害に関与か』

この事件は覚えがあった。

半月ほど前、東京と千葉の県境の山中で、男性の遺体が発見された。死亡していたのは、たしか五十前後の男性会社員だったはずだ。当初は車に練炭を引きこんでの自殺と見られたが不自然な点が多く、県警は事件の可能性も視野に入れ捜査を進めていた。その事件が新しい展開を見せたようだ。

千葉県警の発表によると、捜査の途上でひとりの女が浮かび上がった。名前は円藤冬香。同県に住む介護士で、今年の七月頃から被害者の佐藤孝行さんと親しく交際をしていた。佐藤さんは自分の口座から円藤容疑者の口座に、五百万におよぶ金を振り込んでいた。

円藤容疑者は佐藤さんと交際中に、別の男性とも親しくしていた。相手は七十二歳になる独り暮らしの男性で、佐藤さんが亡くなる半年前に心不全で死んでいる。生前、男性は多額の預金を所持していたが、円藤容疑者と交際をはじめてから、何度かにわけて大金を下ろしている。亡くなる頃には、預金額はゼロに近かった。金の使途は不明。警察は金が円藤容疑者に渡っていた可能性があるとみて捜査を続けている。

円藤容疑者はふたりのほかにも、ここ数年のあいだに複数の男性と交際していた。そのうちの何人かが不審な死を遂げている。県警は、円藤容疑者が佐藤さんや七十二歳の男性だけでなく、別の人間の死にも関与しているのではないかとの見方を強め、慎重に捜査を進める方針を固めた。現在、円藤は容疑を否認している、とのことだった。

結婚詐欺は一般的に男性が女性を騙すケースが多い。だが、一定の年齢を過ぎると男性が被害者となる場合が増えてくる。親の介護や自分の老後を考えたとき、結婚への焦りが生まれるのだろう。詐欺を働く女性は男性心理を巧みに操る。円藤容疑者もそうした手口を駆使したのだろうか。

記事の横に載っている円藤容疑者の画像を拡大した。画面に映し出された女性の姿に目を見張る。

美意識は人それぞれ違う。個々で味覚が違うように、持っている美の基準も違う。

だが、円藤冬香は誰もが認める美しさを持っていた。

耳から顎にかけての線はなだらかに伸び、その下に繋がる首は白く細い。黒目がちな目はどこか遠くで焦点を結び、形のいい唇は控えめな笑みを浮かべている。もう若くはないが、落ち着いた色香がある。彼女は万人が認める美しさを持っていた。

画面を見つめているうちに、いくつかの疑問が浮かんできた。

これほど魅力的な女性なら、異性には不自由しないはずだ。本人が望もうと望むまいと、きっと男の方から寄ってくる。良縁の結婚話もあったはずだ。

仮に彼女が結婚詐欺を犯していたとしても、なぜ男性はあっさりと騙されたのだろう。冬香ほどの美人が言いよってきたら、何か裏があるのではないか、と逆に男性は警戒するのではないか。

金だってそうだ。冬香なら罪を犯さなくても、水商売あたりでいくらでも稼げただろう。

由美は友人が言っていた言葉を思い出した。彼女は恋人に振られたやけ酒を飲みながら、女は持って生まれた顔で幸せになれるかどうかがすでに決まってんの、世の中そんなもんよ、と投げやりに言った。

友人の言葉を冬香に当てはめるならば、彼女は幸福を摑める権利を人より多く持っていたはずだ。それなのに彼女はいま、結婚詐欺容疑と複数の男性殺害への関与疑惑で逮捕されている。いったい彼女に何があったのか。

胸に抑えようのない昂奮が込み上げてくる。この気持ちの昂りは、いい記事が書ける予兆のようなものだった。

ネットを閉じると、手早く企画書を作成した。席を立ち康子に手渡す。

「次はこれでいこうと思うんだけど。どうかしら」

康子はブロンズの眼鏡フレームを指でかけ直し、企画書に目を通した。読み終えると由美を見て口角を引きあげた。

「まあまあじゃない。これでいこう」

由美は肯きながら、自分が打ち込んだ企画書のタイトルを、もう一度読み直した。

『疑惑の美人結婚詐欺師――彼女はなぜ転落したのか――』

編集長の許可は下りた。このあと、どこから攻めるか。

由美は携帯のアドレス帳を開いた。ある名前を探す。久しく連絡をとっていない人物だ。機種は変えてもアドレスは移し替えてあるから、連絡先は残っているはずだ。

目的の人物の連絡先は、すぐに見つかった。コールボタンを押す。

数回の呼び出し音で電話は繋がった。着信表示で確認したのだろう。懐かしい声が由美の名前を呼ぶ。

「今林か。久しぶりだな」

張りのある太い声は変わっていない。山男のような風貌もきっと同じだろう。由美は見えない相手に頭を下げた。

「ご無沙汰してます。津田さん」

津田憲吾は、都内で編集プロダクションを経営している出版プロモーターだ。

津田との付き合いは、由美がフリーライターになった頃からだから、もう十年近くになる。フリーになりたてで仕事を探しているとき、友人が紹介してくれたのが津田だった。

起業したばかりでスタッフが足りなかった津田は、編集経験があり即戦力になる由美をすぐに起用した。

地元飲食店のフリーペーパーから、アングラ系の雑誌の取材まで由美は幅広くこなした。津田は由美を可愛がり、俺があと十歳若かったら嫁にもらったんだがな、とよく冗談を口にした。

会社を立ち上げる前、津田は中堅どころの出版社に勤めていた。しかし四十歳で独立し編集プロダクション、トップアウトを創った。独身で身軽とはいえ、起業するには覚悟が必要だっただろう。失敗したら負債はすべて、代表取締役である津田自身にかかる。リスクを冒してまで独立した理由を訊ねると津田は、同じ安月給なら自分のやりたいようにやった方がいい、それに会社経営ってのは当たれば大きい、ハイリスクハイリターンだ、と歯を見せて笑った。

あとになって、津田が会社を辞めた本当の理由は、上司との折り合いが悪く、現場から外されそうになったからだ、と噂に聞こえてきたが、本当のところどうだったのかはいまだにわからない。

「お変わりないですか」

津田は、まあな、と答えた。

「お前のような経験豊富なベテランを使いたいんだが、こっちも赤が嵩(かさ)んで余分な経費が出せないわけよ。若いバイトのあんちゃん使って、なんとかやってるわ」

長引く出版不況と紙媒体に代わるインターネットの進出で、出版業界はどこも苦しい。津田のところも例外ではない。おそらく、経営はぎりぎりだろう。由美に声が掛からなくなったのも雑誌の廃刊が相次ぎ、トップアウトへの依頼が減った頃からだった。

ところで、と津田が用件を促した。

「今日はなんだ。俺の近況が知りたくて電話してきたわけじゃないだろう」

由美は次の企画で、円藤冬香容疑者を取り上げる旨を伝えた。

「津田さんなら、事件の詳しい情報を持っている人を知っているかと思って。誰かいたら繋いでもらえませんか」

津田は長い編集経験から、独自のネットワークを持っている。表から裏まで多岐にわたるネットワークには、いままで何度も助けられてきた。

「ほう」

津田が関心を示した。

「あの事件はでかいぞ。フリーのお前に、追えるのか」

世間の注目度が高いほど、大手新聞社やテレビ局など多くのマスコミが事件に群がる。フリーの由美が大マスコミを出し抜くには、かなりの労力と人脈、事件を切り取る独自の視点が必要だ。

「スクープなんてそうそう出るもんじゃない。俺もでかいヤマを追ったことはあるが、大手を出し抜くことはできなかった。警察や専門家に伝手（つて）があるマスコミとは入手できる情報量が違う。今回はやめておけ。動いたって割に合わない。それより、心温まる熟年夫婦の話とか、難病と闘う少女の話あたりにしとけ。そっちの方が読者の受けはいい」

津田は由美を止めた。が、由美は引かなかった。どうしても冬香容疑者を追いたい、伝手はないかと粘る。

携帯の向こうで、津田が扇子を使う気配がした。呆（あき）れたときの癖も変わっていないようだ。

長い沈黙のあと、津田はある名前を口にした。

「片芝敬（かたしばさとし）」

手元にある紙に、急いでメモを取る。千葉の地方新聞社、千葉新報の報道記者だという。

「しばらく連絡をとっていないが、あいつが報道から外れるわけはないからまだいるはずだ。俺の名前を出せば無碍にはしないだろう。ただ、はじめに言っておくが、ウェルカムじゃないぞ」

ふたりはどんな関係なのか。訊ねると、元彼だ、と津田は冗談ではぐらかした。津田の女好きは有名だ。質問に答えたくないのだろう。由美はそれ以上、立ち入らなかった。

「じゃあ、津田さんの名前を出させてもらいます。ありがとうございました」

ぱちん、と扇子を閉じる音がした。

「こんど一杯おごれ、それから早くもう一回、嫁に行け」

津田はそう言って電話を切った。

由美はパソコンで、千葉新報のホームページを開いた。代表番号を探し出し、携帯からかける。

電話はすぐに繋がった。

「千葉新報です」

オペレーターの女性が、明るい声で応接する。

由美は氏名を名乗り、栄公出版社に席を置くライターだと説明した。

「報道にいる片芝敬さんに繋いでいただきたいのですが」

津田からの紹介だ、と言い添えることも忘れなかった。

女性は由美と津田の名前を繰り返し、保留に切り替えた。子犬のワルツが流れる。曲が途切れると同時に、男性の声がした。

「報道部です」

由美はオペレーターに伝えたことを、男性に繰り返した。

男性の話によると片芝は現在、県警記者クラブのキャップを務めていて、社内にはほとんどいないという。

「お急ぎでしたら、県警の記者クラブに連絡をとってみてください。本人がいなくても他の担当者がいるから、片芝に繋がるはずです」

由美は礼を言い、男性から教えてもらった記者クラブの直通番号へ電話をかけた。

コール音が鳴る。

誰も出ない。記者はすべて出払っているのだろうか。改めてかけ直そうと考えたとき、電話が繋がった。

「はい」

だみ声に近い男の声だ。

由美は崩しかけた姿勢を、椅子の上で慌てて正した。

「そちらは、県警記者クラブの千葉新報でしょうか」

「そうだが、おたくは」

寝起きだろうか。えらく無愛想だ。由美は今日、三度目になる自己紹介をした。

「栄公出版社で仕事をしている今林由美と申します。トップアウトの津田さんから、報道部にいらっしゃる片芝さんのお名前を伺い連絡差し上げました。ご本人に繋いでいただけますか」

少し間を置いて男が答えた。

「俺が片芝だ」

一度で目的の人物に繋がった。運がいい。

いきなり連絡をした非礼を詫び、由美は本題に入った。

「連絡を差し上げたのは、半年前に起きた男性練炭不審死で浮かび上がった円藤冬香容疑者に関してです」

由美は、結婚詐欺および男性不審死事件に興味を持ったこと、そして、事件の容疑者である冬香容疑者に強い関心を覚えたことを説明した。

「今回の事件に関する県警の情報と片芝さんがお持ちの情報を、一部でもかまいませんから教えていただけないでしょうか。どうか――」

お願いします、と続けようとした由美の言葉を、片芝が強い口調で遮った。

「今朝から本社の報道とここの電話が鳴りっぱなしだ。なんでかわかるか。あんたらみたいな連中がネタを求めてかけてくるからだ。こっちにすればいい迷惑だ。津田も余計なことをしてくれる」

片芝の後ろで、電話がひっきりなしに鳴っている。

ウエルカムではないぞ、という津田の声が蘇る。だがこっちも、何も聞き出せずに引き下がれない。下手に出る。

「どんな些細なことでもいいんです。情報に繫がる糸口でもいいから教えてください。どうかお願いします」

片芝は低い声で言った。

「知ってどうする」

質問の意味がわからない。

「どうするとは、どういう意味でしょうか」

問い返すと片芝は、吐き捨てるように言った。

「事実と憶測をない交ぜにして、面白おかしい記事にするのか」

由美は言葉に詰まった。たしかに事件やゴシップ記事は、読者の目にとまるように、派手なあおり見出しをつける場合はある。

しかし、由美はいままで記事にしたもので、嘘を書いたことはない。事件に対する自分の見解を書くことはあっても、読者の気持ちをある方向に促すような誘導記事を書いたこともない。偽りは書かない。由美が編集の仕事についてからいままで、ずっと守っているポリシーだった。

電話の向こうで、冷たい声がした。

「俺はそんな記事に協力するつもりはない」

由美は机に肘をついて、見えない片芝に身を乗り出した。

「たしかに見切り記事を書いたり、裏を取らないまま掲載する人間もいます。でも、少なくとも私は違います。私は――」

「悪いが他を当たってくれ」

片芝が電話を切ろうとした。

由美は必死で食い下がった。

「じゃあ、新聞は事実を伝えているんですか」

「なに」

片芝の声が尖る。

ここで片芝とやり合っては駄目だ。とにかく頭を下げ、情報をもらわなければいけない。頭ではわかっているが、一度、迸った感情は止まらなかった。

「新聞はたしかに事実を伝えています。でも、事実が真実とは限りません」

「どういうことだ」

冷たい声が、いっそう鋭くなる。由美は膝頭を強く握った。

「十の事実があっても新聞には一しか載りません。でも、残りの九にこそ、当事者にしかわからない真実があると思います。私はその九を記事にしたいんです」

電話の向こうからは喧騒以外、なにも聞こえない。片芝は黙っている。数秒の沈黙がことさら長く感じる。

さらに説得しようと由美が口を開きかけたとき、携帯から低くつぶやく声が聞こえた。

「千葉駅のドトール」

「え？」

間の抜けた声が出る。

「電話じゃ無理だ。二時にいま言った場所に来い」

耳を疑った。あれだけ頑なに情報提供を拒んでいた片芝が、あっさり折れたことに戸惑う。

返事をしない由美に苛立ったのだろう。携帯の向こうから舌打ちする音が聞こえた。

「なんだよ、来ないのか」

慌てて腕時計に目を落とす。十二時十分。ここから指定の場所まで一時間もあれば着く。充分、間に合う。

「行きます」

そう答えると同時に、電話は切れた。

携帯を手にしたまま、由美は息を吐いた。長期戦になると思っていた試合が、意外に簡単に決着がついたような感じだ。

携帯をバッグにしまい、パソコンを閉じる。片芝の気が急に変わった理由はわからない。だが、そんなことはどうでもいい。情報さえ手に入ればそれでいい。

首にストールを巻いて、椅子から立ち上がる。

編集部を出るとき、康子と目が合った。事の成り行きを見ていたのだろう。康子は口角をあげて親指を立てた。由美は笑顔で肯いて、部屋をあとにした。

由美が千葉駅に着いたのは、午後の一時を回った頃だった。約束の時間まで、まだ一時間近くある。気が急いて編集部を早々に出てきたのだが、さすがに早く着きすぎた。

待ち合わせ場所のドトールで待つか、別なところで時間を潰すか。人の往来を眺めながら考えていると、どこからか食欲を刺激する香ばしい匂いがした。匂いは通路の少し先にある、ベーカリーショップから漂ってくる。

由美は自分が空腹であることに気がついた。今日は朝からコーヒー以外、口にしていない。ドトールで何か腹に詰め込んでもいいが、相手がいつ現れるかもわからない状況で、食事をとるのも落ち着かない。

由美は遅めの昼食を食べながら、ベーカリーショップで時間を潰すことに決めた。店に入り、果実が入ったシナモンロールとクロワッサンを注文する。窓際のカウンターに座ると、バターが効いたクロワッサンを頬張りながら、駅のコンビニで購入した千葉新報を開いた。待ち合わせの相手を片芝がわかるように、目印として買ったものだ。

一面の左側に、冬香の記事が載っている。『半年前の練炭不審死　結婚詐欺容疑で疑惑の女逮捕』とある。記事を隅々まで読んだが、内容はネットのニュースサイトに載っていたものとあまり代わり映えしなかった。

ふたつのパンを平らげて時計を見ると、待ち合わせの十五分前になっていた。席を立ちドトールに向かう。

昼時を過ぎたせいか、店内は思いのほか空いていた。

あたりを見渡し、片芝らしき男性を捜す。携帯の向こうから聞こえた掠れ気味の低い声と、腹の据わった横柄な話し方から、自分より年上だと想像している。男性のひとり客は数人いるが、自分の中の片芝像とは繋がらない。

由美は入口から見える、目に付きやすい席に座った。テーブルに新聞の名前が上になるように置くと、由美は今日、三杯目のコーヒーを口にした。

店に客が入ってくるたび、入口に目を向ける。見るからにカップルだとわかるふたり連れもいれば、大きなトランクを大儀そうに転がして入ってくる客もいる。が、それらしい人物はまだ現れない。

腕時計を見る。二時十五分。約束の時間はとうに過ぎている。急用ができたかもしくは、気が変わってドタキャンされたのだろうか。片芝の携帯番号を聞いておかなかったことを悔やむ。

連絡してみよう。

由美は県警の記者クラブに電話をかけるために、バッグから携帯を取り出した。

コールボタンを押そうとしたとき、急に目の前が陰った。顔をあげると、店内の照明を背に、ひとりの男が立っていた。

歳は五十歳くらいだろうか。黒いスラックスに、濃いグレーのジャケット。白いワイシャツに紺と黒の細いストライプ柄のネクタイを締めている。身につけているものすべてに、年季が入っているようだ。

男はテーブルの上に置いてある千葉新報を指で弾くと、由美に訊ねた。

「あんたが今林か」

片芝に間違いない。

由美は慌てて立ち上がると、唐突に現れた待ち人に礼を述べながら頭を下げた。

片芝は由美の挨拶に返事もせず、店内を眺めた。

「席を移りたい」

人目につく場所では、なにか不都合があるのだろう。黙って片芝の指示に従う。

片芝はフロアを横切り、店の奥にある喫煙スペースへと入っていく。壁際の席に座ると、由美にも腰掛けるよう、目で向かいの椅子を指した。由美が腰掛けると、片芝はジャケットの内ポケットから煙草とライターを取り出した。ライターには店の名前らしき文字が印刷されている。煙草に火をつけると、片芝は満足そうに煙を吐き出した。

「どこもかしこも禁煙、そして値上げ。ストレスが溜まる。健康がどうしたこうした言ってるが、そんなことはどうでもいい。俺はこれがないと仕事にならないんだ。役人も勝手なことをしてくれる」

肩から力が抜けた。特別な理由があり席を移動したのかと思ったが、単に煙草が吸いたかっただけのようだ。

由美は改めて片芝を眺めた。

脚を組み、椅子にふんぞり返るように座る姿勢。相手に喫煙の許可も得ず、勝手に吸いはじめる身勝手さ。電話でやり取りをした時点で、人の都合より自分の都合を優先するタイプであることは想像していたが、考えていた以上のようだ。

観察している由美を、片芝は目で捉(とら)えた。

「コーヒー」

「コーヒー？」

反射的に聞き返す。電話でもそうだったが、片芝は話を単語で済ませようとする癖があるらしい。

片芝は眉間(みけん)に皺(しわ)を寄せて、軽く舌打ちをした。

「そっちの都合で呼び出したんだ。奢(おご)るのは当然だろう」

片芝の言葉に、ここが先払いのコーヒーショップだったことに気づく。

急いで立ちあがり、カウンターで注文する。出来あがったコーヒーを手に席に戻った。

「すみません。気が利かなくて」

素直に詫(わ)びれば、片芝の態度も変わるだろう、そう思っての言葉だったが、見当が外れた。片芝は自分の前に置かれたコーヒーを礼も言わずに口にすると、吐き捨てるように言った。

「まったくだ」

由美はむっとした。

片芝の言うとおり、こっちの都合で時間を割いてもらったのだから、ここは由美が持つのが当然だ。しかし、それを当たり前のように言われると癇に障る。

顔に出そうになる不満を胸に押し込めた。ここにきた目的は、片芝と仲良くするためではない。情報を仕入れるためだ、と自分に言い聞かせる。

バッグから名刺入れを取り出し、一枚を片芝に差し出した。

「改めまして、今林です。基本はフリーですが、いまは主にニュース週刊誌ポインターの記事を手掛けています」

片芝は名刺を目の端で見ただけで、手に取ろうともしない。由美は仕方なく、テーブルの上に置いた。

「で、どこまで知ってる」

片芝はいきなり本題に入った。無駄な話は必要ない、といったところか。それは由美も同じだった。バッグから手帳を取り出し、ペンを握る。

「私が知っているのは、ネットや新聞に出ていることだけです。半月前にひとりの男性会社員が、車中で練炭死した。不審な点が多く警察が捜査を進めたところ、円藤容疑者が浮かび上がってきた。円藤容疑者は死亡した男性の他にも親しく交際していた相手がいて、警察は結婚詐欺容疑で逮捕。円藤容疑者の周辺では、他にも不審な死を遂げている男性がいる。ここまでです」

話しているあいだ片芝は、由美を値踏みするような目で見ていたが、二本目の煙草に火をつけると宙を見据えた。

「男が死亡した現場は、国道から林道に入り、さらに奥へ進んでいった山中だ。外傷や争った形跡がないことから、発見当初は自殺と見られたが、その後の警察の調べで不審な点が浮かび上がった」

由美は急いでメモをとる。

「警察が疑問を持った点は四つ。ひとつ目は、男にこれといった、自殺の動機が見当たらないこと。金銭トラブル、人間関係、健康問題、なにひとつ自殺に結びつくような悩みは浮かんでこない」

片芝は話しながら、灰皿に煙草の灰を落とした。

「ふたつ目は男が旅行に行く計画を立てていたこと。死亡した翌週、会社仲間三人で北海道旅行に行く予定だった。みっつ目は男が、練炭やコンロなどを購入した形跡がないこと。どこから手に入れたのか、いまだに判明していない」

由美はノートに走らせていたペンを止めた。

片芝が口にした疑問点は、たしかに腑に落ちない。しかし、他殺と判断するには弱すぎるのではないか。一見、なんの苦労もないように見えても、無理に元気を装っているだけで、心に深い悩みを抱えている場合もある。

旅行の計画も突発的な自殺だったとしたら、不思議ではない。練炭やコンロも、客が多いホームセンターで購入した場合、店員が客の顔など覚えていない可能性もある。なにか言いたげな顔色から内心を悟ったのか、片芝は由美の考えを代弁した。

「たしかにそこまでなら、不審死と言うには無理がある。だが、最後のひとつは他殺の可能性が高いことを示すものだった」

由美は片芝を見た。

「それはなんですか」

片芝は煙を大きく吐いた。

「車のキーが見当たらなかったことだ」

「車の鍵……」

由美は復唱した。

「車のシートの下、男の胃の中、車内のいたるところを捜したがどこにもない。第三者が持ち去った可能性が高いと睨んだ警察は、男の身辺を捜査した。そして、男の銀行口座から別の口座へ、多額の金が振り込まれている事実を突き止めた。その口座の名義人が円藤冬香だった」

パソコンの画面で見た冬香の美しい顔が、脳裏に浮かぶ。

片芝はフィルターだけになった煙草を灰皿に揉み消すと、間をおかず新しい煙草に火をつけた。

「円藤冬香は年齢、四十三歳、独身。現住所は千葉県の松戸。職業は介護福祉士。勤務先は地域の老人福祉センター。名称は社会福祉法人光祥会、特別養護老人ホームしらゆりの苑」

老人ホームという言葉に、由美は反応した。たしか、練炭死した男性と同時期に交際していたと言われる男性は七十二歳だったはずだ。

平均寿命が七十歳と言われていた昭和四十年代ならいざしらず、男女ともに寿命が延びた現在、七十二歳で元気な者は多くいる。しかし、生活環境や健康上の理由で、老人福祉施設に世話になっていてもおかしくはない年齢だ。男性は冬香が勤めていた施設に出入りしていたのだろうか。

由美がそう訊ねると片芝は、その線はない、と否定した。

「男は身寄りがなく独り暮らしをしていたが、心臓以外は健康で福祉施設や介護サービスの世話になったことは一度もない」

由美は疑問を抱いた。テーブルに身を乗り出す。

「男性たちは冬香と、いったいどこで知り合ったんでしょうか」

年齢も職業も違う男性が、同じ女性と知り合うきっかけはなんだったのか。ネットや新聞には、冬香と男性が交際に至った経緯はまだ載っていない。片芝はつまらなそうに答えた。

「婚活サイトだとよ」

雑誌やインターネットの広告で見かける、結婚情報サービスのことだ。

　地域社会の密度が濃く、親類縁者の繋（つな）がりも多くあった時代は、叔父や叔母が知人を紹介したり、隣近所に見合いの世話をしてくれる者がいた。

　だが、隣にどんな人間が住んでいるのかもわからず、親類付き合いも薄れつつあるいまでは、世話を焼いてくれる人間も少なく、出会いは自分の生活圏しかない。自分が住んでいる街や県に限らず、全国から出会いに関する情報が集まるインターネットサービスは、多くの男女に利用されている。

「いまは事実関係を精査している段階だから警察は正式発表を控えているが、円藤は数年前から婚活サイトに登録していた。今回、死亡したふたりとは、その婚活サイトを通じて知り合っている」

　そこで片芝は嘲（あざけ）るように笑った。

「その話を聞いたうちの若いやつが、気の利いたこと言いやがった。それは『結婚詐欺』じゃなくて『婚活詐欺』ですね、だと」

　由美はメモをとりながら、頭を巡らせた。

　本当に冬香が結婚を望んで登録していたならば、すでに既婚者になっていただろう。冬香ほどの美貌（びぼう）ならば、交際を求める連絡がいくらでもあったはずだ。

　男性が容姿に惹（ひ）かれて会ってみても、実際には性格が合わず交際に結び付かないケースもあったかもしれない。だが、人よりチャンスが多くあったはずの冬香ならば、そう長い時間をかけずに、将来を共にする相手を探し出していたのではないか。

しかし、いま現在、冬香は独り身で、しかも彼女と交際していた複数の男性が不審死している。やはり冬香は、男を騙すために婚活サイトを利用していた可能性が高い。

「でも、どうして」

由美は頭に浮かんだ疑問を、無意識につぶやいた。

「なにが」

片芝が機嫌悪そうに由美を睨む。自分の説明が不充分だったのか、とでも言いたげだ。

由美は慌てて、顔の前で手を振った。

「いえ、片芝さんのお話はよくわかりました。いままでの話から、やはり冬香は金目当てで、複数の男性を殺害したのだろうと思います。ただ、私が知りたいのは、彼女がどうしてそこまでしなければいけなかったのか、ということです。なぜ、彼女はそこまで金を求め、男性を手にかけなければならなかったのか」

片芝はなにか考えるように、しばらく由美を見ていたが、四本目の煙草を口にすると、椅子の背にもたれていた身体を起こした。火をつけながら言う。

「今回、警察は円藤を結婚詐欺容疑で逮捕した。詐欺容疑で勾留しているあいだに、殺人容疑を固めようというのがやつらのシナリオだ。だが、そう簡単にはいかない」

由美は片芝を見た。

「どういうことですか」

片芝はさらに背を丸め、テーブルに肘をついた。

「警察が円藤を殺人容疑で逮捕できない、決定的な理由がある」

由美は息を呑んだ。

片芝は素早くあたりに目を配ると、視線を由美に戻して声を潜めた。

「円藤にはアリバイがある」

「アリバイが……」

片芝が肯く。

「ふたりの死亡推定時刻に円藤は、職場の同僚との飲み会や友人との会食に参加している。店側の証言も取れているから、間違いはない」

でも、と由美は異議を唱えた。

「心不全で死亡した男性は別として、練炭で死亡した男性に関しては、死亡推定時刻のアリバイは関係がないように思います。練炭で死亡するには時間がかかります。もし、冬香が男性を殺害しようとしたならば、男性が死亡する時間に彼女が別な場所にいても可能なんじゃないでしょうか」

「お前、警察なめてんのか」

片芝は由美を睨んだ。

「そんなことはやつらだって百も承知だ。いいか。男が死亡した日、円藤は朝から勤め先で働いていた。昼も持参の弁当で済ませているから、夕方まで外に一歩も出ていない。

仕事を終えたあとは、職場から知人と一緒に飲み屋に向かっている。そのまま飲み会がはじまり、終わったのは夜の十一時。そのあいだ、円藤は用を足しに行く以外、ひとりになることはなかった。男の死亡推定時刻は夜の九時から十時。どう考えても、円藤が男を殺すのは無理だ」

では、冬香は男性たちの不審死に無関係だということか。片芝は由美の問いには答えない。話を続ける。

「今回の事件では、アリバイの他にも不明な点が挙がっている」

「それはなんですか」

気が急く。

片芝はもったいぶるように、新しい煙草に火をつけた。

「金だ」

男たちが冬香の銀行口座に振り込んだ金のことだろうか。そう訊ねると、片芝は肯いた。

「詳細な金額はわからないが、かなりの金が円藤の口座に振り込まれている。その金の使途が不明だ」

由美は女が多額の金をつぎ込みそうな用途を考えた。

まず、洋服や貴金属。自分を飾るものだ。特に宝石類は数万円のものから、石ひとつで高級車が買えるクラスのものまである。はまれば、あっという間に金が飛ぶ。次に美容。美しい女がさらに磨きをかけるため、エステやサロンに通いつめてもおかしくない。他にも旅行や株の投資、ギャンブルも思い浮かんだ。もしかしたら、薬に手を出していたかもしれない。

片芝は由美の推論を黙って聞いていたが、煙草の煙を吐き出すとすべて否定した。

「まだ捜査中だが、いまの時点において円藤が時計や宝石を買いまくっていたとか、美容サロンに出入りしていたという情報はない。あんたが言った他の可能性も薄いようだ。薬の線もなしだ。円藤から薬物反応は出ていない」

由美は唇に手を当てた。他に女が金をつぎ込みそうな先はどこだろうか。

察しが悪い、とでも言うように、片芝は舌打ちをした。

「アリバイと金の行先、どちらも腑に落ちるものがあるだろうが」

片芝のひと言で、目の前の雲が晴れた。由美は身を乗り出す。

「男ですね」

やれやれ、というような表情で片芝が答える。

「ご名答」

パソコンの画面で冬香の顔を見たとき、なぜ、万人が認める美しさを持った女性が結婚詐欺容疑で逮捕されたのだろう、と疑問に思った。冬香ならば、男性との出会いはたくさんあったはずだ。幸福な結婚と満たされた人生を摑むチャンスは、いくらでもあっただろう。

だが、すでに男がいたとしたら——

相手は女の気持ちを利用する男で、ギャンブルや薬に溺れていた。金に困るたびに、冬香に無心していた。冬香は男の言うがままに、金を工面していた。が、用意ができなくなった。借金が嵩み、サラ金も街金も貸さなくなった。

それでも男は脅し甘え、時には暴力で冬香に金を要求する。だが、もう冬香に金はない。金を貸してくれるところもない。

冬香は悩む。そんなとき、もし男が冬香に結婚詐欺を持ちかけたとしたら。俺のために、もしくはふたりのために他の男を犠牲にしよう、と耳元で囁いたら。拳で殴られる恐怖ゆえか、誰の目から見ても人間の屑だと思う男でも、冬香にとっては大事な男だったからか、彼女が男の計画に乗ったとしたら——。彼女がいま置かれている状況も納得がいく。

女の気持ちを利用する男など、吐いて捨てるほどいる。ホストに入れあげて借金地獄に陥った女性も知っているし、ヒモのために身体を売る女性の話も聞いている。

恨み、悋気、愛憎に感情を支配された者は、自分を見失う。容姿、収入、学歴など、人より何かしら秀でたものを持っていたとしても、なんの救いにもならない。自分自身の感情にがんじがらめになり、押し流され、越えてはならない一線を越えてしまうこともある。冬香も、そんなひとりかもしれない。

「警察も男の線で追っている。金の行方も完璧なアリバイも、共犯者がいれば解決する」

「共犯者に関する有力な情報はあるんですか」

由美は訊ねた。

片芝は手を自分の肩に載せ、首をぐるりと回した。

「あれば、試合結果がわかっているサッカー中継を見るようなもんだ。やっこさんたちも余裕があるんだろうが、どうやらビール片手に椅子にふんぞり返っているわけにはいかないようだ」

「共犯者はまだ浮かんでいない、ということですか」

吸殻でいっぱいになった灰皿に煙草を無理やり押し込むと、片芝は話を変えた。

「円藤は携帯をふたつ持っていた。ひとつは一般に使われている携帯。もうひとつはプリペイド式のものだ。ふたつとも円藤が自分で契約している。一般のものは逮捕時に円藤が所持していたが、プリペイド式のものが見当たらなかった。円藤いわく、壊れたから処分した、そうだ」

高齢者から子供までが携帯を所持するようになった現在、事件捜査に携帯履歴の確認は基本中の基本だ。携帯本体が破損や紛失をしていても、携帯会社には一定の期間、携帯の使用履歴が保存されている。

ペンを持つ手に力が入る。

「携帯履歴に、事件に関わる情報が残っていたんですか。共犯者らしき人物のデータとか」

片芝は由美を睨みつけた。

「お前、案外せっかちだな。話の腰を折るなよ」

呼び名が完全に、あんたからお前に変わっている。どうやら苛立ちが募っているようだ。由美は身を竦めて口を閉じた。片芝は満足そうに椅子にふんぞり返った。

「で、どこからだった」

「プリペイド式の携帯は見当たらなかった、というところからです」

片芝は、そうだった、と言いながら頭を掻くと、お前が話を素っ飛ばすから頭がこんがらがっちまった、とぼやいた。

「お前も知っていると思うが、携帯の履歴は数ヵ月のあいだ、携帯会社に保存されている。当然、警察はふたつの携帯の履歴を調べたが、いまの段階では円藤が日常で使っていた一般の携帯からは、それらしい人物は出てきていない」

それらしい人物が、共犯者のことを指していることはすぐにわかった。では事件に関わる人物との連絡は、プリペイドでとっていたということか。

思わず訊ねそうになり、急いで口をつぐむ。また話の腰を折るところだった。唇を固く閉じ、次の言葉を待つ。片芝は探るような目で由美を見ていたが、由美がなにも言わないとわかると話を続けた。

「円藤は、不審死した男性とは一般携帯ではなく、プリペイド式の携帯で連絡をとっていたらしい。携帯会社に、死亡した男性ふたりとの通話履歴が残っていた」

やはり、と心で思う。

だがな、と片芝は視線を宙に向けた。

「それだけだ」

「それだけ？」

由美は聞き返した。

「ああ、それだけだ。死亡した男性との履歴以外、残っていない。つまり、共犯者の影が見当たらないってことだ」

由美は首を捻った。

冬香がふたつの携帯を、日常で使うものと犯罪に関わるものとで使い分けていたとしたら、共犯者との連絡もプリペイドで取っているはずだ。履歴が残っていないのはおかしい。

黙り込んだ由美を横目で見ながら、片芝は煙草に手を伸ばした。だが、空だった。片芝は苛立たしげに空箱を手で潰すと、テーブルに放り投げた。

「いまのところ俺が言えるのはここまでだ。なんにせよ、この事件はそう簡単にはいかない。長引くぞ」

長年、新聞記者を務めてきた勘だろうか。片芝の言葉には確信が込められていた。

由美は片芝のコーヒーが空になっていることに気がついた。話に夢中になっていて気がつかなかった。慌ててもう一杯どうかと訊ねる。片芝は由美の申し出を片手で断った。

コーヒー一杯では申し訳ない、と由美が言うと、断った手を左右に振った。

「俺が話したことは、遅かれ早かれマスコミが嗅ぎつけることだ。お前だけが特別なネタを摑んだわけじゃない。数日後には、いま話した情報のいくつかは、マスコミで報道されてるだろうよ。あとは」

片芝は席を立ち、ズボンのポケットに手を突っ込んだ。

「円藤にどこまで迫れるか――お前次第だ」

片芝が出口へ向かう。由美は慌てて飲み終えたカップと灰皿を返却口に戻すと、片芝のあとを追った。

店を出て片芝の姿を捜す。片芝は通路を西口に向かっていた。急いで駆け寄り、後ろから呼び止めた。

「片芝さん」

呼ばれた片芝は、足を止めると面倒くさそうに振り返った。

「なんだ。まだ用か」

由美は頭を下げた。

「今日は、ありがとうございました。こんなに情報をもらえるとは思っていませんでした」

そんなことか、というように片芝は苦々しい顔をした。

「さっきも言っただろう。俺が話したことはいずれマスコミに知れることだ。追いかけてきて、礼を言うほどのことじゃない」

片芝が踵を返す。

由美は急いで片芝の前に回り込んだ。目の前に立ちふさがる由美に、片芝は一瞬、驚いたような表情をしたが、すぐに上から睨みつけた。

「だからなんだってんだよ。もう用は済んだだろう。俺は忙しいんだ」

片芝の仏頂面がさらに険しくなる。こんな顔で怒られたら、部下は縮みあがるだろう。

由美は一呼吸置いてから、呼び止めた真意を口にした。

「どうして、教えてくれる気になったんですか」

片芝の片眉がはねた。

「電話で片芝さんは、教える気はない、と言いました。いま、自分は忙しいとも言いました。でも会って情報をくれました。どうしてですか」

電話を切ったあと、情報がもらえればそれでいいと思った。片芝の気が変わった理由など、どうでもよかった。だが、片芝と話しているうちに知りたくなった。

腕時計の針は、三時半を回っている。片芝は一時間以上の時間を割き、由美が考えていたより多くの情報を提供してくれた。由美にとっては得になるばかりだが、片芝にとってはなんのメリットもない。県警から足を運ぶ労力と時間を失っただけだ。コーヒーチェーン店のコーヒー一杯では割に合わない。それなのに、どうして片芝は由美に会うつもりになったのか。

片芝は由美を黙って見ていたが、わずかな沈黙のあと、抑揚のない声でつぶやいた。

「残りの九」

やはり単語だ。

由美は眉をひそめることで、意味を訊ねた。片芝は無表情に言った。

「十の事実があっても新聞には一しか載らない。残りの九にこそ、当事者にしかわからない真実がある。そう言ったのはお前だろう」

たしかに由美が言った言葉だ。だがそれが、気が変わった理由とどのような関係があるというのか。

察しが悪い、とでもいうように片芝は顔をしかめると、首の後ろを荒っぽく掻いた。

「百人中、九十九人が支持している映画がある。それを、つまらないと言い切るやつがいた。俺もつまらないと思っていた。そんなところだ」

片芝は目の前に立つ由美を避けると、歩きはじめた。

人ごみに紛れていくグレーのジャケットに、由美は頭を下げた。

中目黒(なかめぐろ)にある自分のマンションに帰ったときには、夜の十時を回っていた。

片芝と別れたあと、由美は別枠の取材を一本こなし、栄公出版に戻った。今日の報告がてら康子と遅めの夕食を取り、帰路についたらこの時間になっていた。

脚がむくんでなかなか脱げないブーツを、由美は乱暴に引き抜いた。

かってくる。

「ただいま」

帰りの挨拶に返事はない。独り暮らしなのだから当たり前だ。

ダイニングの椅子に上着をかけ、キッチンへ向かう。今朝、流しに置いていったコーヒーカップが目に入った。汚れたカップを見ていると、一日の疲れがどっと肩にのしかかってくる。

カップから目を逸らし、冷蔵庫から缶ビールを取り出す。仕事部屋へ向かった。

デスクチェアーに腰掛け、机の上に置かれている電話を確認する。一件のFAXが届いていた。三日前に送った、女性誌のコラムのゲラだった。送信表の通信欄に『戻しは明日の十時までにお願いします』とある。

もし由美が、今夜なにかしらの事情でマンションに戻らなかったら、いったいどうするつもりだったのだろう。せめて中一日の猶予は欲しい。

由美は愚痴りそうになる自分を、押し留めた。

コラムは原稿用紙四枚ほどの長さだ。直しにそう時間はかからない。愚痴を言っている間に、やっつけてしまった方がいい。由美は缶ビールを机の上に置くと、赤ペンを手に取った。

由美の仕事は「週刊ポインター」のように担当ページがあるものだけではない。イレギュラーで入ってくる場合もある。いま直している原稿も、締め切り一週間前という切迫した状況で入ってきた仕事だった。第一候補、第二候補のライターがなにかしらの理由で断ったのだろう。そこで由美にお鉢が回ってきた、というところだ。依頼のメールを読んだとき、由美は頭を抱えた。タイミングが悪く、同じ時期に別の締め切りが重なっていた。

この仕事をしていると、ライター業は水商売だ、とつくづく思う。同じ来るならバラバラに来てくれればいいのに、忙しいときに限って申し合わせたように客は来店する。

だが、由美は仕事を受けた。

フリーの仕事は一度断ったら、次の依頼が来るかどうかわからない。名のあるライターならともかく、仕事をひとつ断るということは、そのときの報酬を蹴るだけでなく、あとに続くかもしれない十の仕事を断ることになりかねない。

五年前に購入した中古マンションの月々の返済は、共益費を含めて十万円。ローンはあと二十年近く残っている。康子のところの仕事だけでは、とても暮らしていけない。他の依頼もこなさなければ食べていけないのだ。

締め切りがいくつも重なると、アミノ酸系の栄養ドリンクを買い溜めし、目の下にクマを作りながらパソコンに向かう。

以前、津田が、雑誌の校了間際になると、この仕事はデスクワークだが力仕事だ、とよく言っていた。三十歳を過ぎたばかりの頃は、津田の言葉を頭で理解はしていたが、四十歳を過ぎたいまでは、身体で感じるようになった。一日の疲れがその日のうちに抜けなくなり、三十代なら乗り越えられた明け方の踏ん張りが利かない。濃く淹れたコーヒーを飲みながら無理をすれば、そのあと二、三日は疲れが尾を引く。

言い回しが気になる部分を訂正し、相手先にゲラを送り返す。送信表に『今後ともよろしくお願いいたします』と書き添え、軽く溜め息をついた。

無事に送信されたことを確認すると、由美はペンを缶ビールに持ち替え、中身を呷った。痛いくらいの刺激が、咽喉を落ちていく。

由美は椅子をぐるりと反転させ、部屋を眺めた。机と書棚しかない殺風景な部屋だが、ここにいるときが一番落ち着く。

由美のマンションは2LDKだ。ふたつある部屋は、仕事部屋と寝室に分けて使っている。ひとりで住むには充分な広さだった。置いてある家具や家電は高いものではないが、好みのものをひとつひとつ揃えた。すべてに愛着がある。

なかでも、いま使っている机が気に入っていた。賃貸マンションからいまのマンションに移るときに、新調したものだ。無駄な出費を抑えるため、それまで使っていた机をそのままマンションに持ち込むつもりでいたが、ダイニングテーブルを買うために立ち寄ったインテリアショップで、この机を見つけてしまった。

水目桜の一枚板で、流れるような木目と穏やかな色合いが目を惹いた。手触りもいい。天板に貼られている値札には、そのとき由美が使っていた机の倍の数字が印刷されていた。

これからマンションの長いローンがはじまる、余分なものに金を使う余裕はない、そう自分に言い聞かせて店を出たのだが、机の美しさは頭から離れなかった。

その夜、自分の部屋に戻ると、それまではなんとも思わずに使っていたスチール製の黒い机が重々しく見えた。結婚するときに夫が、かっこいいから、との理由で購入を決めた机だった。無機質な感じが冷たく見える、と由美が難色を示すと、それがいいんじゃないか、と笑いながら夫は店員を呼んだ。勝手に話を進める夫を見ながら、自分が使う机なのに自分で決められないのか、とわずかな不満を覚えたが、そのときはさして気にも留めず意見に従った。

まだ若かった由美は、自我を優先する人間性を牽引力の強さと履き違えた。そのことに気づいたのは、結婚後しばらく経ってからだった。

一度、重いと感じた机は目にするたびに重量を増し、次第に見るのも辛くなってきた。重みに耐えきれなくなった由美は、意を決してインテリアショップに向かった。机への支払いは出費ではなく仕事への投資、そう思うことにした。新しいマンションに引っ越す一週間前のことだった。

残りのビールを飲み干した由美は、机を撫でた。

この机を買ったことを、後悔はしていない。疲れて部屋に帰ったとき、まだ夫がそこにいるような錯覚にとらわれる方が、金の苦労より耐えられない。

頭に冬香のことが浮かんだ。

冬香は金に困っていたのだろうか。

今日、片芝から聞いた話を、頭の中で整理する。警察が冬香を男性不審死の犯人として逮捕できない理由は、男性の死亡推定時刻に冬香のアリバイがあるからだ。共犯者の線も探ってはいるが、現時点で不審な人物の存在は摑めていない。

警察は冬香を結婚詐欺容疑で逮捕し、被害男性の口座から冬香の口座に振り込まれた金のルートを追っている。金の流れに事件を解く鍵があると睨んでいるのだろう。だが、いま現在、金の用途はわかっていない。

冬香はいったい、何に金を使っていたのか――

由美は二本目のビールを取りに行くため、椅子から立ち上がった。

同時に携帯が震えた。先ほどFAXした原稿が頭に浮かぶ。なにか問題があったのだろうか。

携帯の液晶画面に表示されている名前を見て、ほっとした。安心して通話ボタンを押す。携帯の向こうから、張りのある声がした。

「おはようございます。まだ仕事中っすか？」

泉圭一との会話は、昼でも夜でも、おはようございます、からはじまる。

由美は泉に調子を合わせた。

「おはようございます。もう自宅です。いまから二本目のビールを飲むところです」

携帯から、ずるいっすねえ、という不機嫌な声がした。

「こっちは番組の収録が長引いてまだ終わらないのに、自分ばっかかあがりですか」

泉は出役のしゃべりの下手さと、構成のつまらなさを愚痴りはじめた。

「最初から予定どおりいかないのはわかってますが、もうめちゃくちゃ押しちゃってるんですよ。このあとすぐ完パケ作業に入らなくちゃいけないのに、この調子だと収録だけでてっぺん回っちゃいそうです。北条佐紀なんて、三十分ごとに化粧直し入れるから、ノってきたところで途切れちゃうんすよ。もう歳だしタイトな画角だと正直きついからしょうがないとは思うけど、どうせ視聴率とれない深夜枠なんだから、そこまで頑張らなくてもいいと思うんすけどねえ」

泉は独立U局の神奈川テレビ・ブロードキャスティング、KTBの子会社であるエフエクトプロダクト、通称エフプロに勤めている。マスコミ業界に憧れていた泉にとって、テレビ局の下請けカメラマンという職は自慢なのだろう。会話のいたるところに、よくわからない業界用語を入れる。いまでこそ少し理解できるようになったが、知り合った三年前は通訳が必要なくらい意味不明だった。

タレントの北条佐紀は、たしか由美と同じ歳だったと思う。同じ歳の女性に向かって、歳だ、と言い切る泉の無神経さに苦笑する。

それに気づく気配もなく、泉はこれから二本目のビールを飲もうとしている由美に再度、ずるい、と言った。

泉のずるいは、はじめて会ったときからの口癖だった。

泉と出会ったのは、他社の週刊誌で仕事の現場を紹介する「現場ウォッチャー」というページを担当したときだった。KTBの中にあるエフプロの事務所で、由美の取材に応じたのが泉だった。

当時、泉は大学を出て三年目の新人だった。茶色く染めた短い髪を逆立て、細身のジーンズにシルバーチェーンをぶら下げている。派手な身なりから粗野な印象を受けた。取材に丁寧に答えてくれるだろうか、と不安になったが、それは杞憂だった。

泉は質問に、一生懸命答えてくれた。憧れの職業についた嬉しさが、真剣な眼差しから伝わってくる。話を聞きながら、いい原稿が書ける、と思った。

泉の、ずるい、が出たのは、エフプロの玄関を出たときだった。見送りに出てきた泉は、これからの予定を訊ねた。今日はこれであがりだ、と答えると泉は不満げな声を漏らし、自分だけずるいっすねえ、とぼやいた。

どうしてそんなことを言われなければいけないのか、と内心むっとしたが、取材の丁寧な対応を思い出し顔には出さなかった。

その後、原稿があがるまでに、何度かやり取りをした。そのたびに泉は何かにつけて、ずるいっすねえ、と口にする。深い意味はなくそれが泉の口癖なのだ、とわかる頃には、用もないのに泉から連絡がくるようになっていた。

いまでは月に一度の割合で、酒を飲む仲になっている。誘いはいつも泉からだ。ひと回り上の女性を誘う泉を、年上好みなのだろうか、と思ったこともある。しかし、泉にそんな気配はなかった。何度も飲みに行っているが、口説かれたことは一度もない。

出版業界に興味があるのだろうか、とも考えたが、そのような様子もみえない。泉がなぜ自分に懐いているかはいまだにわからないが、由美は泉を、気兼ねなく付き合える歳の離れた弟、のような存在として捉えていた。

泉の愚痴はまだ止まらない。休憩が終わらないのだろう。

気持ちと時間に余裕があるときならば電話に付き合ってもいいが、今夜は由美も疲れていた。勢いよく椅子から立ち上がると、諭すように言った。

「人生、お天道さまが照るときもあれば、雨が降るときもあるの。台風が来たり洪水が起きたり、火山が噴火するときだってあるの。人生に予期せぬ災害はつきものなの。収録が延びたくらいで、ぐだぐだ言わないの」

由美の気持ちにようやく気づいたらしく、泉は機嫌を窺うような口調で訊ねた。

「かなりお疲れモードですか?」

由美は携帯を片手にキッチンから二本目のビールを持ってくると、パソコンを立ち上げた。

「まあね」

ホームに設定している検索サイトが、画面に表示される。検索ウィンドウに、円藤冬香、と入力した。二十万件以上のサイトがヒットした。

「むずかしい仕事ですか」

新しい情報が出ていないか探りながら、由美は答えた。

「いま世間が注目している、結婚詐欺事件を追っているの」

「ああ、あれですかあ」

泉は納得と驚きが混じったような声を出した。

「実は今日、円藤容疑者の自宅だったアパートを撮ってきたんですよ。ディレクターからニュースに使う画が必要だって言われて、さっちんと行ってきたんすよ」

さっちんとはKTBの女子アナのことだ。

由美は携帯を握りしめた。

「どんなところだった」

「表通りから、かなり奥まったところにあるアパートでしたけど……」

そこで泉は、少し間をおいた。

「ひと言でいえば、これが？って感じっすかね」

「これが、ってどういう意味」

だから、と泉が答えようとしたとき、後ろで泉を呼ぶ声がした。泉は声をかけた人物に慌てて返事をすると、じゃあ仕事に戻るから、また今度、と言って携帯を切った。

泉の、また今度、はいつになるかわからない。いつも一方的に電話をかけてきて、一方的に切る。自分勝手な泉の気まぐれをいつもは軽く受け流すのだが、今日は違った。聞きたいことが聞けなかったことに苛立ちを覚えた。

由美はそばにあったバッグから、手帳を取り出した。今日、片芝の話を聞きながらメモをとったものだ。片芝から教えてもらった、冬香が住んでいたアパートの住所が書いてある。

アパートがどのあたりにあるか、住所からおよその推測はできた。細い裏路地が入り組んでいる古い町だ。近くまで行けば新聞記者やマスコミ関係者がいるはずだから、すぐにわかるだろう。

由美はパソコンに向き直り、冬香の画像を開いた。画面のなかの冬香は、世間の騒ぎなど他人事であるかのような涼しい顔で遠くを見ている。

明日、冬香が住んでいたアパートに行けば、泉が言っていた、これが、の意味がわかるはずだ。

由美は二本目のビールを飲み干すと、パソコンを閉じて大きく伸びをした。

改札を出た由美は、周囲を見渡した。

駅舎の横には放置された自転車が並び、歩道橋の向こう側にはスーパーがある。都内では見かけない店名だ。地元の店なのだろう。エプロンをかけた店員が、表のワゴンに野菜を並べている。

スーパーの両側には、喫茶店とクリーニング店があった。どちらも年季が入っている。喫茶店の少し先にコンビニが見えた。駅前で目につくものといえばそれくらいで、あとは、駅の上にかかっている陸橋バイパスと、風景に馴染んだ住宅があるだけだった。

平日、午後の住宅地は、人影もまばらで淋しげな景観だった。

冬香のアパートがある大場町は、船橋から京成線に乗り換え、三十分ほどのところにあった。昔からある町で曲がりくねった古い道や、地元の商店がところどころに残っている。

大場町は、二十代の頃に仕事で一度訪れたことがある。地元の食材だけを使った、洋風レストランの取材だった。当時から騒がしい町ではなかったが、あの頃よりさらに静かになったように感じるのは、十年前に郊外にできた大型ショッピングモールのせいだろう。人の流れがそちらに移ったのだ。

由美はバッグから携帯を取り出し、ナビを開いた。検索スペースに、昨日ドトールで片芝から教えてもらった、冬香の住所を打ち込む。通信画面が現れ、ほどなく地図が表示された。

画面の真ん中に、目的地を示すマークが出ている。駅からそう遠くない。しかし、大通りから奥まった場所にあった。道が枝分かれになっていて、一本間違うと大人でも迷子になりそうだ。

携帯を見ながら歩き出す。コンビニの先を右に曲がり、次の角を左に折れると、車がやっとすれ違えるくらいの道に出た。道の両側に、一戸建ての家が立ち並んでいる。

ナビに従い、歩を進める。

近くに幼稚園でもあるのだろうか。どこからか、子供たちのはしゃぐ声が聞こえてくる。家々のベランダで洗濯物が揺れ、小型犬を連れた年配の男性が道を歩いている。どこにでもある日常の風景だ。

冬香のアパートは、道の突き当たりにあった。裏に細い抜け道のようなものがあるが、通り抜けはできないようだ。脇にある電柱に「私道につき立ち入り禁止」と書かれたプレートが貼られている。

あたりの様子に、由美は戸惑った。アパート周辺は、ひっそりと静まり返っている。普段は静かな住宅地だが、ネタを求める映像メディアや週刊誌の記者たちで騒々しくなっていると考えていた。

だが、すぐに思い直した。結婚詐欺容疑で冬香は逮捕され、警察に勾留されている。ここにはいない。主役がいない舞台に張り付いている必要はない。警察のガサ入れは、逮捕当日に終わっているはずだ。大手マスコミ取材陣もすでにアパートの住人や近隣への取材を済ませ、いまごろは不審死した男性側を当たっているだろう。

アパートを見上げた由美は、昨夜、泉が言った「これが?」という言葉の意味を理解した。

アパートは木造の二階建てで、道路に面している壁に「サン・コーポラス」と書かれている。築三十年は経っているだろうか。建てた当初は鮮やかな赤色だったと思われるトタン屋根は色褪せて錆色になり、モルタルの壁も、剝き出しの配管から漏れた水でところどころ黒ずんでいる。西側の壁の白い部分は、ひび割れを補修した跡だろう。それが建物の古さを、逆に際立たせている。

総二階のアパートは全部で八戸あった。外観から推察して、一戸あたり2DK、もしくは1LDKといったところだろう。どちらにしろ、家族で住める広さではない、と由美には思えた。

泉の言うとおり、これが男性から多額の金を騙し取った容疑者が住んでいるアパートなのだろうか、という印象だ。住所とアパート名から高層マンションを想像していたわけではないが、築年数や外観、設備面など、もう少し整った住まいだと思っていた。

八戸それぞれのドアの横に、押し出し式の窓ガラスがある。ブラインドやカーテンといった目隠しがされている部屋もあれば、されていない部屋もある。すべてが埋まっているわけではなさそうだ。

塗装が剝げ、錆が浮いている階段を上った。ドアの部屋番号を確認する。通路の手前から、二〇一号室、二〇二号室と続き、奥に行くにしたがって番号が大きくなっている。冬香の部屋は二〇四号室、一番端の部屋だ。

部屋の外観を確認する。

表札らしきものはない。ドアに埋め込み式のポストがついている。ふたを押して中を覗く。なにも入っていない。郵便物などは警察が押収していったのだろう。

ドアの横にある小さな窓も調べる。窓には青いチェックのカーテンがかけられていた。来訪者を拒むようにぴたりと閉じられている。なかの様子を窺うことはできない。

由美はバッグから手帳を取り出した。アパートの住人の話を、メモするためだ。いま現在、アパートが何部屋埋まっているのかわからない。住人の年齢、性別はもちろんのこと、社会人なのか学生なのかすら把握していなかった。だが、とりあえずすべてのドアをノックし、当たってみるしかない。

由美は冬香の部屋の隣にある、二〇三号の前に立った。ドアについているポストに、新聞が挟まっている。住人がいるようだ。

ドアのチャイムを押す。人が出てくる気配はない。なかはしんと静まり返っている。電気メーターは緩やかに回っているが、留守のようだ。続いて、二〇二号のチャイムを鳴らす。やはり応えはない。二〇一号も同じだった。

二階は誰もいない。一階を当たろう、そう思い階段を降りかけたとき、背後でドアが開く音がした。振り返ると、二〇三号室のドアがわずかに開いていた。隙間から女性がこちらを見ている。留守ではなかったのだ。

由美は女性に駆け寄った。

「お休みのところすみません。私、こういう者です」

バッグから名刺を取り出し、ドアの隙間から急いで手渡す。

年の頃は由美と同じか、少し上か。パジャマ姿の女性は突然の来訪者を探るような目つきでじろりと見ると、名刺を受け取った。名刺から由美に視線を戻すと、女性はだるそうに言った。

「隣のことでしょ」

こちらの用件がわかっているなら、話は早い。そうです、と答えて、雑誌の特集ページで円藤冬香を取り上げる企画がある旨を伝える。

「円藤さんのことなら、どんな些細なことでもいいんです。話してもらえませんか」

女性は鎖骨のあたりを手で掻くと、苦い顔をした。

「まったくいい迷惑よね。殺人犯と同じアパートに住んでたってだけで、会ったこともない人間が押しかけてくるんだから。この前なんか、突然、刑事がやってきて、隣に住んでた女性について教えてください、っていうのよ。前の日、長っ尻の客がいて店を閉めるのが遅かったから眠くて嫌だったんだけど、相手が警察じゃ断れないじゃない。少しならいいですよ、って言ったら、一時間も根掘り葉掘り聞かれてまいったわ」

交渉は長引きそうだ、そう思い腰を据え掛けたとき、女性はドアの隙間から手のひらを上に向けて差し出した。

意味がわからず、目で意味を問う。女性は苛立たしげに眉間に皺を寄せると、犬を呼ぶときのようにドアから出している手を動かした。

「謝礼をもらうのは当然でしょう。こっちは寝てるところを起こされて、時間まで取られるんだから」

情報を求められた場合、人は概ね三つのタイプに分かれる。善意によるものか単に話し好きなのか、こちらが聞いていないことまでただで教えてくれるタイプと、面倒事に巻き込まれるのが嫌で、どんなに粘っても口を開かないタイプ。もうひとつは、自分の損得で情報を提供するか否かを決めるタイプだ。

いままでの経験から、金を出してまで手に入れた情報の、すべてが使えるものではないことは知っている。ガセとまではいかなくても噂の域を出ず、記事にできないものの方が多いくらいだ。

だが、手に入れた一〇〇の情報のうち九十九がガセだったとしても、残りのひとつに真実への手掛かりがあるかもしれない。言い換えるなら情報集めという作業は、ひとつの手掛かりを手に入れるために、九十九の徒労を厭わないことが重要になる。

由美は財布から万札を取り出した。領収証が出ない金だが、致し方ない。冬香の隣人の情報は、やはり金を出しても欲しい。

女性はドアの隙間から金を受け取ると、名刺と一緒にパジャマの胸ポケットに押し込み腕を組んだ。

「で、なにが知りたいの」

由美は冬香の普段の様子や暮らしぶり、知人や友人といった周辺の人間関係を訊ねた。

女性は答えを用意していたかのように、すらすらと答えた。

「あたし、ここに住んで三年になるけど、引っ越してきたときあの人、もう隣にいたの。あの人、介護士だったんだってね。どうりで生活が不規則なはずだわ。朝早く出掛けて行ったかと思えば、夕方近くに出て行く日もあるし、なんの仕事かしらって思ってたから、テレビを見て納得したわ。まともに顔を合わせたのは、数えるほどよ。ゴミ出しで偶然会ったときと、あたしの洗濯物が風に飛ばされて隣のベランダに入っちゃったとき、あと、あたしが酔っ払って、隣の部屋のドアを間違って開けようとしたときくらいかな」

女性は冬香を、地味、という言葉で言い表した。普段、身につけている洋服は、ほとんどが黒やグレーといったダークカラーで、デザインもシンプルなものが多い。長い髪はいつも後ろでひとつに結び、目立たない色のヘアアクセサリーをつけている。高価な時計や貴金属、ブランドのバッグなど、高級品を身につけているところは見たことがない。靴、バッグ、洋服、すべてひと目で、安物とわかるものばかりだったという。

「外見だけじゃなくて、性格も暗かったな。ゴミ出しのときにばったり会っても、ろくに口を利かないの。はい、とか、どうぞ、の片言だけ」

でも、と言って女性は、軽い溜め息をついた。

「愛想はないけど、顔はきれいだったわよね。薄幸の美人って感じ。あたしはあんまり好きじゃないけど、男ってああいうタイプに弱いのよね。俺が守ってやらなきゃ、って思うのかしら。守るどころか殺されちゃうなんて、馬鹿みたいよね」

男性の死が自殺か事件か、まだわかっていない。男性の死に冬香が関与しているかどうかも、はっきりしていない。冬香は結婚詐欺容疑で、逮捕されているだけだ。

警察が逮捕した、という事実だけで、容疑者を犯人だと決めつける人間が世間にはたくさんいる。しかし、それは違う。逮捕された時点では、容疑者はグレーだ。容疑者が黒か白かはっきりするのは、警察から送検された事件を検察が起訴して、裁判で有罪の判決が出たときだ。それさえも、被告人が控訴すれば再びグレーに戻る。

いま、日本の刑事裁判の有罪率は、九十九・九パーセントと言われている。逮捕、起訴されれば、ほぼ有罪確定と思われても仕方がない。だが、残りの〇・一パーセントがあることも事実だ。しかし、いまここでそんな説明をしたところで無駄だろう。由美は話を、本来の目的に戻した。

「円藤さんの友人や知人と思われる人を、見かけたことはありますか。部屋を頻繁に訪ねていた――」

ないない、と言って、女性は顔の前で手を振りながら、由美の言葉を遮った。

「はじめて見たとき、あんな美人なんだから男がいるんだろうな、って思ったんだけど、そんな気配まったくなかったわね。男どころか、女友達もいなかったんじゃないかな。あの人を誰かが訪ねてきたとこなんて、この三年で一度も見たことがない」

ここさあ、と言いながら女性は、玄関の壁を手の甲で軽く叩いた。

「壁が薄くて隣の音が筒抜けなのよね。テレビの音とか話し声とか、けっこう聞こえてくんの。それで住人同士のトラブルがけっこうあるんだけど、あの人、普段からすごく静かで、聞こえてくる音といったら、窓の開け閉めや水回りの音くらい。だから、あの人のところに客がくれば、音や気配ですぐわかるはずなんだよね。でも、そういったことは、あたしが知る限りまったくなかった」

話が途切れるのを待っていたかのように、部屋で携帯の呼び出し音が鳴った。女性は、ちょっとごめん、と言い残し、部屋に入っていった。

電話の相手と話している声が、奥から聞こえてくる。聞かれてもかまわないというぐらいの大きな声で、いま雑誌の取材を受けている、と相手に説明している。

「そうなの。これで十人目よ。同じ話をしてスナック一日分の実入りくらいになるんだから、美味しい話よね。ねえ、いまからなにか食べにいこ。奢るから。大丈夫よ、もう話すことないし、ちょうど帰ってもらうところだったから」

女性は楽しそうに笑い声をあげている。電話が終わる気配はない。これ以上ここにいても、情報は得られそうにない。

「立て込んでいるようなので失礼します」由美は首を伸ばし、部屋の奥に声をかけた。

「最後にひとつだけいいですか。このアパートに住んでいる方は、ほかにいらっしゃいますか」

玄関の続きになっているキッチンと茶の間を隔てている暖簾の隙間から、女性が携帯を手にしたまま顔を出した。

「下にふたりいるけど、どっちも勤め人だからこの時間はいないわよ」

「いつ頃、戻られるんでしょう」

女性はむっとした表情をした。

「そこまでわかんないわよ。夕方にはあたし出掛けちゃうし」

女性は背を向け、電話に戻った。由美は静かにドアを閉めた。

女性の部屋をあとにした由美は、アパート周辺の住宅を一戸ずつ回った。

駆け出しだった由美に、情報を手に入れるには狙っている人物の周辺を隈なく当たれ、糸口は人の口から入ってくる、と教えてくれたのは津田だった。津田の教えを、由美はいまでも守っている。

大概の家は冬香の名前を出すと、話を終わりまで聞かないでインターホンを切った。なかには対応してくれる住人もいたが、アパートの女性から得たもの以上の話は出なかった。

聞き込みを終えたのは、夕方の五時を回った頃だった。由美は近くのコンビニに向かった。菓子パンと紙パックのコーヒーを仕入れ、再びアパートに戻る。建物の裏手に回ると、ビニール袋からパンを取り出し頬張った。いま由美がいる場所は、アパートの入口から死角になっている。私道ということもあり、通る者はほとんどいない。ここで、日中不在だったアパートの住人の帰宅を、待つことに決めた。

住人が戻ってきたのは、夜の八時を過ぎた頃だった。

スーツを着たOL風の女性は、アパート一階の突き当たりの部屋の前に立つと、バッグから鍵を出した。声をかけるとひどく驚いたように振り返り、怪訝そうな顔で由美を見た。名刺を渡し用件を伝えると、あからさまに迷惑そうな顔をして、なにも知りません、と吐き捨てドアを閉めた。

最後の住人が帰ってきたのは、女性が帰宅した三十分後だった。チノパンに格子柄のシャツを着た、大学生風の青年だった。さきほどの女性と同じように、玄関先で用件を伝える。青年は由美を一瞥して、アパートに入ってまだ三カ月だからその人をほとんど見たことがない、と答えて部屋に入っていった。

今日はこれで、アパートの住人と周辺の聞き込みは終了だ。帰るため、駅へ向かう。駅のホームは人影もまばらだった。誰もが寒そうに、身を竦めている。

電車が来るまでのあいだ、今日手に入れた情報を頭の中で整理した。築年数や立地、一戸当たりの間取り等を考えると、冬香が住んでいたアパートの家賃はひと月四万前後といったところだろう。冬香が身の回りの物に金をかけたり、贅沢な暮らしをしていた様子はない。逆に慎ましさを感じる。冬香と交流があった人物の影も見えてこない。今日の取材からは事件を解く鍵となる、男性が冬香に振り込んでいたとされる金の用途や、共犯者説を裏付けるような情報は手に入らなかった。

由美はバッグから、手帳を取り出した。黄色い付箋を貼ってあるページを開く。「社会福祉法人光祥会、特別養護老人ホームしらゆりの苑」と書かれた自身のメモがある。冬香が勤めていた老人福祉センターの名称だ。住所は東芝町。東京駅から電車を乗り継ぎ、一時間ほどのところにある。冬香のアパートと同じく、片芝から教えてもらった情報だった。

由美は手帳を閉じた。

明日、冬香が勤めていた、しらゆりの苑に行ってみよう。別なルートから情報が得られるかもしれない。

ホームに電車が入ってきた。身体に吹きつける冷たい風に、思わず身震いする。朝より重く感じるバッグを肩にかけ直し、由美は電車に乗り込んだ。

次の日、由美は時間を見計らって特別養護老人ホームしらゆりの苑を訪ねた。

施設は駅からタクシーで十分ほどの、表通りからいくぶん奥まった場所にあった。敷地の周りにはマサキが植えられ、入口の門柱には、流麗な文字で「社会福祉法人光祥会特別養護老人ホームしらゆりの苑」と彫られている。冬香の自宅同様、マスコミはすでに引き上げたのだろう。取材陣は見当たらなかった。

由美はコンクリートで舗装されたアプローチを通り、建物の中に入った。

一階中央はフロアになっていた。フロアを左右に区切るように、緑の観葉植物が置かれている。観葉植物の両側にソファがあり、入所者の身内らしき人物が座っていた。

由美は正面にある受付に向かった。中にいる女性に声をかける。淡いピンクのナース服を着た女性が、手元の書類から顔をあげた。由美はバッグから名刺を取り出し、女性に差し出した。

「私、こういうものです」

女性は名刺に目を通すと、困惑した表情になった。所属する週刊誌名とライターという肩書で、由美の用件を察したのだろう。

由美は門前払いされる前に、話を切り出した。

「こちらに勤務されていた円藤冬香さんについて、お話を伺いたくてまいりました」

女性の答えは、想像どおりだった。円藤冬香についてはなにも答えられない、という。

歓迎されないことはわかっていた。だが、ここで引き下がるわけにはいかない。

粘り強く交渉していると、受付の奥から年配の女性がやってきた。体格、風格ともに貫禄がある。責任者のひとりだろうか。女性は受付の女性と由美のあいだに割って入ると、毅然とした声で言った。

「取材は、すべてお断りしています。お引き取りください」

食い下がろうとする由美に、女性は無表情に首を振る。

「警察の方以外には、一切お話しいたしません」

由美は知らず溜めていた息を、小さく吐いた。無言で頭を下げると、正面入口から外へ出る。

正攻法で取材をするのは無理だ。となると、冬香と個人的な付き合いをしていた可能性のある人間を、一人ひとり当たるしかない。

腕時計の針は、間もなく午後の四時になろうとしている。

病院や施設勤務の多くは三交代制だ。昨夜ネットで調べたところ、特養老人ホームの介護員の勤務体制は、早番が朝七時から午後四時、遅番が朝十時から午後七時、夜番が午後五時から翌朝の午前九時、というシフトが大半だった。ほかは看護師や栄養士、調理員など役割に応じてまちまちだが、冬香ともっとも接点がありそうなのは、同じ職種の介護員だろう。しらゆりの苑の勤務体制はネットにアップされていなかったが、前後しても三十分程度だろうと由美は踏んでいた。

もう少し待てば、勤務を終えた早番の職員や、出勤してくる夜番の職員を見つけられるはずだった。由美は施設関係者が出入りする、裏口へ向かった。

敷地の外で、それらしき人間が現れるのを待つ。

ほどなく、職員と思われる女性の姿が見えた。裏口から出るところをつかまえる。

「お急ぎのところすみません。私、こういう者ですが」

女性は受付の職員と同じように困惑した表情を浮かべると、なにも言わず由美の前を通り過ぎた。

出入りする数人の関係者に同じ言葉をかけるが、軽く会釈する人間はいても、口を開く者はいなかった。やはり円藤冬香については、緘口令が敷かれているらしい。

しかしここで諦めるわけにはいかない。粘り強く声をかける。

一時間後、六人目でようやく、立ち止まってくれる人間に辿り着いた。

二十代後半の女性で、明るめの長い髪をふたつに束ねている。裏口から出ようとした女性は由美の名刺を見ると、わずかな戸惑いを見せた。

由美はそれを見逃さなかった。すかさず用件を切り出す。

「こちらにお勤めになっている、円藤冬香さんについてお訊(たず)ねしたいのですが」

いままで声をかけた者は、由美の名刺を見るか用件を聞くと歩を早めた。しかし、女性は立ち止まったまま躊躇(ためら)っている。

　ここが勝負だ。小手先の変化球ではなく、直球を投げ込むべきだろう。由美はかねてから抱いている疑問を口にした。

「円藤さんは本当に犯人でしょうか」

　相手の目を見据える。女性の瞳(ひとみ)が微(かす)かに揺らいだ。

「私は疑問に思っています」

　畳み掛けるように由美は言った。

　女性は一瞬、口を開きかけた。が、すぐさま、思い直したように下を向く。

　由美たちが無言で立ちつくしていると、関係者と思(おぼ)しき女性が敷地に入ってきた。ふたりを訝(いぶか)しげな眼差(まなざ)しで、横目に通り過ぎて行く。

　人目を気にした様子の女性は、口早に言った。

「駅裏にカナンという喫茶店があります。先に行って待っていてください」

　女性は笹岡(ささおか)と名乗ると、忘れ物でも取りに帰るかのように、もう一度なかに戻って行った。

　カナンはログハウス調の喫茶店だった。擦りガラスが嵌(は)めこまれた木製のドアを開ける。

人目につかない、一番奥の席についた。入口から笹岡の姿が見えないようにとの配慮だ。

席について三十分後、コーヒーのお代わりを頼んで間もなく、笹岡は現れた。由美を見つけると、軽く頭を下げて向かいの席に腰を下ろす。

「遅くなってすみません。シフトの件で業務係長につかまってしまって」

笹岡はこれから話すことを少しでも引き延ばすかのように、常態化した介護員の人手不足について、ひとしきり話した。相槌を打ちながら、区切りのいいところで由美は口を挟んだ。

「円藤冬香さんがいなくなられたのも、シフトに響いているんでしょうね」

冬香の名前が出ると、笹岡はわずかに顔を歪めた。

「私たち職員は、マスコミや雑誌の取材には一切応じないように言われているんです。でも私、辛くて」

辛い、という言葉に由美は引っかかった。なにが辛いのだろう。

笹岡は運ばれてきたコーヒーカップを両手で包んだ。

「私、施設に勤めて三年になるんですけど、その頃から冬香さんと親しくさせてもらっていました」

笹岡の話によると、冬香は職場では勤勉で、無断欠勤はもちろん、遅刻ひとつしたことがなかった。金遣いが荒いとか異性関係にだらしないという様子もなく、逆に、交友範囲は狭かった。職場での知人はいるが、自分が知る限り親しくしている男性はもとより、友人と呼べる人間はいなかった。女友達と買い物に行ったとか、旅行に出掛けたという話を聞いたことがない、と笹岡は言った。

「冬香さん、物静かで人当たりがよかったから、職場の人はもちろん入所者にも慕われていました。特に伊予さんは冬香さんがいないと食事に手をつけないほどでした」

「伊予さん？」

耳慣れない名前だ。

「めずらしい苗字でしょう」

笹岡は同意を求めるように、由美を見た。

伊予マサは、三年前に施設に入所した女性だという。早くに夫を亡くし、地元の福井でひとりで暮らしていたが認知症になり、四年前に息子がいる千葉に移り住んだ。一年間、息子夫妻と暮らしていたが認知症が進み、在宅で面倒をみるのが困難となったため施設へ入所してきた。先日、肺炎のため九十五歳で亡くなったという。

「伊予さんは、入所者のなかでも難しい人だったんです」

笹岡の話によると、伊予は昔ながらの北陸訛りが強く、施設の職員は伊予の言葉をなかなか聞きとれずにいた。気持ちが上手く伝わらないことが、従来の短気な性格に拍車をかけたのだろう。伊予はよく癇癪を起こしては、職員を困らせていた。

そんな伊予を担当したのが冬香だった。冬香は聞きとりづらい伊予の言葉を理解し、熱心に世話をしていたという。

「気難しい伊予さんも、気持ちが通じる冬香さんには穏やかでした」

新しい環境に馴染むとき、言葉の違いは大きな壁になる。伊予にとって言葉が通じる冬香は、施設のなかで心が通じる唯一の人間だったのかもしれない。

だが、なぜ冬香は伊予の言葉を理解できたのだろう。北陸出身の知り合いでもいたのだろうか。

由美が訊ねると笹岡は、そんな話は聞いた覚えがない、と首を横に振った。

「私も一度、訊いたことがあるんです。よく伊予さんの話がわかりますね、北陸に知り合いでもいるんですかって。そうしたら冬香さんは笑いながら、そんな人はいないって答えました。自分は千葉出身だし、北陸には行ったこともない。伊予さんの言葉は、根気よく耳を傾けていればわかることだ、って言ってました」

冬香が千葉出身だとは初耳だった。千葉のどこの生まれなのか訊ねると、それまでなめらかだった笹岡の口がとまった。躊躇いながら言う。

「そこまでは、知りません。冬香さんは、自分の生い立ちをあまり話したがりませんでした。きっと、施設で育ったことに、負い目があったんだと思います」

メモをとっていた由美は、思わず顔をあげた。

「冬香さんは施設で育ったんですか」

由美がすでに知っていると思っていたのだろう。笹岡は驚いたような表情を浮かべた。

「ご存じなかったんですか。冬香さんの両親は、冬香さんが幼いときに事故で亡くなっているんです。身寄りがなくて施設で育った、と冬香さんは言っていました」

「それはどこの施設ですか」

笹岡は、そこまでは知らない、と首を横に振った。

「さっきも言いましたけど、冬香さんは自分のことをあまり話さない人でした。でも、冬香さんが人より辛い人生を歩んできたことはわかりました。冬香さん、優しいんです。辛さを知っているから、人に優しいんです。そんな冬香さんが人を殺めるなんて考えられません」

由美は静かに言った。

「だから、話してくれたんですね」

「警察は冬香さんを犯人だと決めてかかっています。テレビや週刊誌を見て、多くの人もそう思っています。でも、私は違うと信じています。この事件はなにか変です」

笹岡は強い眼差しで、由美を見る。

視線を正面から受け止め、由美は肯いた。

そう、この事件は、たしかに変だ。

由美は運ばれて来たばかりの冷酒を、向かいの席に差し出した。

「どうぞ」

切り子の猪口に酒を注がれた片芝は、顔を持っていくと中身を一気に飲み干した。満足そうに息を吐く。

「いい酒だな」

「東北泉という山形のお酒です。水のような酒と呼ばれていて、男性にも女性にも人気があるものです。お口に合ってよかったです」

由美と片芝は、千葉駅近くの裏路地にある小料理屋にいた。カウンターが八席と、衝立で仕切られた小上がりが二席。奥に六畳ほどの部屋がふたつある。ふたりは奥の座敷で、卓を挟んでいた。

『菊太』は、康子に教えてもらった店だった。店構えは古いが、隅々まで手入れが行き届いており、清潔感がある。酒も料理も美味い。店の主人が新潟の生まれで、東北の地酒が豊富に置かれている。康子は甘口の酒を好んだが、由美はすっきりとした口当たりのいい酒が好きだった。所用で千葉駅まで来ると、よく立ち寄る店だった。

「で、今日はなんだ」

突き出しの赤貝の煮つけに箸をつけながら、片芝が訊ねた。

「夕方、いきなり電話してきて何かと思えば、酒の誘いだ。このあいだはコーヒー、今日は美味い地酒で勘定はそっち持ち。かなり手こずる話なのか」

笹岡から、冬香が施設育ちだった、という情報を仕入れてから三日が経っていた。そのあいだ由美は、千葉県内にある児童養護施設を調べた。施設は県内に二十箇所あった。

冬香は現在四十三歳。小学生の頃に施設に引き取られたと仮定しても、三十年以上は経っている。古い情報とはいえ、個人情報にうるさいこの時代、施設が冬香の情報を教えてくれるとは思えなかった。

それでも由美は、二、三当たってみた。電話で問い合わせても門前払いだろうと思い、施設に直接おもむき、ある人物について調べている、その人物が以前こちらの施設に入所していたかどうか調べてもらえないか、と頼んだ。

事務員の答えはどこも由美の予想どおり、個人情報については一切お答えできません、というものだった。

「だろうな」

由美の話を聞いていた片芝はそうつぶやき、それにしても、と言葉を続けた。

「円藤が施設育ちだったとはな。地元の俺が知らないんだ。おそらく、マスコミでも掴んでいるのはごく一部だろうよ」

褒めてくれたのだろうか。少しだけ気分がいい。

由美は片芝に酌をしながら、本題に入った。

「でも、円藤冬香が施設育ちだった、という事実だけを知っていても意味がありません。いつ、どこに、どのような理由で入所したのか。両親の事故とはどのようなものだったのか。親類縁者はなぜ引き取らなかったのか、まったくわかっていません」

由美は顔を上げて、片芝を見た。

「私が追っているのは、円藤冬香の人生です。幸福が約束されていてもおかしくないほどの美しさを持ちながら、なぜ、結婚詐欺容疑で逮捕され、男性の不審死にも関与があるとされているのか。どうして彼女はそのような境遇に追い込まれてたのか、知りたいんです。その謎を解くには、冬香が幼少時代を過ごしたとされる施設の情報は、必要不可欠です」

「それで、これか」

片芝は酒が入った猪口を、軽く掲げた。

由美は詫びるように、目を伏せた。

「せっかく掴んだ情報を無駄にしたくないんです。なんとか探し出す方法はないかと考えて、思いついたのが片芝さんでした。片芝さんなら、市や県の児童福祉に携わっている人をご存じだろうと思って」

由美は猪口を卓の上に置き、膝の上に手を揃えた。

「冬香が入所していた施設を、片芝さんの力で探し出すことはできないでしょうか」

片芝はおしながきを開くと、襖を開けてそばにいた従業員に声をかけた。

「菊の梅肉和えと、まいたけと銀杏の酒蒸し。お造り。それから、同じ酒をもう一本」

従業員は、はい、と返事をすると注文を繰り返し、厨房へと入っていった。

酒がくると片芝は、由美の酌を断り手酌で酒を口にした。

「たしかに施設は、探ってみる価値はあるな。別の糸口が見えてくるかもしれない。それから」

そう言って片芝は、卓に片肘をついて由美を見た。

「円藤の両親は事故で死んでるって言ったな」

由美は肯いた。

「職場の同僚は、そう言っていました」

「となると」

片芝は捩れているネクタイを、窮屈そうに外した。

「当時の新聞に両親が死亡した記事が載っているはずだ。うちは地元紙だ。追突であれスピードの出しすぎであれ、ふたりも死亡した事故が記事にならないわけがない。円藤が施設に入所した時期がわかれば、さかのぼって両親の死亡記事を見つけ出せる。円藤の生い立ちの情報が得られるかもしれない」

由美は、じゃあ調べてくれるんですね、と言って身を乗り出した。

「だが」

片芝は釘を刺すように、由美を見た。

「それもこれも、円藤が入所していた施設がわかればの話だ。三十年前ともなるとさすがに記事はデジタル化されていない。いくらお前に根性があるとはいえ、うちの保管室に眠っている何十年分の新聞を、ひとつひとつ探す気にはならないだろう」

片芝の言うとおり、気が遠くなるような話だ。やはりここは、円藤が入所していた施設を片芝が探し出してくれることを祈るしかない。

でも、と由美はつぶやいた。

「もし、片芝さんが冬香が入所していた施設を見つけ出せなかったとしても、私は彼女の両親が死亡した記事を探し出したい、そう思います。保管室に泊まり込んででも」

由美の話を聞いていた片芝は、銚子を手に取ると由美に酌をした。

「面白いやつだな。お前は」

意味がわからなかった。別に冗談を言ったつもりはない。いままでも真面目だとか、頑固だとか言われたことはあるが、面白いと言われたことは一度もない。そう言うと片芝は口の端を上げながら、だから面白いんだ、と言った。

二日後、片芝から由美に連絡があった。

締め切りの原稿を書き終えて、遅めの昼食をとり終えたときだった。急いで携帯に出ると、片芝は挨拶もなしに話を切り出した。

「見つけたぞ。円藤が入所していた養護施設」

「本当ですか」

声が上ずり大きくなる。

前を歩いているOLが、怪訝そうに由美を振り返る。由美は携帯を両手で覆うと、声を潜めた。

「どこですか」

「よつばの園」

施設名を頭の中で繰り返す。

由美も千葉県内の養護施設をネットで調べていたが、記憶にない名前だ。そう言うと片芝は、改称したんだ、と答えた。

「養護施設よつばの園は、昭和三十五年に創立。その後、平成十二年に施行された改正児童福祉法により、いまは児童養護施設風光の園に改名している」

風光の園。その名前ならネットで見た覚えがある。

「円藤が入所した年は、昭和五十四年。円藤が十二歳のときだ」

由美は慌ててバッグから手帳を取り出した。復唱しながら片手でメモをとる。

「あれから市関係者の古株や福祉関係者の筋を辿って、円藤が入所した施設を突き止めた。たしかに両親を事故で亡くし、身寄りがなかったため施設に入所してきたらしい」

昂奮で胸が高鳴る。

「すごいです。よく探し出せましたね」

由美の称賛を喜ぶ様子もなく、この仕事をだてに長くしてるわけじゃない、とぶっきらぼうに言うと、片芝は急に声のトーンを変えた。

「だがな、ここにきて腑に落ちないことが出てきた」

冬香がよつばの園に入所していた事実を突き止めた片芝は、彼女が入所した昭和五十四年から一年ほどさかのぼり、両親が死亡したと思われる記事を探した。しかし、円藤という苗字の者が事故で亡くなったという記事は見当たらず、それればかりか夫婦が共に死亡した記事も見当たらなかった。

「予期せぬ大事故や選挙関連で、掲載する枠の大きさが変わることはよくある。だが、地元でふたりも死んでいる事故が掲載されないわけがない。大きく取り上げられなかったとしても、地域欄くらいには載る」

「じゃあ、両親は事故で亡くなったわけじゃない、ってことですか」

由美は訊ねた。片芝は言葉を選びながら答えた。

「いまから三十年も前の話だ。詳しいことはわからない。ただ、円藤は施設に入所している。両親が何かしらの理由でいなくなったことは確かだ。その何かしらの理由というのが、事故でないことは考えられる。たとえば」

片芝はわずかに言葉を区切った。

「自殺とか。あるいは離婚が原因の育児放棄とか」

たしかに自殺ならば、遺族の気持ちを配慮して、新聞に載せない可能性もある。また、経済的理由に伴う育児放棄も、あり得ない話ではない。

なんにせよ、と片芝が言う。

「俺はもう少し、施設と円藤の両親の線を探ってみる。またなにかいいネタがあったら、連絡をよこせ。今度は俺が奢る」

返事も聞かずに、片芝は一方的に携帯を切った。

由美はすぐに携帯で、児童養護施設風光の園、を検索した。風光の園は太平洋岸の外房にあった。車で十分も走れば、海が望めるあたりだ。施設の近くに中学校がある。勝原市立第三中学校だ。

片芝は冬香が施設に入所したのは、十二歳のときだと言っていた。小学校六年生か中学一年生の頃だ。

風光の園に続き第三中学校を調べる。沿革に、今年で創立八十年、と記されている。冬香が入所したとき、すでに第三中学校は存在した。学区から考えて、冬香が通っていたのは、おそらく第三中学校だろう。

当時の冬香を見てみたい、そう由美は思った。

学校には歴代の卒業アルバムが保管されている。当時の冬香が載っているはずだ。それに、三十年前ならば、アルバムにクラスメイトの連絡先が書かれている可能性も高い。同級生だった者から、冬香の情報を得られるかもしれない。

第三中学校へ行こう。受付でなにかしらの理由をつけて、アルバムの閲覧を頼んでみよう。もし断られたときは、別な方法を考えればいい。名簿業者から入手できるかもしれないし、ネットで同窓生を探せるサイトもある。

由美は東京駅から千葉へ向かい、外房線に乗った。電車で二十分ほど揺られ、第三中学校がある駅に着いた。

携帯のナビに従い歩いていくと、第三中学校に辿り着いた。校舎は鉄筋の三階建てで、校庭では野球部やサッカー部の生徒たちが放課後の練習をしていた。

正面玄関を入り、横にある窓口から中へ声をかけた。若い事務員が対応に出る。

由美は、自分はここの卒業生で、いまは仕事の関係で遠方に住んでいる。用事で近くまで来たのだが、自分が持っていた卒業アルバムを紛失してしまったことを思い出し、学校なら歴代のアルバムを保管しているだろうと思い立ち寄った。ぜひ、閲覧させてほしい、と頼み込んだ。

人のよさそうな事務員は、申し訳なさそうに由美の要求を断った。個人情報保護法に基づき、児童の情報が載っているものは閲覧できないことになっているという。

やはりだめだった。

由美は肩を落とし、第三中学校をあとにした。道を歩きながら考える。断られたら別な方法を考えよう、と思ってはいたが、いざとなるといい案が浮かばない。ここに来て行き詰まってしまった。いくら考えても、これから先、どこを当たればいいのかわからない。

由美は携帯を取り出し、片芝に電話をかけた。片芝なら、なにかいいアイディアをくれるかもしれない。

数回のコールで電話は繋がった。いつもの不機嫌そうな声がする。

「なんだ、もういいネタを摑んだのか」

言葉に詰まりながら、由美は現状を伝えた。

話を聞き終えた片芝は、一層、不機嫌な声で言った。

「で、困り果てて俺に電話してきたってわけか」

「すみません」

暗に無能呼ばわりされたようで、気が沈む。

片芝は、五分後に電話する、とだけ言って電話を切った。

きっかり五分後に、片芝から電話が入った。片芝は、明清印刷に行け、と指示した。

明清印刷は地元で一番大きい印刷会社で、市内の学校の卒業アルバムや企業の記念アルバムなどを一手に引き受けている。第三中学校の卒業アルバムも明清印刷が制作しているから、資料室に見本が保管されているという。

「総務部長を務める川岸という男がいる。そいつのところに行け。事情は俺から伝えてある」

もし、第三中学校と同じ理由で閲覧を断られたらどうしたらいいのか、と由美が訊ねると片芝は、それはない、と言い切った。

「明清印刷は、昔ちょっとしたトラブルがあってな。社長には貸しがあるんだ。川岸には上から話が通っている」

片芝の顔の広さに感心する。

由美は礼を言って電話を切ると、明清印刷に向かった。

郊外の緑に囲まれた広い敷地に、明清印刷はあった。

受付で名刺を渡し、川岸に取り次いでもらうよう頼む。すでに話は通っているらしく、受付の女性は由美の来意も聞かず内線をかけた。

ほどなく、廊下の奥からひとりの男性が現れた。ワイシャツの上にブルーの作業着を羽織った男は、川岸です、と名乗った。

川岸は前置きもせず本題に入った。

「社長から話は聞いています。こちらにどうぞ」

先に立って歩き出した川岸は、建物の奥にある部屋の前で立ち止まった。ドアの上に、資料室、と書かれたプレートが貼ってある。

川岸はドアを開けると、なかへ由美を促した。

部屋のなかは、まるで図書館だった。いくつもの書架が並び、そこに本やパンフレットなどが収められている。

川岸は窓際から三番目にある書架に、由美を連れて行った。

「学校関係の印刷物はこの棚にあります。お探しのものが見つかりましたら、受付においでください。ごゆっくりどうぞ」

川岸が資料室を出ていく。

ひとりになると、由美は第三中学校の卒業アルバムを探し出し、昭和五十四年から五十七年までのものを引っ張り出した。

第二次ベビーブームの名残か、当時の生徒数は一学年で七クラスほどあった。アルバムの後ろに生徒名簿が載っている。思っていたとおり、個人の住所や電話番号まで記載されていた。

名簿を片っ端から、携帯カメラに収めていく。

シャッターを押しながら冬香の名前を探すが、なかなか出てこない。もどかしさが募ってきた頃、名簿の隅に円藤冬香の名前を見つけた。昭和五十七年、三年五組のページだ。

やった——

由美は心で叫んだ。住所はよつばの園になっている。自分が追っている円藤冬香に間違いない。

三年五組の集合写真のページを開く。冬香はすぐに見つかった。まだ幼さが残る生徒のなかに、ひとりだけ大人びた生徒が写っていた。それが冬香だった。長い髪を三つ編みにして、瞳(ひとみ)を遠くに向けている。

アルバムの最後に、卒業アルバム製作委員会と記されているページがあった。数人の氏名とクラスが記載されている。そのなかに、三年五組、及川省吾(おいかわしょうご)という名前があった。冬香のクラスメイトだ。

由美はアルバムを棚に戻すと、受付に行き、川岸へ丁重な礼を述べた。

明清印刷をあとにする。

外に出ると、片芝に連絡をとった。忙しいのか電話にでない。万事上手(うま)くいった、という内容の留守電を残し、電話を切る。

まだ五時前だというのに、外はもう陽が暮れかかっていた。

由美は冬香の情報が入っている携帯を、握りしめた。今夜、携帯に収めてきた画像をプリントアウトして、冬香のクラスメイトの名簿を作ろう。進学や就職で遠くへ離れた者もいるだろうが、地元に残っている人間もいるはずだ。片っ端から当たれば、当時の冬香の話をしてくれる人を探し出せるはずだ。

中学生の頃の冬香は、いったいどんな生徒だったのだろうか。

由美は携帯をバッグにしまうと、コートの襟を立てて駅へ向かった。


翌日は朝から、取材が入っていた。

栄公出版で出している、健康雑誌の取材だ。「元気をつくる食事」という特集ページの記事で、還暦を過ぎても精力的に活動している著名人宅を訪れ、食事にどのような気配りをしているのか訊ねるものだった。

取り上げる人物は六人。由美のノルマはふたりだった。ひとりは女性の声楽家、もうひとりはシニア・ツアーで活躍する男性プロゴルファーで、取材は撮影時間も含めて、ひとり一時間半の予定だ。取材は九時開始だから、昼には終わる。多少、延びたとしても、午後の一時にはあがることができるはずだった。

だが、その考えは甘かった。声楽家の取材は予定どおり終わった。国産の胡麻(ごま)にこだわった、オリジナルの胡麻ドレッシングの作り方を取材し、ドレッシングをかけた生サラダの画を撮り自宅を後にした。

予定がずれたのは、男性ゴルファーの取材だった。ゴルファーはかなりの食通で、世界各国から取り寄せた香辛料をコレクションしていた。自慢の香辛料を使って丸一日煮込んだ羊のすね肉の煮込みを、由美と同行したカメラマンの若い女性に勧めた。一度は丁重に断ったが、料理マニアであるゴルファーは引かなかった。北欧風の皿に、とろとろに煮込まれた自慢の煮込みをよそう。

赤ワインとココナッツが混じったような、食欲をそそる香ばしい匂いに惹かれはしたが、由美にとっては長時間煮込んだすね肉よりも、冬香の同級生の方に興味があった。男性ゴルファーが、香辛料が並んだ棚の前で笑っている画が手に入れば、それでいい。だが、目の前に料理を出されて断るわけにはいかない。由美は笑顔をつくると、ラタンバスケットに入っているカトラリーに手を伸ばした。

羊特有の臭みの消し方と、百種類以上ある香辛料の説明から解放されたのは、午後の二時に近かった。

駅でカメラマンと別れた由美は、改札を抜けて千葉行きの電車に乗った。昨日、訪れた第三中学校がある勝原へ行くためだ。

昨夜、由美は自分の部屋へ戻ってから、携帯に納めてきた冬香の卒業アルバムの画像を、パソコンに取り込んだ。プリントアウトして、由美のクラスメイトの住所を一人ひとり確認した。三十年も前の住所だ。町名が変わっていたり、道路拡張で家がなくなっている可能性は大いにある。

由美はインターネットで、三十年前と現在の地図を見比べながら、いまでも存在している町と番地を確認し、何人かの同級生をリストアップした。そのなかに、冬香と同じクラスで卒業アルバム製作委員だった、及川省吾もいた。

及川の家は勝原の駅から、少し離れた場所にあった。神社や寺が多いためか、道路拡張やビル建設といった都市化の波があまり押し寄せていないようだ。その一角だけ、時の流れから取り残されたような印象を受ける。

勝原に着くと由美は、駅から比較的近い場所から当たった。

ひとり目は冬香と同じ美術部の、佐々木智子という女性だった。

佐々木が住んでいた番地は、駅から徒歩十分くらいの住宅街にある。たしかに、同じ住所に家はあった。だが、表札の苗字が違っていた。佐々木ではなく、保浦と書かれている。

保浦という表札がかけられている家から数百メートル先に、古めかしい商店があった。道路にせり出しているビニール製の庇は色褪せ、店の横壁にホーロー製の商品看板が貼られている。

由美は店を訪ねた。

外観も年季が入っているが、なかも同じだった。味噌や醬油、果物などを陳列している木製の棚は、傷みが激しくいつ壊れてもおかしくないほど古かった。

「ごめんください」

店の奥に声をかける。

人の気配がして奥から、たっぷりとした花柄のチュニックを着た女性が出てきた。

「はいはい、いらっしゃいませ」

女性は白いものが交じった髪を、手でしきりに撫でている。由美はそばにあった幸水を三個手に取り、差し出した。

「これをください」

「はいはい、ありがとうございます」

代金を支払い梨が入った袋を受け取る。由美はさりげなく訊ねた。

「この坂の角にある大きなお宅。いま、保浦さんになっていますが、あそこは昔、佐々木さんじゃなかったですか」

女性は歳で弛んできた瞼を、大きく開いた。

「あらあら、そうです。よくご存じで」

話す前に、はいはい、とか、あらあら、などと間投詞をつけるのは女性の口癖らしい。

由美はおおげさに喜んでみせた。

「やっぱりそうでしたか。佐々木さんにお世話になったことがあって、以前、家を訪ねたことがあるんです。久しぶりに近くまで来たものだから立ち寄ろうかと思ったんですけど、表札が違うでしょう。私の記憶違いかと思ったんですがどうしても気になって、こちらに伺ったんです。地元のお店なら、なにかご存じかと思って」

「まあまあ、そうでしたか」

女性はなんの疑いもなく、佐々木家は二十年以上前に、父親の仕事の都合で、静岡へ引っ越した、と教えてくれた。

ひとり目は空振りだ。

教えてもらった礼を述べ、由美は勝原町の東西を結ぶ橋を渡った。川向こうにある、及川省吾の家に向かうためだ。

大通りから枝分かれになっている道を進んでいくと、旧道に出た。道幅が狭く、電柱にかかっている住居表示が古びている。

由美は電柱の住所と、道路沿いに連なる家々を交互に見ながら、及川省吾の自宅住所を探した。

旧道に出て最初の十字路を左折すると、手前に砂利の駐車場がある店があった。二階に取りつけられている突き出し看板に、及川仏壇、とある。

店の入口にある赤いブリキのポストに、探していた住所が書かれていた。長いこと使われているのだろう。文字が掠（かす）れている。

由美は木の引き戸を開けた。戸の上につけられていた銅製の鈴が、りんりんと鳴った。

店の奥から、はあい、という声がする。由美が入口に立っていると、展示されている仏壇の間から、女性が顔を出した。

三十代半ばくらいだろうか。色白でふっくらとした顔立ちをしている。見慣れない訪問者に、女性はわずかに戸惑った表情をした。しかし、すぐに笑顔をつくり由美に訊ねた。

「なにかお探しでしょうか」

由美は不振に思われないように、さらりと訊ねた。

「こちらに及川省吾さんはいらっしゃいますか」

女性の顔に、驚きの色が浮かんだ。

「兄のお知り合いでしたか」

及川省吾がいた。

胸が高鳴る。ふたり目で冬香の同級生に辿り着けたのは、運がよい。

兄と呼ぶところをみると、女性は及川の妹なのだろう。妹は通路の脇に置かれていたビニール製の丸椅子を、由美に勧めた。

「いま兄を呼んできます。掛けてお待ちください」

妹は売り場の横にある階段を上りかけて、足を止めた。

「失礼ですが、お客様のお名前は」

ここで、同じ中学の出身の者だ、と素姓を偽っても、及川と話をすれば嘘だとばれる。由美は本名だけを名乗った。

今林さんですね、と繰り返して妹は上にあがっていった。

待っているあいだ、由美はあたりを見渡した。店の中は大きいものから小さいものまで、いろいろな種類の仏壇で埋め尽くされている。通路や階段に、段ボールが山と積まれている。蓋が開いている箱を覗くと、中には何も書かれていない位牌や、仏具が入っていた。

妹が階段から下りてくる気配がして、由美は慌てて椅子に座り直した。由美の前まで来ると妹は、困惑した表情を浮かべながら申し訳なさそうに言った。

「いま兄は仕事中で手が離せないので、上にあがってもらえないでしょうか。あまりきれいなところじゃないので、お通しするのは気が引けるのですが、兄は仕事中、作業場から出たがらなくて……」

会ってもらえるだけで御の字だ。会えるなら、二階どころか十階までもあがっていく。

由美は妹のあとについて、階段をあがった。

最後の一段をあがりきった由美は、息を呑んだ。二階は壁一面が仏像だった。立ち姿のものや禅を組んでいるものもある。床に置かれている木箱には、仏壇の一部分らしき装飾が入っていた。空間が木の匂いで満ちている。

板張りの床の一角に、畳が敷かれていた。そこにひとりの男性が座っている。髪を短く刈り上げ、首に白いタオルをかけている。作務衣を着て胡坐をかき、膝のあいだになにかを抱えている。背を丸めているせいか、小柄に見えた。

「兄さん。お客さま」

妹が声をかけるが、及川はなにも答えない。なにかに集中しているのか、俯いたまま右手を動かしている。

「いま、お茶をお持ちします」

おかまいなく、と声をかける間もなく、妹は階下へ姿を消した。

由美は、周囲に置かれている段ボールや木箱をよけながら、畳に近づいた。

「お仕事中、すみません」

またしても無言だった。及川は丸めていた身体をゆっくり起こすと、左手を目の高さまで上げた。手の中には彫りかけの仏像があった。仏像は身体の前で印を結んでいる。及川は仏像を四方から眺めると、また背をかがめ、右手に持っている彫刻刀を動かしはじめた。

由美は靴を脱ぐと、作業の邪魔にならないよう畳の隅に正座した。

「ここにあるものは、すべて及川さんが作られたんですか」

あたりを見ながら訊ねる。及川は低い声で言った。

「仏壇や御本尊だけでなく、祭りの神輿も作ります。親父が生きていた頃はふたりで作っていましたが、八年前からひとりで作っています」

なにから話を切り出そうか。思案していると、及川が先に口火を切った。

「円藤のことを、聞きに来たんですか」

　由美は驚いた。なぜ、及川は由美の目的を知っているのだろうか。理由を訊ねようとすると、及川は先回りして答えた。

「うちのような、地元の古い卸問屋にやって来る人間は、取引先の業者くらいです。見ず知らずの人間が訪ねて来るなんて、滅多にない。世間はいま、円藤に注目しています。この時期、自分を探してやって来る人間なんて、いま騒がれている円藤がらみでしかないでしょう」

　すべてお見通しだ。

　及川は手を止め、由美を見た。

「もっとも、訪ねて来たのはあなたがはじめてですが」

　由美は自分の素姓を明かし、取材の意図を伝えた。

「円藤冬香さんが犯人かどうか、ということより、彼女がどのような人間なのかを、知りたいんです。いま彼女はなぜ、事件の渦中にいるのか、どのような生い立ちを抱えているのかが知りたいんです」

　及川は俯き、しばらく掌中の仏像を撫でていた。やがて納得するように肯くと、低くつぶやいた。

「円藤が関わっている事件は、テレビで知りました。はじめて知ったとき、自分には円藤があんなことをするなんて信じられませんでした。いまでも信じていません」

及川の声には、静かな確信が込められていた。

「円藤とは中学三年生のときに、同じクラスでした。五十音順で席が決まっていたので、私の前が円藤でした。長い髪をふたつに束ねた後ろ姿は、いまでもよく覚えています」

円藤の過去を語りはじめた及川に、由美は膝を正した。

「円藤は他の生徒とは、少し違っていました。口数は少なく物静かで、いつも穏やかな表情をしている。彼女が怒ったり、大きな声を出したところなど、一度も見た覚えはありません。仕草や顔立ちも大人びていて、黙って椅子に座っていれば、雑誌のモデルでも通用するんじゃないかなんて、思っていました」

「冬香さんと親しくされていたんですか」

及川は首を横に振った。

「円藤はいつもひとりで、教室の隅に座っていました。大勢のなかにいてもなぜか浮いていて、そばに誰かがいた記憶はありません。円藤と一緒に過ごしたのは、中学三年生の一年間だけで高校は別でしたが、聞こえてきた話では、円藤は高校でも同じような感じで、周囲とあまり交流は持っていなかったようです」

及川は手を止めると、円藤は、と言って視線を遠くへ飛ばした。

「心のどこかに、自分は施設育ちだ、という引け目を持っていたのかもしれません」

再び手を動かしはじめた及川が、でもね、と言葉を続けた。

「そんな近寄りがたい円藤にも、可愛い一面があったんですよ」

及川は由美に訊ねた。

「ちぶたい、ってわかりますか」

なにかの名称だろうか。わからないと答えると、及川はそれまで無表情だった顔を、わずかに緩めた。

「ちぶたい、っていうのは冷たい、という意味です。円藤はときどきこのあたりでは聞かない方言を使うときがあって、そのたびに周りから、からかわれていました。白い頰を赤くしてはにかむ姿が可愛くて、男子生徒はしつこくいじめていました。私もそのなかのひとりでした」

及川は懐かしむように、作りかけの仏像を眺めた。

「どこの土地の言葉ですか」

由美は訊ねた。

きっぱりとした表情で、及川は言った。

「北陸です」

二章

暗い——

海も空も道も、なにも見えない。聞こえるのは、金切り声のような風の音と、地鳴りのような波の音だけだ。

闇の中を走る。息が切れる。心臓が悲鳴をあげる。しかし、足を止めない。ひたすら駆ける。

一瞬、あたりが明るくなった。すぐ闇に戻り、頭上で雷鳴が轟いた。空気の震えが、肌に伝わる。

鰤起こしだ。

冬の雷を鰤起こしと言うのだ、と教えてくれたのは誰だったろうか。

頭の中に、あの男の顔が浮かんだ。すぐに、あり得ない、と打ち消した。男は滅多に口を利かない。言うことといえば、うるさいか、寝ろ、くらいだ。

足をなにかに捕られ、地面に倒れた。顔にぬるりとしたものがつく。泥の中に、頭から突っ込んだようだ。

両手に力を入れて、起き上がろうとする。だが、走り疲れた身体は、砂袋のように重い。追い打ちをかけるように、冷たい雨が背中を叩きつける。

ようやく立ち上がり、足を踏み出そうとした。しかし、足が動かなかった。身体だけが進もうとしてつんのめり、また転んだ。

上半身を起こしたとき、再び、あたりが光った。

目の前に、海が広がった。いくつもの岩が突き出ていた。周りを刃物でそぎ落としたような鋭い岩だ。荒れ狂う波のあいだから、荒れ狂う波にびくともせず、屹立している。

雷光が走る空に、ウミネコの姿が見えた。羽を真っ直ぐに伸ばし、風に向かっている。

どこに行こうとしているのだろう。

自分には、行くあてなどなかった。ただ、あの男から逃れるために、走り続けているだけだった。

雨が霙に変わった。身体が冷え切り、指先の感覚がない。奥歯ががちがちと音を立てる。

泥の中に座ったまま、暗い空を仰いだ。冷たい氷の粒が顔にあたる。

ここで死ぬのだろうか──

そんな考えが頭をよぎった。そのとき、空を見つめる目に、ぼんやりと灯りが見えた。

灯台かと思ったが、違うようだ。灯りは点滅していない。ずっと点いたままだ。

考えるより先に、身体が動いた。寒さで震える足に力を込めて立ち上がると、灯りに向かって歩き出した。

横殴りの霙の中、灯りに近づく。そばまで来て、やっと正体がわかった。

電話ボックスだった。岩場の高台に、海へ向かって建っている。導かれるように、よろめきながら扉を開ける。

中に入り、ドアに背を預けた。髪から滴が足元へ落ちる。風と雲がボックスを強く叩きつけている。

顔をあげると、一枚の張り紙が目についた。ノートくらいの大きさで、そこには『早まる前に、ここに電話を。生きていれば、きっといいことがあります。命のボランティアより』と書かれている。電話の上には、十円玉が何枚か置かれていた。

紙の中の、きっといいことがある、という文章が目に焼きついた。

生きていれば、本当にいいことがあるのだろうか――

稲妻が光り、雷鳴が響いた。

恐る恐る受話器をあげ、早紀は十円玉に手を伸ばした。


与野井啓介は勤務を終え、地域の集会場へ向かっていた。命のボランティア団体「あしたの光」の会合に、出席するためだ。

与野井は三国町役場の児童福祉課に勤める傍ら、命のボランティアも担当している。

三国には東尋坊という名勝がある。地域の経済を潤す観光地であると同時に、自殺の名所にもなっていた。

断崖絶壁の高い岩から海に向かって身を投じると、大概の者は海面で身体を強打し気を失う。打ち所が悪ければそのまま即死だ。運よく致命傷を逸れたとしても、引き潮に沖まで持っていかれて、二度と浮かんではこない。

自殺の名所——不名誉なレッテルをそのままにしてはおけない、と役場の町長が問題を提起したところ、日本電信電話公社の福井支店長が、自殺志願者を思いとどまらせる手段として、公衆電話を設置する案を示した。名付けて、いのちの電話、だ。

誰が対応するのか。相手を刺激してさらに追い込むようなことにはならないだろうか。思いとどまらせたあとのケアはどうするのか。様々な問題が浮上したが、町長がアイディアを強力に推進し、設置されることとなった。

電話の対応は、口火を切ったのが町長であることから役場内で対処することとし、職員のなかからボランティアを募った。自殺を思いとどまった者のその後のケアは、警察と役場の福祉課が相談に乗る手筈を整えた。

翌日、さっそく役場内に命のボランティアを募集する回覧が回った。

与野井は迷った。自殺志願者を救いたい、という気持ちはある。だが、福祉課に勤務しているというだけで、精神医学や臨床心理学の勉強をしたこともなければ、自殺を考えている人間と接した経験もない。そんな自分に、自らの命を絶とうとする人間を説得できるだろうか。

迷う与野井の背中を押したのは、妻の幸江だった。

幸江は与野井のひとつ下で、今年四十八歳になる。幸江は隣町の養護施設で働いていた。養護施設には、両親と死別したり親から虐待を受けるなど、家庭に居場所がない子供たちが入所していた。

幸江はつねづね、児童虐待を嘆いていた。

死は、人が差配できるものではない。事故なり病なりで、この世を去らなければならない親を、誰も責めることはできない。

だが、虐待は違う。暴力は大人の身勝手で悪辣な行為に過ぎない。親から不当な暴力を受けた子供が入所してくると、幸江はことのほか、心も身体も傷ついている子供たちを慈しんだ。

その慈愛の心は、自ら命を絶とうとする者にも向けられた。

幸江は与野井に、命のボランティアに挙手するよう勧めた。問題を抱え、嘆き苦しんでいる者に、大人も子供も関係ない。彼らを救いたいというのだ。

与野井は、すぐには首を縦に振らなかった。己に課せられた過酷な運命から立ち直れるかどうかは、本人次第だ。本人の強い意志と努力がなければ、周りがどんなに手を差し伸べても、自分が背負った問題を解決することはできない。他人の励ましや助言など一時しのぎにしかならないのではないか。

そう反論すると、幸江は与野井の意見に真っ向から反対した。

たしかに与野井の言うとおり、立ち直れるか否かは本人次第だ。だが、誰かが差し伸べた手に、救われることもある。

「私がそうやった」

微笑みながら、幸江は与野井を見つめた。

幸江は子供が出来ない身体だった。結婚して三年経っても子供が出来ず、ふたりで産婦人科を受診して判明した。

幸江は苦しんだ。自分の子供を腕に抱くことは一生ない。そう思うと将来に希望も夢も持てない、と嘆いた。

別れ話を持ち出されたこともある。自分と別れて別な女性と再婚してくれ、と幸江は迫った。が、与野井は幸江の申し出を拒否した。たしかに子供は欲しい。しかし、欲しいのは幸江と自分の子供であり、相手が誰でもいいわけではない。自分は幸江を、子供を産む道具として見てはいない、だから、別れるつもりはない、と答えた。幸江は土下座するように畳に顔を伏せると、声を殺して泣いた。

その後、幸江は児童福祉司の資格を取得し、養護施設の職員として働き出した。命を生み出せないなら、ひとりでも多くの子供の心を救いたい、というのが児童福祉司を選んだ理由だった。

「自分の運命を受け入れるまで時間はかかったけれど、啓介さんの、別れるつもりはないって言ってくれたひと言が立ち直るきっかけやった。ほやで、啓介さんの言葉で立ち直れる人がいるかもしれんよ」

幸江は与野井の手を握った。

「怖がってても、なんもはじまらんよ。私も協力するで、やってみよう」

翌日、与野井は福祉課長に、命のボランティアに参加する旨を伝えた。課長は力強く肯いた。

命のボランティア担当は三人だった。ひとりは与野井、あとのふたりは三十代の男性と女性だった。

ボランティアの自宅には、東尋坊に設置された公衆電話に張られた番号と直結している電話がひかれた。平日の勤務時間内は、役場に設置された「いのちの電話」専用の電話に繋がるが、終業後や日曜祝日は、ボランティアの自宅に電話が転送される。三人は二日置きに自宅で、電話対応をすることになった。

電話ボックスには、自殺を思いとどまるよう説得する言葉と、ボランティアに繋がる電話番号を書いた紙を貼り、何枚かの十円玉を電話機の上に置いた。

設置した当初は、電話が鳴る怖さと、早まったことをする前に自分を頼ってきてほしい、というふたつの相反する気持ちが、胸の中で交錯していた。

電話ボックスを設置してから半月ほどは、滅多に電話はかかってこなかった。かかってきたとしても夜中に一度くらいの頻度だった。だが、いのちの電話の話が広がったのか、それとも、死を覚悟しながらも人は最後まで救いを求めるものなのか、設置してから半年が過ぎたいまでは、多い日には、三、四度、電話が鳴る。

会合が終わったのは、時計の針が十時に差しかかろうとしている頃だった。

集会所を出た与野井は、早足で車に乗り込んだ。北陸の冬は寒さが厳しい。車の中は冷え切っていた。エンジンをかけ、かじかんだ手に息を吹きかける。

今日は与野井が、ボランティア当番の日だった。自分が不在のときは幸江が電話を受けてはいるが、電話を受ける役目はボランティアを引きうけた自分だ、という強い思いがあった。

早く家に帰らなければ――

エンジンが温まりアクセルを踏み込もうとしたとき、窓をノックされた。見ると、古森美幸が立っていた。白いマフラーを首に巻いて、寒そうに首を縮めている。美幸は「あしたの光」の会員で、今日の会合に出席していた。

「どうしたんや」

与野井は窓を開けた。美幸は寒さを紛らわせるためか、足踏みをしながら訊ねた。

「こんど、おうちにお邪魔していいですか。こないだ名古屋の友達から、ういろうが送られてきたんです。幸江さん、ういろうお好きでしょう。一緒に食べたいなあ、と思って」

与野井は目を細めた。

「いつでも来ね。うちのも喜ぶわ」

美幸はにっこり笑った。そばかすが顔の真ん中に集まり、人懐こい顔がさらに親しみを帯びる。

窓から美幸が離れると、与野井は車を発進させた。

美幸は与野井と同じ三国町役場で働いている同僚だ。今年で勤続五年になる。気が利き愛嬌があることから、同僚や上司たちから好かれていた。

与野井も幸江も、美幸を子供の頃から知っていた。家は与野井の近所で、美幸はいつも家の軒先で、ひとりで遊んでいた。

美幸の母親は、彼女が二歳のときに家を出た。男が出来たとか、旦那がつくった借金の返済のために遠くへ働きに出た、など様々な噂が流れたが、本当のところは誰もわからなかった。

父親は与野井から見て、真面目ではあるが子供に手をかけるタイプの親には見えなかった。その印象を裏付けるように、美幸はいつも同じ花柄のスカートに、食べ染みや汗染みのついたブラウスを着ていた。食事もろくに与えられていないのか、もともと小柄な体格なのか、体つきも同じ年頃の子供に比べると、ひと回り小さかった。

見かねた与野井と幸江が、ときどき家に連れてきては、身の回りの世話をしていた。最初は警戒していた美幸も、次第にふたりに懐き、いまでは本当の両親のように慕っている。

与野井が自宅の車庫に車を入れていると、幸江が玄関から出てきた。エンジンの音を聞いて、夫が帰宅したとわかったのだろう。

出迎えた妻を見て与野井はすぐに、なにかあった、と察した。幸江の顔には焦燥と狼狽の色が濃く滲んでいた。

与野井が窓を開けると、幸江は怖い顔をして言った。

「啓介さん、電話。東尋坊から」

予感は当たった。

「いつや」

「ほんいま。まだ子供みたいなんやって、女の子。なに聞いても答えんくって、とにかくそこにいねって言ったんやけど、ときどき返事する声の様子からして、だいぶ弱っているみたいなんやって」

子供。その言葉に、与野井は眉をひそめた。こんな夜遅い霙が降りしきる中を、子供がなぜ、自殺の名所の電話ボックスから電話をかけてきたのか。

考えている時間はない。

与野井は切ったエンジンを、再びかけた。

「行ってくるでな」

「気いつけてや」

与野井は東尋坊へ車を走らせた。

車を路肩に止めると、与野井はダッシュボードを開けた。常備している懐中電灯を取り出す。

東尋坊に街灯は、ほとんど設置されていない。夜に崖沿いの遊歩道を歩くには、懐中電灯は必需品だ。

与野井は懐中電灯と、助手席に置いていた傘を握りしめて外へ出た。

東尋坊は荒れていた。沖から吹きつける強い海風で、霙が真横から身体を叩きつける。傘を斜めにし遮ろうとするが、氷の粒は与野井を嬲るように四方から吹きつけた。懐中電灯の灯りを頼りに、慎重に足を進める。ぬかるみにはまり誤って崖から転落したら、命を落としかねない。足元に細心の注意を払う。

いきなり、突風が与野井を襲った。反射的に身をかがめ、目をつぶる。風は容赦なかった。与野井が手にしている傘を裏返して、力任せにもぎ取った。しまった、と思ったときは、遅かった。すでに傘は暗闇に紛れて見えなくなっていた。与野井は傘を諦め、電話ボックスを目指して歩きはじめた。傘があろうがなかろうが、さして関係なかった。傘を失う前から、与野井の身体はずぶ濡れだった。空いている方の腕で、向かってくる霙を避けながら歩き続ける。身体が芯から冷え、足の動きが鈍くなってきた。

そろそろ、電話ボックスが見えてくるはずだが——上体を起こし、遠くに目をやると求めていた灯りが見えた。無意識に足取りが早くなる。与野井は歩きながら電話ボックスに目を凝らした。

少女はいるだろうか——霙が視界を遮り、中が見えない。与野井はいのちの電話を使った少女に、妻の言うこ落胆が広がる。

とを聞いてそこにいてくれ、と心で願った。

電話ボックスが近づくにつれぼんやりとだが、中が見えてきた。与野井の胸に、落胆が広がる。

灯りの下に、人影はない。電話をかけてきた少女は救いを待たずに、彷徨い出てしまったのか。

全身から力が抜けていく。歩き続けてきた足が止まりかけたとき、電話ボックスの下方に小さな丸い影が見えた。

伸びあがり、目を凝らす。

人影だった。小柄な人物が、背を丸め座りこんでいる。

与野井は電話ボックスに向かって走り出した。途中、泥に足をすくわれて転びそうになったが、ふんばって持ちこたえた。

電話ボックスに辿り着くと、力任せにドアを開けた。床に蹲っていた人影は、びくりとして顔をあげた。妻の想像どおり、まだ、あどけなさを残した少女だった。

いた——

安堵で表情が緩む。しかし、与野井はすぐに顔を歪めた。

少女は真冬だというのに、編み目がほつれた穴だらけのセーターに、薄手のスカートという服装だった。泥まみれの足はビーチサンダル。髪は伸ばしているというより手入れがされておらず、散髪をしていない様子だった。全身は痩せこけ、大きな目だけがぎょろぎょろとしている。

親と喧嘩して家を飛び出したのか、それとも、どこかの施設から逃げ出してきたのか。どちらにしろ、粗末な身なりから保護者の管理が行き届いていないのは明らかだった。

自分を凝視している見知らぬ男に、少女は怯えたように身を強張らせた。与野井は慌てて、両手を横に振った。

「おんちゃん、怪しいもんでないでの。三国の役場に勤めてる、与野井っていうもんや。お嬢ちゃんが、電話くれた子か」

少女はなにも言わず、突然、目の前に現れた男を睨むように見ている。与野井は少女の警戒を解くために、努めて穏やかな口調で説明した。

「おんちゃんは、お嬢ちゃんが電話で話したおばちゃんの旦那さん……。つまり、おばちゃんはおんちゃんの奥さんなんやで」

与野井は身をかがめて、少女に申し出た。

「おんちゃんも、なか入っていいか。このままやと、さぶて凍えてまうで」

開け放されたままになっているドアから、電話ボックスの中に雲が吹きこんでいる。少女は目を逸らし少し考えるような素振りをしたが、身体を隅にずらすことで了承の意を示した。

「ありがとの」

中に入ると与野井は、両手を自分の身体に回して、おおげさに身体を震わせた。

「ああ、さぶ。なか入ったら少しはあったかいんかと思ったら、外とあんま変わらんのう。ほりゃほやわのう。下の隙間から、風はいってくるんやもんのう」

立ったまま、電話ボックスの下にある隙間を眺める。少女は俯いたままなにも答えない。

命のボランティアを担当して半年になるが、この間に覚えたことがひとつある。それは追いつめられている者に、安易に名前や家庭状況を訊ねない方がいい、ということだ。相手が置かれている環境や状況を無理に聞き出そうとすれば、尋問を受けているような気分になるのか、ますます口を閉ざしてしまう。場合によっては、せっかく救いの手を差し伸べても、その手を振り払い、姿を消してしまいかねない。相手の傷口にむやみに触れず、あたりさわりのない会話をしながら、向こうが心を開くのを待つのが賢明だ。

与野井はその場にしゃがむと、少女と目線の高さを合わせた。

「おんちゃんは、コート着ててもさぶいんやざ。ほんな恰好やと、お嬢ちゃんかってさぶいやろ。お腹も空いてるんでないんか」

腹が空いてる、という言葉に少女は反応した。腹に手を当てて、顔をあげる。目が空腹を訴えている。

与野井はガラス越しに外を見た。

「この様子やと、嵐まだまだ止みそうにないな」

与野井は少女に、提案を持ちかけた。

「ちょっとだけ、おんちゃんの家こんか。おんちゃんの奥さんは、料理がひっで上手なんやざ。お腹空いてるって言ったら、きっと美味いもん作ってくれるわ。大丈夫やよ。お嬢ちゃんが家かえりたくなったら、言えばいいで。おんちゃんが、すぐ送ってあげるでの」

ここで与野井は、芝居がかったくしゃみをひとつした。

「いつまでもこんなとこにいたら、風邪ひいてまうよ」

迷っているのか、少女は毛糸のほつれをいじりながら、もじもじとしている。

与野井は、さらにひと押しした。

「ほやほや、たしか台所の食器棚ん中に、チョコレートクッキーがあったはずや。ほれを食後のおやつにしよっさ」

寒さに耐えられなかったのか、それともチョコレートクッキーの魅力に抗えなかったのか、少女はのろのろと立ち上がった。

自分が羽織っていたコートを少女に着せて、与野井はいま来た道を戻りはじめた。途中、少女を気遣い、おんぶしてあげようか、と訊ねたが少女は首を横に振り、自分の足で車まで歩いた。

車のなかでも、少女はずっと無言だった。

ヒーターを一番強くして車内を暖めるが、芯まで冷え切った身体はなかなか暖まらない。もう少しだから、と与野井は繰り返し言った。少女に言っているのか、自分に言い聞かせているのかわからなかった。

自宅に着き車を車庫に入れると、幸江が外まで迎えに出てきた。助手席に少女の姿を見つけると、幸江は安堵の溜め息を吐き、切なげな目で少女を見た。真冬にぼろぼろのセーター一枚、素足にスカートという出で立ちに、少女が置かれている生活環境を察したのだろう。だが、それも一瞬で、次に幸江の顔を見たときは、いつもどおりの穏やかな表情に戻っていた。

幸江は助手席のドアを開けると、少女の肩を包み込むように腕を回し、車から降ろした。

「お嬢ちゃんが電話くれた子か。おばちゃんのいうこと聞いて、動かんと待っててくれたんやの。おばちゃん、嬉しいわ」

幸江は無表情のまま俯いている少女の手を、両手で包み込んだ。

「こんな冷え切ってんて。お風呂用意してあるで、まず身体あっためてまいね。そのあいだに、なんか食べるもん作っておいてあげるでの」

食べるもの、という言葉で与野井は我に返った。少女を家に連れてくるため使った、奥の手を幸江に伝える。

「台所の戸棚に、チョコレートクッキーあったやろう。こないだ課長が大阪に出張行ったとき、土産にもらったやつ。あれも出してあげて」

チョコレートクッキー、というところで、少女はちらりと与野井を見た。目が合うと、怒ったような照れたような表情をして、すぐに逸らした。

少女は幸江には素直に従った。普段から問題を抱えている子供たちと接している幸江は、子供たちの心を開く雰囲気をまとっているのかもしれない。

少女は幸江に言われるまま、風呂へ入るため脱衣所へ向かった。

ふたりが茶の間からいなくなると、与野井は台所で顔と手を洗い、手早く部屋着に着替えた。

電話は玄関から入って、すぐのところに置いてある。与野井は受話器をあげた。警察に家出人の捜索願が出ていないか、確かめるためだ。数回の呼び出し音で、電話は繋がった。与野井の問い合わせに宿直の警官は、いまのところそのような捜索願は出ていない、と答えた。

与野井は礼を言って電話を切ると、茶の間の炬燵に入った。部屋の隅で、石油ストーブが赤々と燃えている。上に置かれたやかんから、しゅんしゅんと音をたてて湯気が出ている。手や足の指先の感覚が戻ってきた頃、幸江が茶の間に戻ってきた。顔が険しい。

「あの子どうした」

「いま、お風呂はいってる」

幸江は与野井の隣に座り、声を潜めた。

「あの子、虐待されてるわ」

与野井は幸江の顔を見た。まさか、という思いと、やはり、という思いが交錯する。

幸江は確信を込めるように、深く肯いた。

「さっき、あの子の洋服脱がせたとき、腿の内側やらお腹に火傷の痕あるの見つけたんやって。たぶん、煙草やな。私の目に気づいたんか、あの子、隠すようにすぐ風呂場はいってもたけど、新しいもんから古いもんまで、ぎょうさんあったわ。ほかにも、腕やら足に殴られたような内出血もあったし」

幸江は与野井に膝を摺り寄せた。

「警察か役場の福祉課へ、連絡した方がいいんじゃないんかのう」

「そうやな」

立ち上がりかけた与野井は、いや、と考え直した。

身なりや煙草を押しつけられた痕のことを考えれば、あの子が虐待を受けている可能性は高い。だが、それだけでは、親が虐待をしているという証拠にはならない。もしかしたら、あの子が精神的に問題を抱えている子で、自傷しているのかもしれない。今回、保護した経緯もなにかしらの理由で、あの子が自分で家を飛び出してきたということも考えられる。いまは、あの子の話を聞くのが先決だろう。警察に連絡をするのは、それからでも遅くはない。

そう説明すると幸江は、もどかしげに下唇を嚙んだ。

「そうやの。たしかに啓介さんの言うとおりやわ。ほんなら、早くあの子から家族とか家のこと聞き出して、本当のこと確かめなあかんの」

少女が風呂からあがる気配がして、幸江は風呂場へ戻っていった。

茶の間に現れた少女は、幸江が普段着にしているトレーナーとジャージを着ていた。長すぎる袖や裾をいくつも捲っている。少女は幸江に促され与野井の向かいへ座ると、両手を炬燵のなかに突っ込んだ。寒さのせいで血の気がなかった頰に、ほんのり赤みが差している。

与野井は少女と同じように、炬燵に両手を入れながら、目の端で少女を観察した。

年は小学校高学年くらいだろうか。身長や身体つきからそのくらいの年頃を思わせるが、面長の顔立ちのせいか、子供特有の無邪気さや明るさが感じられないからか、もう二、三歳年上だと言われても、肯ける雰囲気を持っていた。

「ほら出来たよ。身体があったまるで食べね」

台所から幸江が茶の間に入ってきた。手にしている盆の上には、ふたつのどんぶりが載っていた。幸江特製のぼっかけ汁だ。ぼっかけ汁は福井の郷土料理で、だし醬油で煮た人参やごぼう、油揚げと糸こんにゃくを、あつあつのご飯に汁ごとかけて食べる。だが、幸江は具に鶏肉の細切りを加える。鰹だしの風味に鶏肉から出るうま味が加わり、格別に美味い。

目の前にどんぶりが置かれると、与野井は手を合わせて箸を持った。

「お嬢ちゃんも食べね」

幸江は少女の背に、手を添えた。少女は勧められても、最初は遠慮しているのか食べなかった。しかし、一度、どんぶりに箸をつけると、ものすごい勢いで食べはじめた。ふたりがすべて平らげると、幸江は熱いほうじ茶とチョコレートクッキーを持ってきた。

少女の瞳が輝いた。めずらしくもない菓子だが、少女にとっては特別なものなのだろう。少女は菓子器の中のクッキーに手を伸ばすと、ぼっかけ汁のときとは違い、食べ終えてしまうのを惜しむように、ちびちびと食べはじめた。

頃合いだと思ったのだろう。幸江は少女にさりげなく訊ねた。

「名前、聞いてもいい。お嬢ちゃんが家にきたときから、なんて呼んでいいか、ずっと迷ってたで」

クッキーを口に運ぶ手が、一瞬止まった。名乗ることを躊躇っているように見える。しかし、食べ物の恩を感じたのか、少女はぶっきらぼうに幸江の問いに答えた。

「早紀」

「ほうか、早紀ちゃん、っていうんか」

幸江は驚いた声をあげた。

「偶然やなあ。おばちゃんの妹も早紀っていうんやよ。早紀ちゃんにはきょうだい、いるんか」

幸江に妹などいない。ひとりっ子だ。幸江は嘘を織り交ぜながら、少女から話を引き出していく。

ぽつりぽつりと、少女は幸江の問いに答えはじめた。

少女の名前は、沢越(さわこし)早紀といった。父親の名前は剛(つよし)。妹がひとりいるという。母親はいないようだった。いないという意味が、家にいないということなのか、すでに他界してこの世にいない、ということなのか、与野井にはわからなかった。幸江が言葉を変えて訊ねても、早紀は怖い顔をして、いない、としか言わない。

学校に関しても、早紀は固く口を閉ざした。どこの学校に通っているのか聞いても、唇を噛み、俯(うつむ)くばかりだ。

住んでいる場所も、はっきりしなかった。

住所を聞いても答えない。町名も言わない。一軒家に住んでいるのか、集合住宅なのか、もしくは施設で暮らしているのか、まるでわからない。

幸江は投げる質問を、直球から変化球に変えた。

いつもどこの公園で遊んでいるのかとか、買い物はどこへ行くのかなど、行動範囲を探って住居のあたりをつけようとする。だが、それも無理だった。

早紀は、いつも丘橋(おかばし)公園で遊んでいる、と言ったかと思うと、よく小関川(こせきがわ)で妹と遊ぶ、と答える。ふたつの場所は町の北と南の端にあり、町を縦断する形になる。家の近所、と呼べる範囲ではない。

養護施設に勤務している幸江は、辛(つら)い経験をして心を閉ざしてしまった子供たちを何人も見てきている。閉ざした心の扉を開かせる鍵(かぎ)は、いくつか持ち合わせているはずだった。

　しかし、幸江の顔には困惑の色が滲んでいた。早紀の心の扉を開く鍵を、探しあぐねているようだ。手持ちの鍵を使い果たしたのだろう。

　幸江の質問が途切れた。静かになった部屋の中に、ストーブの上でやかんが湯気をたてる音が響く。

　いきなり早紀は、炬燵から立ち上がった。

「わたし、帰る」

　与野井は驚いて、早紀を見上げた。

「帰るって、どこへ」

　早紀は俯いたまま答えた。

「お父さんのとこ」

　やはり住んでいる場所は言わない。

　どうすべきか思案していた与野井は、よし、と膝を叩くと、早紀と同じように炬燵から立ち上がった。

「おんちゃんがお父さんのとこまで、送ってあげるわ」

　今度は早紀が驚く番だった。項垂れた顔をあげて、与野井を見る。その顔には明らかに、戸惑いの表情が浮かんでいた。早紀は首を横に振った。

「いい、ひとりで帰れるで」

与野井は、あかんあかん、と言いながら腰をかがめて、早紀を下から覗き込んだ。

「おんちゃんとの約束忘れたか。東尋坊の電話ボックスで、帰りたくなったら、おんちゃんが家まで送ってあげる、って言ったやろう。おんちゃんはちゃんと約束守るんや。ほやし、こんな夜遅く、危ないで子供ひとりで帰せんわ。事故に遭うかもしれんし、人さらいに連れて行かれるかもしれん」

人さらい、というところで、早紀の表情に怯えが走った。

「ほやで、おんちゃんのいうこと聞いて、車で帰ろっさ」

早紀は下唇を噛んで考え込んでいたが、勢いよく顔をあげると与野井に向かって気丈に答えた。

「大丈夫。ひとりで帰れるで」

早紀は、横でふたりのやり取りを見ている幸江に頭を下げた。

「ごちそうさまでした」

早紀が部屋を出て行こうとする。幸江は素早く前に回り込み、早紀の両手を握った。

「のう、早紀ちゃん。ほんなら、こうしよ。今日はここに泊まって、明日、帰ろ。明るくなったら、おばちゃんらも安心して帰せるで」

与野井は驚いて幸江の腕を摑むと、部屋の隅に連れて行った。早紀に聞こえないように声を潜める。

「なに言い出すんや。ひとりで帰せるわけないやろ。あの子は親から虐待受けてるかもしれんのやぞ。住んでる場所つきとめて、あの子の父親と話ししなあかん。あの子が置かれてる環境を、はっきりさせなあかんのじゃなかったんか」

　幸江は、そんなことわかっている、とでもいうように落ち着いた様子で、腕を掴んでいる与野井の手をそっと外した。

「いまはあの子を、ひとりで帰さんことが先決やよ。明日の朝、私がもう一度、車で送るように説得してみるわ。それでもだめなら、ひとりで帰させるわ。ほんで、あとをつける。夜は暗くて無理やけど、明るくなればそれもできるやろう」

　与野井は呻いた。幸江が言うことも、もっともだ。それ以上口を挟まず、幸江の意見に同意する。

　幸江は早紀のもとへ戻ると、腰をかがめて目線を合わせた。

「の、まだ雨降ってるし、今日はおばちゃんと一緒に寝よっさ」

　早紀はこの場をどうやって切り抜けようか、必死に考えているようだった。眉間に皺が寄っている。どうしても、父親のもとへ帰らなければいけない理由があるようだ。

「いま、お布団敷いて来るでの」

　幸江が先手を打つ。幸江が部屋を出ようとしたとき、早紀がぽつりとつぶやいた。

「妹が、心配するで」

　与野井と幸江はその場に立ちつくして、早紀を見つめた。

　早紀は同じ言葉をもう一度、か細い声で繰り返した。

「妹が、心配するで」

与野井は切なくなった。

帰らなければいけない理由は、父親が心配するから、ではなく、妹が心配するから、なのだ。それは裏を返せば、自分がいなくても親は心配しない、と言っているのだ。夜、家に帰らなくても心配されない子供。早紀が置かれている生活環境が、おのずと見えてくる。

幸江も同じことを感じ取ったようだった。切なげに早紀を見つめている。

「ほやで、帰る」

早紀は幸江の横をすり抜けて、部屋を出て行こうとした。

与野井と幸江は、慌てて引き止めた。幸江が早紀の前に立ちふさがり説き伏せる。

「お父さんのとこ電話かけて、明日帰る、って伝えればいいわ。ほれなら、妹さんも安心するやろう」

ふたりの必死の説得に、車で送ってもらうか、今晩はここに泊まるかしかないと悟ったのだろう。俯きながら話を聞いていた早紀は、ゆっくりと顔をあげて与野井を見た。

「車で送ってください」

与野井は幸江を見た。幸江も与野井を見た。幸江の目が、そうしましょう、と訴えている。与野井は無言で肯(うなず)き、早紀に向き直った。

「うん、ほんじゃそうしよ。いま、支度するで待っててね」

二階の寝室にジャンパーを取りに行くために階段をあがりかけた与野井は、ふと思いついて茶の間に戻った。茶箪笥の上に置いてあるメモ用紙を一枚破ると、紙にペンを走らせる。

「はい。これ」

早紀に差し出す。

「それは、おんちゃんちの電話番号や。もし、なんか困ったことがあったらいつでも電話してきね」

この紙をどうしたらいいのかわからない、といった風情で立ちつくしている早紀の手から紙を取り、与野井は早紀がはいている幸江のジャージのポケットに突っ込んだ。

「子供は遠慮なんかせんでいいんやでの。また、おばちゃんのぼっかけ汁を一緒に食べよっさ。チョコレートクッキーはないかもしれんけど、煎餅くらいならいつでもあるしな」

早紀は俯いたまま、返事をしない。

与野井は、じゃあちょっとここで待っててな、と言い残し寝室へ向かった。幸江も、洗濯が終わったはずだ、と言いながら風呂場へ向かった。早紀がぼっかけ汁を食べているあいだに、早紀の汚れた服を洗濯していた。乾いてはいないがビニール袋に入れて、持たせるつもりなのだろう。

ジャンパーを羽織り、首にマフラーを巻いて階段を下りかけたとき、階下で幸江の叫び声がした。

「啓介さん、あの子の姿が見えん！」

与野井は驚いて、音を立てながら階段を下りた。

階段の下で幸江が、ビニール袋を抱えておろおろしていた。

「あの子の服を袋に入れて戻ってきたらあの子の姿がなくて、トイレかと思ったけど、トイレでもないの。もしかして、と思って玄関見たら、あの子が履いてきたビーチサンダルがなくなってるんやって。あの子、出て行ったんやわ」

与野井は玄関の引き戸を開けた。風は弱まったとはいえ、雨は降り続いている。

「子供の足や。まだ、ほんなに遠くへは行ってないはずや。捜してくるわ」

与野井は玄関に置いてある傘立てから、大きめの傘を引き抜くと外へ出た。幸江もコートを羽織り、後ろから追いかけてくる。

「私も捜す」

与野井は肯いた。

「お前は町の方へ向かえ。俺は山手の方を捜すで」

与野井の家は、住宅地から少し離れた山際にあった。田圃（たんぼ）や畑に挟まれた坂道を上った先にある。

早紀がどの方角を目指して出て行ったのかは、わからない。海側へ向かうにしろ、駅方面へ向かうにしろ、与野井の家から行くには、必ず坂下にある住宅地を通らなければならない。

住宅地へ向かう道は二本あった。街灯が灯り坂を真っ直ぐ下って行く大きな道と、家の裏側にある、山裾を通り迂回して下りて行く旧道だ。

旧道は街灯が数えるほどしかなく、ほとんど暗闇と言っていい。道幅も狭い。

大人でも子供でも普通なら、坂を下っていく明るい道を使うだろう。だが、早紀の場合は違う。与野井たちの目を避け、旧道に向かった可能性も考えられる。

与野井と幸江は、二手に分かれて早紀を捜した。

早紀が家を出てから、時間は経っていない。追いつけるはずだ。

しかし、早紀は見つからなかった。自ら身を隠すように、ふたりの前から姿を消した。

翌日、役場に出勤した与野井は、仕事に身が入らなかった。早紀のことが、頭から離れなかった。

どこに住んでいるのかも、どこの学校に通っているのかもわからないまま、いなくなった少女。親から虐待を受けている可能性がある子供を、そのまま放置してはおけないと思った。

与野井は、卓上の電話帳を手に取った。三国町内の小学校に電話をかけるためだ。

早紀のことで知っていることは、本人と父親の名前、あとは妹がひとりいるということだけだ。住んでいる地区だけでもわかっていれば、地区の子供会会長に連絡をとり、捜すこともできる。それができないとなると、残るは学校だ。町内の学校をあたるしかない。

早紀は大人びて見えたが、仕草や話し方に幼さが残っていた。まだ小学生だと目星をつける。

与野井は町内で児童数が多い小学校から、順に電話をかけた。三国はそんなに広くない町だ。小学校の数は五校しかない。中学校を合わせても、両手で済む。

「はい、町立三国東小学校です」

対応に出た事務員に、自分の職業と氏名を名乗る。

「高学年くらいの年で、沢越早紀という生徒が在籍しているか知りたいのですが」

「その子がなにか……」

事務員が怪訝そうに訊ねる。与野井は役場の近くの住人が、早紀の名前の入った手提げ袋を拾って届けてきた、警察に届けるまでもないと思い連絡した、と適当な嘘をついた。

さして不審に思う様子もなく事務員は、少々お待ちください、と言うと受話器を保留の台に置いた。「峠の我が家」のメロディが受話器の向こうから流れてくる。同じフレーズが六回目に差し掛かったとき、メロディが途切れ事務員の声がした。

「お待たせしてすみません。いま、生徒名簿を調べたんですが、沢越早紀、という生徒はうちにはいませんね」

与野井は調べてもらった礼を言い電話を切ると、次の小学校の番号をダイヤルした。

電話に出た事務員に、同じことを訊ねる。事務員の答えは一校目と同じだった。

すべての小学校に電話をかけ終えた与野井は、椅子に背を預けると腕を組んだ。

町内の小学校のどこにも、沢越早紀という生徒は在籍していなかった。もしかしたら、中学生だったのかもしれない——そう思い、町立すべての中学校も調べたが、中学校にも沢越早紀という生徒はいなかった。

早紀が偽名を使ったとは思えない。自分の氏名を名乗ったときの早紀に、嘘がばれるのではないかといったような、おどおどした様子はみられなかった。

早紀は学校に通っていない——

与野井は頭を巡らせた。

早紀自身が学校に行きたがらず、長く欠席しているのだろうか。いや、それはあり得ない。欠席しているだけなら、生徒名簿には記載されているはずだ。三国町ではなく、隣接している市町村に住んでいるのだろうか。その考えも昨夜の早紀の話を思い出し、打ち消した。

早紀は普段から妹と一緒に、三国町のなかにある公園や川で遊んでいると言っていた。やはり三国で暮らしているのだ。

早紀は父親から家に軟禁され、学校に通わせてもらえずにいるのだろうか——

頭に浮かんだ想像に、与野井は身体を震わせた。

与野井は頭の中を整理した。

早紀は日常的に、父親から虐待を受けていた。

学校に通わせてもらえず、野放し状態で育てられた。しかし昨夜、なにかしらの理由で早紀は家を飛び出した。家を出たものの外は嵐で、どうしたらいいかわからず彷徨っているうちに、東尋坊のいのちの電話に辿り着いた。早紀がかけた電話を受けたのが、幸江だった。

与野井と幸江に保護され、いざ腹と気持ちが落ち着くと、残してきた妹が心配になった。自分がいなくなったせいで、妹が折檻されているのではないかと不安になり、帰ると言い出した。

与野井から家まで送ると言われたが、他人の世話になったと親が知ったら、きっといい顔はしない。自分が暴力を振るっていることを誰かに話したのか、と責められ、きつい折檻を受けるかもしれない。

妹のことを考えると早く帰りたい、だが、父親と与野井を会わせたくない。ふたつの感情の狭間で早紀は悩み、ひとりで姿を消した。

与野井は椅子に背を預け、天井を仰いだ。

いま考えた流れは、想像でしかない。しかし、事実からそう遠くない気がした。

どうにかして、早紀を捜し出す方法はないだろうか——

なにもできないもどかしさに、手にしていたボールペンを指のあいだで、せわしなく回す。

頭をひねりながら、手元のメモに書いてある、沢越早紀、という名前を何度も読み直した。名前を口の中で繰り返しているうち、急に頭の中でなにかが弾けた。

与野井は勢いよく、椅子から立ち上がった。同僚の目が、与野井に一斉に注がれる。

これだ。これを調べれば、きっと早紀を捜し出せる――

与野井はメモを握りしめると、部屋を後にした。

児童福祉課がある三階から、町民課がある一階へ駆け下りる。途中、踊り場で階段を上がってきた女性職員とぶつかりそうになったが、すんでのところでかわした。

一階へ着くと、来客用の受付がある反対側のドアから、なかへ入った。

町民課は戸籍や住民票、転出届の申請などを求める町民が出入りし、雑然としていた。職員も忙しそうに、自席と書類棚を行き来している。福祉関係者くらいしか訪れる者がいない児童福祉課とは、雰囲気が違う。

与野井は、町民課のなかに古森美幸の姿を探した。

美幸は受付で町民の対応をしていた。カウンター越しに用紙を差し出し、なにやら話している。住民票か戸籍の申請の手順を、説明しているようだ。

与野井は古森の手が空いたところを見計らって後ろから近づくと、ピンク色のセーターの裾を軽くひっぱった。

「美幸ちゃん、ちょっといいか」

美幸は驚いた顔で、与野井を振り返った。

「どうしたんですか。与野井さんがここに顔を出すなんて、めずらしいですね」

児童福祉課と町民課は、業務の繋がりがあまりない。児童福祉課担当の与野井が、町民課を訪れることはほとんどなかった。

順番を待っている町民から見えないように、与野井は受付の陰に身を隠すようにしゃがんだ。

「折り入って頼みがあるんや。昼休みに時間とってもらえんか」

与野井がそこまで言ったとき、受付に年配の女性がやってきた。転出届を出したいという。美幸は女性に向かって、少々お待ちください、と笑顔で答えると、隣で身をかがめている与野井に顔を近づけた。

「わかりました。今日は昼番じゃないから、お弁当持って食堂に行きます」

「悪いの」

与野井は中腰で後ずさると、町民課をあとにした。


十二時を知らせるチャイムが鳴り与野井が食堂へ行くと、同じタイミングで美幸も入ってきた。窓際の席に座り、ふたりで弁当を開く。

「お、美味そうやな」

与野井は美幸の弁当を見やりながら言った。美幸は毎日、手製の弁当を持ってくる。今日のおかずはしゃけの塩焼きと卵焼き、きんぴらごぼうにウィンナーだった。

「そんなことより、折り入っての頼みってなんですか」

与野井はあたりを見渡し、誰も自分たちの会話を聞いていないことを確かめてから、話を切り出した。

「ある男の戸籍を、手に入れてもらいたいんや」

美幸は目を大きく開いて、口の中に入れた卵焼きを丸呑みした。

「戸籍を探すのは問題ないですけど……。ある男っていう言い方が穏やかじゃないですね。その人、与野井さんのお知り合いですか」

与野井は首を横に振った。

「まったく知らん人間や」

美幸は動かしていた箸を止めて、心配そうな表情をした。

「なんかあったんですか」

与野井は、知人から頼まれたんだ、と言葉を濁した。

美幸は与野井の目をじっと見つめていたが、それ以上なにも聞かず、止めていた箸を動かした。与野井も、幸江の作った弁当を食べはじめる。

おそらく美幸のなかでは、なぜ、正当な手順を踏まずに、裏でこそこそと自分に頼むのだろう、という疑問が胸に湧いているのだろう。

戸籍閲覧申請が誰でもできる制度の問題は、行政でも問題視されては来ている。いずれ申請に本人証明や代理人手続きなどが必要になる時期がくるだろう。しかし、いまの段階では申請者欄に必要事項さえ記入すれば、誰でも他人の戸籍を手に入れることができる。

少女の家庭事情や生活環境など、まだなにもわからない。そのような状況で戸籍申請して、あとで少女の身内が知るところとなり問題になってはまずい。ここは町民課にいる美幸に、内々に探ってもらう方が得策だ、そう与野井は考えた。

美幸は弁当を食べ終えると食堂の隅にある棚に行き、ふたり分の茶を淹れて戻ってきた。

礼を言いながら、湯呑を受け取る。

美幸は茶を飲みながら、与野井に訊ねた。

「名前はなんですか」

とっさに聞かれて、誰のことを言われたのかわからなかった。だが、すぐに美幸が訊ねている人物が、先ほど自分が口にした、ある男のものだと察した。与野井はシャツの胸ポケットから手帳を取り出すと、一枚破りペンを走らせた。

「この人なんや」

「沢越剛」

紙に書かれている文字を、美幸はそのまままつぶやく。

「時間、かかるかなあ」

与野井が訊ねる。

美幸は首を横に振った。

「フルネームがわかってれば、三国町はそんなに人口が多くないから、今日中には探し出せると思います。見つけたらコピーして持っていきますよ」

「いや、実はここに戸籍があるかどうかわからないんや」

ここ、と言いながら与野井は、人差し指でテーブルをこづく。

美幸が困惑した顔になった。

「本籍は三国じゃないんですか」

戸籍は本籍地に置いてある。早紀の父親の本籍地が三国ではないとしたら、ここの役場に戸籍はない。あとは手探りで、近隣の役場を当たるしかない。

与野井は、うううん、と肯定でも否定でもないような声を漏らした。

「ほやけど、三国ではなかったとしても、県内である可能性は高いんや。沢越は北陸に多い名前やからな」

「三国に戸籍がなかったとしたら、県内にある役場の町民課をくまなく当たって、該当する人物がいるか調べてもらうしかないですね」

与野井は顔の前で手を合わせた。

「頼むわ。美幸ちゃんが頼りなんやって」

美幸は空になった弁当箱と湯呑を持つと、椅子から立ち上がった。

「さっきも言いましたけど、ここにあれば今日中にお渡しできると思いますけど、ない場合は、数日、時間もらうことになると思います。別な役場を当たるとなると、あちらが調べる時間もかかるでしょうから」

与野井はほっとして、微笑んだ。

「ありがとの、美幸ちゃん。恩にきるわ」

美幸はいつもどおり、そばかすを顔の中央に集めてにっこりと笑った。

「他の誰でもない、与野井さんの頼みですもん。お礼は幸江さん特製のぼっかけ汁がいいです」

「いつでもＯＫやざ」

与野井は右手の親指と人差し指で、輪を作った。

美幸が食堂を出て行く。与野井は残った茶を飲みながら、早く早紀の父親の戸籍が見つかることを願った。

廊下で美幸から呼び止められたのは、食堂で別れてから五日後のことだった。手洗いから出てきたところを、背後から呼び止められた。ハンカチで手を拭いたまま、振り返る。

美幸は一通の書類袋を、与野井に差し出した。

「頼まれていたものです」

与野井は息を吞んだ。

沢越の戸籍だ。

与野井はハンカチをたたむ間も惜しく、そのままズボンのポケットに押し込むと書類袋を受け取った。

美幸は申し訳なさそうに、肩を竦めた。

「時間かかっちゃってすみません。あれから、役場の戸籍を探したんですけど見つからなくって、県内の役場に問い合わせたんです。そしたら昨日、沢越剛、っていう人物の戸籍が見つかったって、勝川町役場から連絡があったんです。郵送してもらって、今日、着きました」

与野井は美幸に礼を言った。

「幸江さんのぼっかけ汁、約束ですよ」

そう言い残し美幸は、階下へ降りていった。

与野井は席に着くと、書類袋を開いた。中身を取り出し、目を通す。

戸籍の筆頭者欄に、沢越剛、とある。昭和八年生まれ。勝川町、沢越家の長男として生まれている。両親は戦後にふたりとも他界。いまから十三年前の昭和四十一年に、旧姓、唐菅圭子と結婚している。だが、圭子の欄には斜線が引かれていた。結婚してから七年後の昭和四十八年に、圭子は病で死亡している。

戸籍に書かれている名前は、それだけだった。与野井は何度も戸籍に目を通した。だが、ふたりのあいだに、実子、養子ともに子供がいた記載はない。

しかし、この沢越剛が、早紀の父親であることに間違いはない。事実、沢越剛という人物の戸籍は福井県内の役場にひとり分しかなかった。剛と早紀の親子としての年齢もつりあいが取れている。なにより、与野井のなかのなにかが、この戸籍の沢越剛が早紀の父親である、と訴えていた。ということは、早紀と妹は……。

与野井は戸籍を持ったまま、茫然とした。

無戸籍児――

早紀と妹には戸籍がない。剛と圭子は、なにかしらの理由で、ふたりの出生届を役場に出さなかったのだ。それなら、ふたりが学校に通わず義務教育を受けていないことも肯ける。戸籍に記載されていないということは、早紀と妹は社会に存在していないことになる。存在していない者に、国から健康診断の案内や小学校への入学手続きなど来るはずがない。

与野井は首を横に振った。

こんなこと、あってはならない。早紀を捜し出し、早急に手を打たなければ――

与野井は終業のベルが鳴ると同時に、役場をあとにした。

車を飛ばし、帰路に着く。自宅では帰宅した幸江が、夕餉の支度をしていた。

幸江は味噌汁をかき混ぜながら、与野井を振り返った。

「あら、今日は早かったんやの。まだお夕飯できてないざ。もう少し待ってて」

「ほんなことより、これ」

　与野井は幸江の手からお玉を取り上げると、今日、美幸から受け取った書類を握らせた。

「これは？」

「いいで、開けてみ」

　幸江はエプロンで手を拭くと、書類袋から中身を取り出した。書面を追う幸江の顔が見る見る険しくなっていく。幸江も戸籍に書かれている意味を察したようだ。

「戸籍に、早紀ちゃんと妹の記載がないが」

　与野井は肯いた。

　幸江は辛そうな目で与野井を見た。

「こんな……こんなことって……」

　火にかけっぱなしだった味噌汁が沸騰し、中身が噴きこぼれそうになった。幸江が慌てて火を止めたとき、電話が鳴った。ベルの音――自宅の電話だ。

　与野井の家では、自宅用の電話といのちの電話の二台が設置されている。ダイヤル式の自宅用の電話は、一般的なベルの音。いのちの電話はプッシュ式の電話で、電子的な呼び出し音だ。

　与野井は玄関に向かうと、自宅の電話の受話器をあげた。

「はい、与野井です」

　受話器の向こうからは、なにも聞こえない。無言だ。

「もしもし、与野井ですが」

この忙しいときにいたずら電話か。腹が立ち切ろうとしたとき、はっとして受話器を握り直した。

与野井は唾を飲み込むと、ゆっくりと訊ねた。

「早紀ちゃん、やな」

一週間前、早紀に自宅の電話番号を書いた紙を、渡していたことを思い出した。

「早紀ちゃんやろう？」

受話器の向こうから、消え入りそうな声が聞こえた。

「おじちゃん……」

胸が熱くなる。捜し求めていた早紀からの電話だった。

与野井は受話器を強く握った。

「早紀ちゃん、おじちゃんら、ずっと心配してたんやざ。あの日、急に見えんくなってんたで」

あの日というのが、一週間前の雷雨の日だということは、早紀にもわかっているはずだ。

怒られたと思ったのだろうか。早紀は再び、黙り込んだ。与野井は慌てて、誤解を解こうとした。

「おじちゃんは、怒って言ってるんでないんやよ。ただ、心配してたのは本当や。また早紀ちゃんと話せてよかったわ」

隣で幸江が小声で、早く居場所を突き止めて、と急かしている。与野井は口の動きだけで、わかっている、と答えた。今度は必ず、早紀を保護しなければならない。与野井は早紀との会話に戻った。

「お腹、空いてえんか」

早紀はなにも答えない。

「またおばちゃんのぼっかけ汁、一緒に食べんか。今日はチョコレートクッキーはないけど、大福ならあるし。この前みたいに、おじちゃんが早紀ちゃんのこと迎えに行くで、どこにいるか教えてくれんか」

やはり無言だ。

なにか手掛かりになる音は、聞こえないだろうか。与野井は耳を澄ませた。受話器の向こうから、早紀の微かな息遣いが聞こえる。

早紀はしゃくりあげていた。声を殺して泣いているのだ。

与野井の心臓が、大きく跳ねた。

早紀の身になにかあったのだ――

胸の中に、焦りが込み上げてくる。なにがあったのかはわからない。だが、早紀は救いを求めている。見つけ出して、助けなければいけない。

「大丈夫。大丈夫やで安心しね」

そう繰り返しながら、早紀がいそうな場所を考える。

いのちの電話。あそこなら金が置いてある——だが、東尋坊のいのちの電話なら、誰でも早紀が電話代を持っているとは思えない。だが、東尋坊のいのちの電話なら、誰でも電話がかけられるように、常に十円玉が置いてある。

与野井は受話器を両手で握りしめ、早紀を刺激しないよう、努めて穏やかな口調で言った。

「いま、東尋坊にいるんやな」

受話器の向こうで、息を呑む気配がした。間違いない。早紀は東尋坊のいのちの電話から、連絡してきているのだ。

与野井は玄関の擦りガラス越しに、外を見た。初冬の六時。すでに陽は落ちている。しかも、雨まで降り出してきた。

幸江がジャンパーを持ってきた。顎と肩で受話器を挟みながら着る。

「いまからおじちゃんが迎えに行くで、ほこで待っててねや。動いたらあかんよ」

早紀は返事をしない。与野井は早紀の気持ちをほぐすために、明るい声で言った。

「大丈夫。なんも心配いらん。早紀ちゃんは黙ってほこにいればいいで」

電話がいきなり切れた。なにがあったのか。

急がなければ——

与野井は受話器を置くと、下駄箱の上に置いている車のキーを手に取った。幸江が与野井のジャンパーの袖を掴んだ。

「あの子、こないだみたいに、待っててくれるかな」

自分と同じ不安を感じている幸江を、与野井は見つめた。

「ほう願ってる」

与野井は長靴を履くと、玄関を飛び出した。

山村兵吾巡査長は駐在所で、隣に座っている与野井を気の毒そうに眺めた。

「気持ちはわからんでもないですけど、ほんなにしょげんといてください。こうなったのは、与野井さんのせいではないんですから」

与野井は項垂れたまま、力なく首を振った。

「私のせいです。私がはじめてあったときに保護してれば、こんなことにはならんかった……」

今朝から何度となく交わされている会話だった。山村は困惑しながら、すっかり淋しくなった頭をさすった。

与野井は役場の職員でいのちの電話の担当者だ。三国町では自殺志願者を保護すると、命のボランティア担当と役場の福祉課、警察が相談に乗る手筈になっている。そのためいのちの電話担当の与野井と、自殺の名所である東尋坊が管轄になっている三国北駐在所勤務の山村は、なにかと顔を合わせることが多かった。

今朝、山村はけたたましく鳴る、駐在所の呼び出しブザーの音で目を覚ました。眠い目をこすりながら枕元の目覚まし時計を見る。五時半だった。いつもなら日付が変わる前には床に就くのだが、昨夜は人捜しに駆り出され、布団に入ったのは夜中の二時過ぎだった。

隣で寝ていた妻の雅子（まさこ）が、布団の中で目をこすりながら山村を見た。

「こんな朝早くなんやろう」

なかなか出てこない駐在警官にしびれを切らしたのか、訪問者は駐在所の入口の戸を叩（たた）きはじめた。

「待て待て。いま行くで！　ほんなに叩いたら戸が壊れてまうが」

山村は寝間着に毛糸のカーディガンを羽織ると、そう応じながら自宅と続きになっている駐在所へ向かった。

つっかけを履いて、入口の引き戸を開ける。強い風雨とともに、男が飛び込んできた。与野井だった。

「与野井さん、こんな朝っぱらからどうしたんですか」

与野井の顔は真っ青だった。歯をがちがちと鳴らし、全身を震わせている。

なにかあったのだと悟った山村は、奥にいる妻にすぐに熱い茶を淹れるように言った。石油ストーブに火をつけ、パイプ椅子を前に置く。

「すぐ暖かくなるで、とにかく座ってください」

与野井は言われるまま椅子に座った。山村も椅子を持ってきて隣に座る。

強い風雨が、窓を叩いている。昨日の夕方から降り出した雨は、今朝になっても降り続いていた。

山村は口元に当てた手に息を吹きかけながら、先ほどと同じことを訊ねた。

「こんな朝早くに、なにがあったんですか」

与野井は閉じていたジャンパーの中から、地元の新聞を取り出した。無言で山村に差し出す。今日の朝刊だ。

「地方欄を見てください」

与野井は消え入りそうな声で言う。

山村は言われるまま、地方欄を開いた。山村の目に、二段ヌキで記載されている見出しが飛び込んできた。

『父親を刺した少女行方不明』

山村は眉間に皺を寄せた。

新聞に載るとは思っていたが、まさかこんなに大きく取り上げられるとは思わなかった。三国は普段は静かな町だ。退屈していた支局の新聞記者が、ここぞとばかりに筆を揮ったのだろう。

山村は五年前に丸岡町の駐在所から、この三国北駐在所に転勤して来た。五年間で事件らしい事件を扱ったことはない。せいぜい、車の出会いがしらの接触事故か、酔っ払い同士の喧嘩くらいだ。

あと三年で、山村は定年を迎える。この平和な町で何事もないまま、四十年近くの警察官人生を終えるものだと思っていた。それがまさか、ここにきて新聞に載るような事件に関わるとは思ってもいなかった。

昨日の夕方六時過ぎ、住民から駐在所へ緊急通報が入った。男性が路上で暴れているという。

山村がパトカーで駆けつけたところ、町はずれの裏路地で「あのアマ」とか「ぶっ殺してやる」など物騒な怒声をはりあげ、男が地面を転げまわっていた。野次馬が遠巻きに、様子を見ている。

性質の悪い酔っ払いか——

「おいおい、嫁さんと喧嘩でもしたんか。ほんなら家でやってくれ。近所迷惑や」

男に近づいた山村は、はっとした。右大腿部から血が出ている。転んで傷でも負ったのだろうか。

「おいあんた。怪我してるが」

傷の具合を見るため男に近づく。しかし、男は手足をばたつかせて威嚇した。暴れる男を抱き起こすと、強い酒の臭いがした。男を力づくでパトカーの後部座席に乗せると、自分は運転席についた。

「まったく、おたくのせいで俺までずぶ濡れやわ」

制服についた泥を手で掃う。男は後部座席で寝転がり、罵詈雑言を喚き散らしている。

「とにかく、怪我の手当てをしなあかんで、いまから病院にいくでの」

山村は町で唯一、緊急外来を設けている、三国町立病院へパトカーを走らせた。

病院へ着くまでのあいだ、バックミラー越しに氏名や住所、傷を負った理由などを訊ねるが、男は泥酔していて話にならない。山村はハンドルを握りながら、男の酔いが醒めるまで事情を聞くのは待つしかないと諦めた。

病院へ着き、緊急外来の窓口にいる事務員へ事情を説明する。事務員は卓上の内線電話をあげ、電話に出た相手に山村が話したとおりのことを伝えた。

看護師がストレッチャーを運んでくる。男はストレッチャーに乗せられ、処置室へ入っていった。男の支離滅裂な叫び声が、処置室から聞こえてくる。

「俺に触るな、このくそ野郎！　早紀、早紀はどこいった！」

早紀、というのが諍いを起こした相手の名前なのだろうか。

しばらく威勢のいい怒声が廊下に響いていたが、次第に弱々しくなり、そのうちまったく聞こえなくなった。

廊下に静寂が戻って間もなく、処置室のドアが開いて、男を診察した医師が疲れ切った表情でなかから出てきた。

「どうでした」

長椅子から立ち上がり、手帳を片手に医師のもとへ駆け寄る。駐在日誌に、詳細を記載しなければならない。

若い医師は白衣のポケットに両手を突っ込むと、男の腿についている創の説明をした。

「患者の右大腿部の創は小刀やカッターのような小型の刃物で切りつけられたものです。創の状態から見て自分で刺したとは考えづらい。誰かに刺された可能性が高いです。十針ほど縫いましたけど、創は深くないから一週間もすれば抜糸できるでしょう。全治二週間、軽傷です」

傷害事件か――

パトカーに戻り、無線から所轄へ連絡を入れた。事と次第によっては、駐在が単独で処理できるものではない。

連絡を受けた所轄の刑事は「すぐに病院に応援を向かわせるから、到着するまでに男の素姓や事件の概要を、聞けるだけ聞き出しておくように」と命じた。

了解しました、と応えて無線を切る。

処置室に戻ると少しは酔いが醒めたのか、病院着に着替えさせられた男は、大人しくベッドの上で横になっていた。医師の許可を得て、男に事情を訊ねる。

「ちょっと、話聞かせてもらえんかの」

男は虚ろな目で山村を見た。

「あんたの名前と住所、年齢を教えてくれんか」

男は酒臭い息を吐きながら、途切れ途切れに山村の質問に答えた。

名前は沢越剛、四十六歳。所有しているワゴン車に寝泊まりしているという。仕事は建築現場の作業員で、現場を転々としていた。

山村は手早く手帳にメモを取った。住所不定で工事現場の渡り鳥となると、妻や子供はいそうにない。

ところで、と山村は核心に迫った。

「その足誰にやられたんや」

顎で沢越の右足を指す。

「あんた、早紀、とか叫んでたけど、その女か」

早紀という名前に、虚ろだった沢越の目がとたんに険しくなった。

「あいつ、ふざけた真似しやがって……」

沢越はいきなりベッドから跳ね起きた。

「早紀、どこや。出てこい！　こんなことして許してもらえると思ってるんか！」

ベッドから飛び降り、ドアから外へ出ようとする。山村は慌てて、後ろから羽交い締めにした。

「おい、まだ話は終わってえん。ベッドへ戻れや！」

「うるせえ、離せ！　早紀、早紀ぃ！」

沢越は口から泡を噴いて吠える。

山村も声を限りに叫んだ。

「いったい、早紀ってのは誰や！　お前の女か！」

沢越の動きがぴたりと止まる。沢越は暗い光を帯びた目を、ゆっくりと山村に向けた。

「早紀は、俺の娘や」

山村は一瞬、息を止めた。背中がぞくりとする。

では、この傷害事件は、娘が犯人だというのか。

「離せや！」

沢越は山村を力任せに、腕で払い飛ばした。はずみで床に倒れる。そばにいた医師や看護師が、四人がかりで沢越をベッドへ連れ戻した。

「このくそ野郎ども、離せって！」

医師は山村に、鎮静剤を打つと告げると、慣れた手つきで暴れる泥酔者の腕に静脈注射を打った。

ベッドにうつ伏せの状態でもがいていた沢越の動きが、次第に鈍くなる。呼吸が穏やかになり、目が虚ろになってきた。医師と看護師は沢越を仰向けにすると、胸のあたりまで毛布をかけた。

揉み合ったときに腕を捻ったのか、医師は肩をぐるりと回しながら山村を見た。

「これで一時間くらいは大人しくなるでしょう。そのあいだに早く病院から連れ出してください。他の患者の迷惑です」

まるで、自分が悪いことをしたような気分だ。医師に深々と頭を下げる。

医師は部屋を出て行こうとした。その背を山村は慌てて引き止めた。

「この男から事情を聞かなあかんのですが、質問してもかまわんでしょうか」

医師はあからさまに迷惑そうな顔をした。ここは取調室ではない。そういうことは警察署でしてくれ、と言いたいのだろう。山村は申し訳なさそうに、ほとんど地肌しかなくなった頭を撫でた。

「いま、所轄から応援がこっちに向かってます。それまでのあいだですから」

仕方がないとでもいうように、医師は肩を竦めた。

「鎮静剤といっても、軽いものですから受け答えはできるでしょう」

部屋にふたりだけになると、山村はベッドの横にあるドーナッツ椅子に腰を下ろした。胸ポケットから、再び手帳を取り出す。

「おい。聞こえるか」

わずかな間のあと、はい、と沢越が答えた。先ほどの口の悪さからは、想像もできない大人しい返事だ。酒乱の大半がそうであるように、この男も酒が入らないときは、気の弱い男なのかもしれない。

山村は中断していた質問を再開した。

「さっきからおたくが叫んでる早紀っていうのは、おたくの娘か」

沢越はか細い声で、はい、と答える。

「歳は」

沢越が口をぽかんと開けた。

「あいつ、何歳やったかなあ。十歳、いや、十一かなあ」

山村は呆(あき)れた。薬のせいで頭がはっきりしないとしても、娘の歳くらいは覚えているものだろう。おそらく普段から、娘の歳など意識したことはないのだ。

山村は手帳に「早紀、娘、十歳前後」と記入した。

「他に家族は」

「娘が、もうひとり」

山村は眉(まゆ)をひそめた。

「あんたさっき、ワゴン車に寝泊まりしてるって言ったやろ。ほんなら、ワゴン車に三人で暮らしてるってことか」

「はあ」

沢越は息を吐くように、返事をした。

山村は驚いた。地方巡業している劇団員の子供なら、コンテナ付きのトラックでいろいろな土地を転々としながら、学校に通うことも考えられる。だが、沢越は地方巡業している旅芸人でもなければ、サーカスの団員でもない。現場作業員だ。トイレも台所もないワゴン車で、いったいどうやって子供を育てているのだろう。学校側はどのような対応をしているのか。

「車はどこに停めてあるんや」

沢越は、町の中心地から西に五キロほど行ったところにある県道沿いの空き地だ、と答えた。そばに「みくに旅館」の看板が立っているという。手早くメモを取る。

沢越はむっくりと起き上がった。

「旦那にはご迷惑おかけしました。今後、こんなことはないように気をつけます。あいつにもしっかり説教しておきますから、今日のところは帰してください」

あいつというのは、早紀という娘のことだろう。

沢越はベッドを下りようとする。

「待て、まだ話は終わってえん」

山村は沢越を、慌ててベッドへ押し戻した。そのとき、処置室のドアが開いた。スーツに厚手のジャンパーを着た男がふたり立っていた。ひとりは痩せ形で線が細く、もうひとりは肩幅が広くがっしりとした体軀をしている。痩せ形は二十代半ば、がっしりした方は三十前半といったところだろう。

ふたりは山村の前までくると、刑事課の小川と前田です、と名乗った。若い方が小川、年上の方が前田だ。階級は小川が巡査長、前田が警部補だった。

山村はふたりに敬礼した。

「御苦労さまです。私が所轄に連絡を入れた、三国北駐在所の山村です」

前田は、ベッドの中で蹲っている沢越を見下ろした。

「この男性が被害者ですか」

被害者という言葉に、山村は一瞬、言葉に詰まった。ふたりの子供を連れてワゴン車生活をし、泥酔して暴れながら自分の娘を「ぶっ殺す」と叫ぶ男を、被害者と呼ぶことに躊躇(ためら)いを覚えた。だが、どのような事情であれ、傷つけられたことは事実だ。被害者であることに間違いはない。

「はい、そのとおりです」

そう答えると山村は、手にしていた手帳を眺めながら、沢越から聞き出した情報を伝えた。氏名と年齢、住所は不定で娘ふたりとワゴン車で生活しているということ。そのワゴン車は町の中心地から離れた駐車場に駐車してあること。それから、今回、沢越を傷つけた人物は、沢越の上の娘で早紀という少女であることを報告した。

「で、その早紀という少女はいまどこにいるんですか」

娘が父親を刃物で切りつけた、というところで、ふたりの顔色が変わった。

前田が訊(たず)ねる。

「まだ、そこまで聞き出しておりません」

「妹は」

「妹の方も……まだ……」

「車のナンバーは」

「それも……」

ここにきて山村は、自分が男に関してほとんどといっていいほど、聞き出していないことに気がついた。しどろもどろになりながら、山村は説明した。

「男性は泥酔しており、酒癖が悪く暴れまくり、いまやっと鎮静剤で大人しくなったところでした。これから細かい事情を聞き出そうとしていたところでして……」

声が尻すぼみになっていく。

「山村巡査長」

前田は名前を呼ぶことで、山村の弁明を遮った。

「医師からこの男性を、署に移す許可は出ていますか」

山村は問いへの答えを持っていることに、ほっとした。胸を張り答える。

「はい。傷も軽傷で、すぐにでも動かすことができます」

というより、病院側は一刻も早く、厄介者を追い払いたいのだ。

前田は隣にいる小川を見た。

「事情を聞くため、これからこの男性を署に移送する。署に着いたら、君は山村巡査長と一緒に、男性のワゴン車を捜し出してほしい。車中に、姉妹がいるかもしれない」

「私も、ですか」

山村は思わず訊ねた。駐在所勤務の自分が、刑事課の人間と共に行動するなんて考えてもいなかった。

「土地鑑のある人が一緒の方が、捜しやすいでしょう」

察しが悪い、とでも言いたげに、前田は目の端で山村をじろりと見た。言われてみればもっともだ。顔が赤くなるのが自分でもわかった。

前田は指示を続けた。

「ワゴン車を見つけ出し、もしなかに姉妹がいたら、署に連れて来るように。いったん、警察で保護する」

前田はちらりと沢越を見ると、ふたりにしか聞こえないよう声を潜めた。

「姉の方からは、父親を傷つけた経緯も聞かなければならんしな」

小川が深く肯く。

「山村巡査長も、よろしいですね」

山村も小川と同じように肯いた。

前田は毛布にくるまっている沢越の耳元に口を寄せると、大きな声を出した。

「沢越さん、いまから警察に来てもらいます。いろいろお聞きしたいことがありますから」

沢越は深く被っていた毛布を、目元まで引き下げた。目に怯えの色が浮かんでいる。つい先ほどまでこの部屋で暴れまわっていた男と、同一人物とは思えない変わりようだ。

「歩けますか」

沢越は登校拒否の児童のように、毛布のなかでもぞもぞしていたが、小川が急かすとしぶしぶベッドから下りて、自分の汚れた服が入っているビニール袋を手に持った。

着替えの用意はない。病院から貸し出されている病院着は、あとで返却することになるだろう。その役が自分に回ってこないことを、山村は願った。

沢越を所轄に移送すると、山村と小川は山村が乗ってきたパトカーで、ワゴン車を探しに向かった。夕方から降り出した雨は強さを増し、嵐に変わっていた。ワイパーを最速にするが、視界が悪くスピードをあまり出せない。

「ひどい雨ですね」

助手席で小川がつぶやいた。

「小川さんは、三国は何年目ですか」

「今年の春に赴任してきたばかりです」

山村は納得した。三国の冬の雨は、海からの強風を受けていつも嵐のようになる。ひと冬越せば、それが三国の風物だとわかるのだが、はじめてこの土地に来た者は、傘を差すのも困難なほどの強い風雨に驚く。山村もそうだった。

「次の角を、左に曲がります」

山村は国道から県道に入った。街灯の数が一気に少なくなる。車一台がやっと通れるほどの道幅だ。民家が減り、代わりに畑や田んぼが増えてくる。

山際の道をしばらく走っていると、ヘッドライトに「みくに旅館」の看板が浮かび上がった。看板の手前に空き地が見える。草野球ができるほど広い。

「あそこですね」

山村はパトカーを、空き地に乗り入れた。舗装されておらず地面が剝き出しのため、車体ががたがたと揺れる。

ゆっくりと車を回し、ヘッドライトであたりを照らす。風に吹かれて揺れる木々と、暗い空間しか見えない。

山村はハンドルを左に切った。ヘッドライトが敷地の隅を照らす。光の輪のなかに、白いワゴン車が浮かび上がった。

「あれでしょうか」

山村はワゴン車に目を凝らした。

「そばに寄せてください」

小川が指示を出す。山村はワゴン車をライトで捉えたまま、パトカーをそばに停めた。

小川はジャンパーのフードを目深に被り、車を降りた。山村もあとに続く。

小川はワゴン車の助手席から、なかを覗いた。

「誰もいませんね」

次に後部座席の方へ回ると、窓を叩いた。

「すみません。誰かいませんか」

ドアが開く気配はない。小川は先ほどより、強く窓を叩いた。

「こちらは沢越さんの車じゃないですか。私たちは警察です。怪しい者ではありません。誰かいたら出てきてください」

車の中は、しん、と静まり返っている。

小川は山村を見た。

「男性の話だと、子供がふたりいるということでしたよね」

山村は、はい、と答えた。たしかに沢越はそう言っていた。

小川はぶるっと身震いすると、横殴りの雨から身を守るように、身体に腕を巻きつけた。

「ここはいったん、車のナンバーを控えて署に戻った方がいいかもしれませんね。ナンバーがわからないから、このワゴン車が男性のものかどうかもわからないし、男性はかなり酔っていましたから、話がどこまで本当かわかりません。男性の記憶違いで、まったく違う場所に駐車していることもあり得ますから」

「了解しました」

山村は無線で所轄に報告を入れるため、パトカーに戻ろうとした。車に背を向けたとき、車の後部座席のドアロックが外れる音がした。

驚いて振り返ると、ドアがわずかに開いた。小川がドアに駆け寄り、なかに声をかけた。

「我々は警察です。この車は沢越剛さんのものですか」

ドアの隙間から、小さな目がふたりを見つめた。まだ幼い少女だった。歳の頃は五、六歳といったところか。少女は目をきょろきょろさせて、突然現れた訪問者を交互に見つめた。

「君のお父さんは沢越剛さんだね。お姉さんがいると聞いたんだけど、お姉さんもなかにいるのかい」

小川は矢継ぎ早に質問を浴びせ、ドアをこじ開けようとした。少女は怯えた様子で、ドアを閉めようとする。山村は車と小川のあいだに身体を滑り込ませると、閉まりかけているドアに手を添えた。

「大丈夫やざ。おじちゃんらは怖い人じゃないでの。おまわりさんやで」

努めて穏やかに話しかける。少女がドアの隙間から、再び顔を出した。

「沢越剛、っていうのはお嬢ちゃんのお父さんやろ」

少女が肯く。

「お姉ちゃんは、早紀っていう名前やろう」

見ず知らずの人間が、なぜ姉の名前を知っているのか不思議に思ったのだろう。少女は目を丸くした。山村は笑顔をつくり、穏やかな声で言った。

「おまわりさんは、なんでも知ってるんやざ。でも、そのおまわりさんにもわからんことがある。たとえばお嬢ちゃんの名前や。教えてくれるか」

少女は困惑と警戒が入り交じったような目で山村を見ていたが、ようやく聞きとれるくらいの小さな声で答えた。

「冬香(ふゆか)」

妻の雅子が、台所から茶を運んできた。

ふたりの前に湯呑を置き、奥へ戻っていく。山村は湯呑を両手で包んだ。手から温かさが、全身に伝わってくる。与野井は手をつけない。ずっと項垂れたままだ。

「まあ、茶でも飲んでの。身体が温まりますで」

与野井は首を振り、同じ言葉を繰り返した。

「私がはじめてあったときに彼女を保護してれば、こんなことにはならんかった。私のせいや……。私の……」

与野井の話によると、一週間前、与野井のもとに一本の電話が入った。東尋坊に設置されたいのちの電話からかかってきたものだ。相手は子供で、名前は早紀といった。早紀は真冬だというのに、穴だらけのセーターに、薄手のスカート、ビーチサンダルという寒々しい身なりだった。与野井が自宅へ保護したところ、身体に煙草の火を押しつけられた痕や殴られたような痣を、妻が見つけた。与野井は虐待を疑い、住まいや両親のことを早紀に訊ねた。場合によってはなにかしらの手を打たなければいけない、そう考えていた。が、早紀は隙を見て与野井の家から姿を消した。

与野井は、早紀がぽつりと漏らした父親の名前から、父親の戸籍を調べた。すると、早紀は無戸籍児であることがわかった。

早急に保護しなければいけない。そう与野井が考えていたとき、早紀から自宅に電話が入った。前と同じいのちの電話からだった。

早紀は声を殺して泣いていた。なにかあったのだ、と与野井は悟った。与野井は早紀を保護するために東尋坊へ向かった。だが、電話ボックスに早紀の姿はなかった。すでに陽は落ち、あたりはすっかり暗くなっていた。与野井は懐中電灯をかざし、名前を呼びながら早紀の姿を捜した。

風雨は激しくなってくる。懐中電灯の光が弱々しく点滅を繰り返す。電池が切れ掛かっていた。一度自宅へ戻り、電池を取り替えなくては、と与野井は思った。長期戦を覚悟して、もっと厚着をして出直そうと考えた。

自宅に戻って着替えをしているとき、地元の消防団員の田中が訪ねて来た。田中は今年、消防団に入ったばかりの若者だ。肩で息をし、怖いくらい真剣な目で与野井を見つめている。

「どうしたんや。なんかあったんか」

与野井が訊ねると、田中は昂奮気味に与野井の自宅を訊ねた経緯を語った。

今日の午後六時過ぎ、町はずれの路地裏で傷害事件があった。刺されたのは男性で名前は沢越剛。刺したのはその娘で、早紀という名前だ。沢越は泥酔状態で足から血を流しながらふらついているところを、通行人に発見された。駐在が駆け付け病院に運ばれたが、傷は軽傷で命に別状はなかった。いまは病院から警察に移されて、刑事から事情を聞かれているという。

警察の調べによると、沢越の妻はすでに他界しており、子供がふたりいる。所有しているワゴン車に、娘たちと三人で寝泊まりしているという。

すぐに警察が子供の保護に向かったが、海沿いの空き地に停められていたワゴン車には、沢越の下の娘で、冬香という名前の子供しかいなかった。姉の早紀の姿はなく、どこにいるのかもわからない。警察は土地鑑のある地元の消防団に、少女の捜索協力を求めた。

現在、警察と消防団員らあわせて三十名ほどで少女の行方を捜しているが、いまだに見つかっていない。捜索人員を増やそうという話になり、命のボランティアをしている与野井のもとに協力を求めにきた、と田中は説明した。

「与野井さんも、捜索に加わってもらえませんか」

与野井は壁にかかっている柱時計を見た。午後九時過ぎ。傷害事件が起きたのは午後の六時過ぎ。早紀から電話がかかってきたのは、六時半前。早紀は、父親を刺したあと、救いを求めて与野井に電話をかけてきたのだ。

「わかった。一緒に行こ」

与野井は、田中の車に乗り込んだ。

田中の話によると警察と消防団は、いま三方に分かれて早紀の行方を捜しているという。町方面と山方面、そして東尋坊がある海沿いだ。与野井は海沿いの捜索に加わった。

与野井は詳しい話を省いて、先ほど、いま捜している早紀という少女から、いのちの電話を通じて連絡があった旨を伝えた。田中は驚いた様子で与野井を見たが、すぐに視線を前方に戻し「ほんなら、海沿いにいる可能性が高いですね」と応(こた)え、アクセルを強く踏んだ。

田中は東尋坊の駐車場に車を停めると、懐中電灯をかざして岸壁沿いの道を歩きはじめた。与野井もあとへ続く。視界が悪く、一歩間違えれば、足を踏み外し海へ転落しかねない。細心の注意を払い、道を進む。

ほどなく、捜索をしていた消防団員たちと合流した。消防団員たちは、与野井たちを見つけると駆け寄ってきた。消防団員のなかでも一番恰幅(かっぷく)のいい原田(はらだ)という青年が「これ見つけましたわ」と言って、与野井にあるものを差し出した。原田の手には子供用のビーチサンダルが、片方だけ握られていた。サンダルには見覚えがあった。一週間前、早紀が履いていたものだ。さきほど、海に突き出ている岩場のところで見つけた、と原田は言った。

「この雨で視界が悪く、足元も泥でぬかるんでますわ。誤って海に落ちてしまったんかも……」

ここの海は引き潮が強い。海に落ちれば、あっという間に沖に運ばれてしまう。早紀も例外ではすまないだろう。もし、早紀が海に転落したとしたら、まず助からない。しかも、この時化(しけ)だ。捜索の船を出すこともできない。

与野井は早紀が履いていたビーチサンダルを手に取ると、暗い海を見つめた。

山村は茶を啜ると、昨夜の駐車場での出来事を思い返した。

ワゴン車の中にいた少女は、冬香と名乗った。沢越剛の娘で、早紀の妹だ。

「冬香ちゃんか。いい名前やの」

山村の言葉にも、冬香は表情ひとつ変えなかった。威嚇する小動物のような目で、山村を見ている。

「お姉ちゃんも、なかにいるんか」

山村はドアの隙間から、車の後部座席を覗き込んだ。次の瞬間、反射的に身を引きそうになった。車中は異臭が染みついていた。食べ物の腐った臭いと、黴が混ざり合ったような、饐えた臭いだ。山村は咳払いをするふりをして、口から出そうになる胃液をこらえた。

山村は息を止めて、車のなかに顔を突っ込んだ。後部座席は、前列のシートが後ろに倒され、二畳分ほどのスペースができていた。シートの上に、空になった弁当の容器や空き缶、丸まったチリ紙などが散乱している。

車の中には、冬香ひとりしかいなかった。山村はもう一度、冬香に訊ねた。

「お姉ちゃん、どこいったか知らんか」

冬香は唇を固く結び、首を振る。

風雨が強さを増してきた。ドアの隙間から、風が車のなかに入りこむ。冬香は小さな身体を、ぶるっと震わせた。冬香は薄手のシャツとジャージしか、身につけていなかった。冬香を保護するのが先決だ。

山村は冬香に言った。

「のう、こっちの車に来んか。ヒーターが効いてて暖かいざ。それに、パトカーなんて滅多に乗れるもんじゃないざ。かっこいいやろ」

山村は強引に冬香を抱きあげた。あまりの軽さにびっくりする。そのとき、近くで稲妻が光った。あたりが一瞬、明るくなる。冬香は怯えて、山村の首にしがみついた。

「大丈夫、大丈夫やざ」

小さな冬香の背中を、優しく擦る。その山村の目に、シートの上で銀色に光るものが映った。

「ちょっと、頼みます」

山村は冬香を、小川に抱かせた。懐中電灯で後部座席を照らし、銀色のものに手を伸ばした。

カッターだった。子供が工作の時間に使うような小型のもので、刃が出しっぱなしになっている。カッターの刃を見つめる山村は、息を呑んだ。刃に、乾きかけた赤黒い液体が付着している。

血だ——

小川は怖い顔で、山村を見た。

「鑑識を呼んでください。車中に、血痕と思しき液体のついたカッターがあります。早紀という少女が、父親を傷つけた凶器である可能性が高いと思われます」

「このワゴン車が事件の現場かもしれない、ということですか」

山村は肯いた。

「それから、姉の行方がわかりません。すぐに地元の消防団に連絡をとって、捜索隊を結成した方がいいと思われます。地元の消防団は町なかはもとより、山沿いや海沿いの細道まで知っていますから、きっと力になれると思います」

山村の話を聞いていた小川は「わかりました」と答えるとパトカーに戻り、無線を手に取った。鑑識の手配を要請しているのだろう。山村は小川が戻ると、自分は現場確保のためにここに残るから、冬香を本署に連れて行ってほしい、と頼んだ。

パトカーの後部座席に座る冬香は、ガリガリに痩せていた。血色もよくない。場合によっては、病院へ連れて行く必要があるかもしれない。いまは、子供の健康状態を優先すべきだ、と山村は言った。

もっともだと思ったのか、小川は肯き、山村をその場に残してパトカーを発進させた。

パトカーの赤いテールランプが、次第に小さくなっていく。山村は身体に腕を回し、吹きつける風雨に耐えながら、早く応援が来ることを願った。

所轄の応援は、十五分ほどで現場に到着した。ワゴン車についている指紋の採取や、証拠となる遺留品を押収している。もちろん山村が見つけたカッターもだ。

ひととおり現場検証を終えると、山村は鑑識の車に同乗し所轄へ戻った。所轄に着いたときには、すでに日付が変わろうとしていた。

刑事課に通された山村は来客用のパイプ椅子に座ると、茶を持ってきた小川に訊ねた。

「保護した妹は、どうしてますか」

「それが……」

小川の顔が曇る。小川の話によると、冬香は現在七歳だが、体重が一般の七歳児の三分の二程度しかない。そのうえ、暖かい服に着替えさせた際、婦警が身体に煙草の火を押しつけられたような火傷の痕を見つけた。虐待と発育不良の疑いがあることから、病院に移送して、医師に診察してもらうことになったという。

「父親はどうです」

小川は眉間に皺を寄せて、怒りと呆れが入り交じったような表情をした。

「いま留置所にいますが、あれはアルコール依存症ですね。しかも重度の。取調室でこのたびの経緯を訊ねているあいだ、ずっと指が震えてるんですよ。あれは酒が切れてきたアルコール依存症の特徴です。病院に入らないと治りませんね」

アルコール依存症での入院となると、長期に亘る。そのあいだ、子供はどうなるのか。そう訊ねると小川は、施設でしょう、と答えた。三国に転勤してくる前にいた所轄で、似たような事案があったという。アルコール依存症で酒癖が悪い男が、酒の席で仕事場の同僚を殴り傷害で捕まった。男は病院での診察の結果、アルコール依存症と診断され専門の病院に入院した。傷害の罪は、退院後に償うことになったという。

「その男にも、未成年の娘がひとりいましてね。娘は父親が病院を退院し、罪を償い娑婆に戻ってくるまでのあいだ、児童養護施設に預けられることになりました。今回も似たようなケースです。おそらく父親は病院送り。娘は施設に預けられることでしょう」

山村は両手に持った湯呑に、目を落とした。

父親は病院送りになろうが、どのような罪状になろうが自業自得だ。妹も施設という環境に慣れるまで時間はかかるかもしれないが、荒んだワゴン車生活よりは、人間らしい生活が送れるだろう。

問題は、姉の方だ――

娘が父親を傷つけるなど、よほどのことだ。ふたりのあいだに、決定的ななにかがあったに違いない。早紀の身体が心配だ。精神状態も気になる。

山村はダルマストーブの火を、じっと見つめた。山村の内心を察したのか、小川は向かいのパイプ椅子に腰掛けると、同じようにストーブの火を見つめた。

「姉の方ですが、いま、警官と地元の消防団員、約五十人態勢で捜索しています。しかし、いまだに見つかっていません。それに……」

小川はそこで言葉を区切った。

「それに……、どうしました」

山村は先を促した。小川は口を真一文字に結び、意を決したように山村を見た。

「さきほど、捜索隊から無線で連絡が入ったのですが、姉が履いていたと思われるビーチサンダルが、東尋坊の崖っぷちで見つかったようです。今夜は強い風雨で、視界と足元が悪い。足を滑らせて海に転落した可能性があります」

山村は驚きのあまり、小川を凝視した。

山村は目の前で項垂れている与野井を元気づけようと、努めて明るい声で言った。

「大丈夫。きっと姉は見つかりますって。飢えや寒さで弱ってるかもしれませんけど、きっと見つかります。父親を傷つけてしまった怖さに、山のなか海沿いの岩場に身を潜めてるんでしょう」

早紀の捜索は昨夜、一時中断されたが、今朝の八時から再開されることになっている。

「今日中に、不明の少女発見、との連絡が入りますって」

「そうやと、いいんやけど……」

与野井は祈るようにつぶやいた。

山村はぬるくなった茶を一気に飲み干した。与野井には「大丈夫」と言ったが、本心は違っていた。東尋坊の海沿いの道は、足場が悪い。舗装もされておらず街灯もない。昨夜は激しい風雨だった。一メートル先も見えないような視界の悪さに加え、足元は雨でぬかるんでいた。すぐ横は断崖絶壁の崖だ。そんな場所で、少女が履いていたサンダルが発見されている。山村は最悪の結果を考えていた。

懸命な捜索にもかかわらず、その後も早紀の行方はわからなかった。山村のもとに捜索中止の決定がもたらされたのは、事件から一週間後の夜だった。

三章

連絡もなしに訪問した詫びを言い、由美は冬香の中学時代の同級生、及川の家を後にした。

外に出ると、夕暮れの冷たい風が身体に吹きつけた。首にストールをきつく巻く。

駅へ向かう由美の頭の中には、ひとつの言葉が浮かんでいた。

――北陸。

冬香の背後には、北陸の匂いがする。

冬香と北陸を繋ぐ線はふたつ。ひとつは、いましがた交わした及川の話だ。

中学時代、冬香はいつもひとりで教室の隅に座っている生徒だった。周りと交流を持たず、近寄りがたい雰囲気を持つ生徒だったという。そんな冬香だったが、顔を赤らめる可愛い一面があった。

会話の途中で無意識のうちに出てしまう、北陸地方の方言だ。ちぶたい、おとましい、などの北陸地方の言葉が、なにかの拍子に口をついて出る。男性生徒たちは、普段は距離を置いて遠くから見ている冬香をここぞとばかりにからかい、恥ずかしがる姿を見て面白がっていたという。

もうひとつは、冬香が勤務していた特別養護老人ホームしらゆりの苑の職員、笹岡から聞いた話だ。しらゆりの苑には、伊予という入所者がいた。北陸出身で、高齢ということもあり訛りがきつく、職員たちはなかなかコミュニケーションをとれずにいた。だが、冬香は伊予が口にする北陸の方言を理解し、伊予と心を通わせていた。伊予も言葉が通じる冬香を信頼し、心を開いていた。

冬香は千葉県出身で、幼いときに両親を事故で亡くしている。その後、千葉県内にある児童養護施設よつばの園に入所した。北陸との繋がりはない。その冬香が、なぜ北陸の言葉を知っているのか。

いろいろな理由は考えられる。入所していた児童養護施設に北陸出身の子がいて、親しくしていたかもしれない。あるいは、北陸に繋がる知人がいたのかもしれない。だがそれだけで、日常生活で方言を口にしたり、高齢者のきつい訛りを理解できるだろうか。

由美は道の途中で立ち止まると、バッグから携帯を取り出した。アドレス帳を開き、片芝の携帯番号を検索する。数回のコールで電話が繋がった。携帯の向こうから、煙草の吸い過ぎで掠れた声がした。

「おう、あれからどうしてた。いいネタ見つかったか」

片芝に冬香が入所していた児童養護施設の名称を教えてもらってから、二日が経っていた。由美は前置きなしに、本題を切り出した。

「円藤冬香に関する新たな情報は、入っていませんか」

片芝は投げやりに答えた。

「なんにもねえなあ。男たちから円藤の口座に振り込まれた金の流れ、共犯者の存在、なにも見えてこない。このままじゃあ結婚詐欺は立件できるが、殺人容疑はむずかしくなるかもしれないと、警察にも焦りが出てきている」

由美は携帯を握りしめた。

「冬香と北陸を繋ぐ線は、出ていませんか」

「北陸？」

片芝は思い切り語尾をあげた。

「その北陸ってのは、いったいどこから出てきたんだ」

由美は言葉に詰まった。

冬香と北陸になにか繋がりがあるのではないか、との考えは、自分の勝手な推測だ。誰かの証言や、明確な証拠があるわけでもない。つまらん妄想だ、と片芝に笑われるかもしれない。

由美は明確な返答を避けた。

「はっきりしたことは、なにもわかっていないんです。私の勝手な思い込みかもしれません。いえ、その可能性の方が高いです。でも、どうしても、冬香と北陸の接点が頭から離れなくて、片芝さんならなにか知っているかなと……」

由美の言葉を、低い凄みのある声が遮った。

「お前、そっちの情報は隠しておいて、こっちの情報だけ手に入れようってのか」

想像もしていなかった片芝の反応に、由美は慌てた。

「ち、違います！　私はただ、自分の勝手な想像で片芝さんを振りまわしたら申し訳ないと思って、それで……」

携帯の向こうから、舌打ちする音が聞こえた。

「お前の気遣いなんかいらねえよ。俺はどうしてお前が、円藤と北陸は関係があると思ったのか、その理由を聞いてんだ。想像でも憶測でもいいから、言ってみろ」

眉間に皺を寄せて、苛立たしげに煙草をふかしている片芝の姿が目に浮かぶ。由美は一笑に付されることを覚悟して、北陸にこだわるふたつの理由を説明した。

携帯の向こうに、沈黙が広がる。

それだけか、くだらねえ。そんな言葉が返ってくることを覚悟しながら、片芝の反応を待つ。だが、片芝の返事は意外なものだった。

「面白いな」

「え？」

「お前、いまどこだ」

千葉の勝原にいると答えた。冬香が通っていた中学校がある町だ。

携帯の向こうで、片芝が動く気配がした。

「七時にこのあいだの店でどうだ」

このあいだの店とは、前に由美と片芝が情報交換をした『菊太』のことだろう。千葉駅の近くにある小料理屋だ。

「なにか思い当たることがあるんですか」

「ほんとにお前、せっかちだな」

片芝の不機嫌そうな声がする。

「面白いと思ったから、これからその線を探ってみるんだろう。そう結論を急ぐな」

「すみません」

小声で詫びる。

「七時だぞ」

念押しの言葉を最後に、携帯は一方的に切れた。

由美は携帯をバッグにしまうと、ほっと息を吐いた。片芝は由美の考えを一蹴しなかった。逆に、冬香と北陸の関係に興味を持ち、探ってみるという。

由美は腕時計を見た。午後四時。いまから編集部に戻り、七時に千葉で待ち合わせるには、時間的に無理がある。とりあえず千葉駅に行き、どこかで時間を潰した方がいい。

由美は千葉方面の電車に乗るため、勝原駅へ向かった。

千葉駅に着くと由美は、近くのコーヒーショップに入った。バッグから携帯用のミニノートパソコンを取り出し、今日の午前中に取材した健康雑誌の原稿に取りかかる。書き終えたときは、六時半を回っていた。

由美は会計を済ませると、菊太へ向かった。

店にはカウンターに二人連れの男性客がいるだけだった。女将に、男性と待ち合わせをしていると伝えると、女将は奥の座敷へ行き襖を開けた。なかにいる客と二言三言、言葉を交わす。戻ってくると、由美を奥の座敷へ通した。

片芝は由美を待たずに、手酌で飲んでいた。ネクタイを緩め、すっかりくつろいでいる。由美を見ると、手元にあった徳利を掲げた。

「仕事が思いのほか早く片付いてな。先にやってた」

女将にお猪口をもうひとつ用意してほしいと頼み、由美は片芝の向かいに腰を下ろした。

「ここは美味い地酒を置いてるな。いい店を教えてもらった」

片芝は空の猪口に手酌で酒を注ぎながら、満足そうにつぶやいた。

由美は身を乗り出した。

「で、どうでした。冬香と北陸を結ぶ線は出てきましたか」

片芝はおしぼりと猪口を持ってきた女将に同じ地酒を注文すると、由美に酒を勧めた。

「まあ、そうがっつくな」

片芝は余裕の表情で、お通しに箸をつけている。由美は仕方なく盃を軽くあげると、乾杯の仕草をして酒を口にした。

片芝は箸を置き、卓に片肘をついた。

「電話を切ったあと、俺が持っている情報を一から調べ直した。冬香の勤務先の職員やアパートの住人など、北陸と関係を持つ人物がいるか探った。だが、北陸出身の人物はいなかった」

「そうですか」

由美は肩を落とした。冬香と北陸はなにか関係がある、という考えは、やはり単なる自分の思いすごしなのか。

「だがな。意外なところから、北陸が出てきた」

「え?」

由美は俯いていた顔をあげた。片芝は由美の猪口に、酒を注いだ。

「前に、円藤は携帯をふたつ持っていた、と言ったな」

冬香は日常で使っていた一般の携帯と、不審死を遂げた男性たちと連絡をとっていたプリペイド式の携帯のふたつを所持していた。一般の携帯は警察が押収したが、プリペイド式の携帯は、壊れたから処分した、と冬香は供述している。

「警察は電話会社を通じて、ふたつの携帯の履歴をつぶさに調べた。履歴に残っていた番号をすべて洗ったところ、冬香が日常で使っていた携帯に、ある電話番号が残っていた」

「誰ですか」

片芝は焦らすように、ジャケットの内ポケットからセブンスターを取り出すと、百円ライターで火をつけた。

「江田知代」

覚えがない名前だ。

「県境の山中で男性が練炭中毒死した日の夜。江田は自宅の固定電話から円藤の携帯に電話を入れている」

冬香が逮捕される、三週間前のことだ。

「理由はわからんが、円藤は電話に出なかった。だから、ふたりは通話はしていない。警察は電話番号から江田の自宅を割り出し、妻に冬香の携帯に着信があった時間、誰が電話を使ったのか訊ねた。その時間、夫はまだ帰宅しておらず、家にいた自分が使った、と答えた。警察は知代に、円藤との関係を訊ねた。知代の返答は、円藤冬香なんて人物は知らないし、そんな相手に電話をかけた覚えもない、というものだった」

「じゃあ、どうして着信履歴が残っていたんですか」

由美は片芝に酌をしながら訊ねた。

片芝が猪口に口をつける。ひと息ついて言った。

「江田が言うには、かけ間違えたんだと。たしかにその夜、電話をかけた覚えはあるが友人にかけたもので、繋がらなかったからそのまま切ったそうだ。きっと、その電話がかけ間違いで、円藤の携帯に繋がったのだろう、だとさ。警察は円藤と江田のあいだに、なにか繋がりがないか調べた。だが、なにも出てこなかった。警察は事件当日の電話は江田のかけ間違いと判断し、江田を事件関係者から外した。その江田の出身が」

片芝は酒を口にしながら、目だけで由美を見た。

「福井だ」

「福井……」

襖が開き、厚揚げと季節の野菜の煮物が運ばれてきた。

「その江田知代、という女性はどんな人物なんですか」

片芝はさといもに箸をつけた。

「主婦で、鎌倉の由比ヶ浜に住んでいる。夫とふたり暮らし。子供はいない。夫は青山や自由が丘で、イタ飯かフランス料理かわかんねえが小洒落たレストランを数軒、経営している」

鎌倉にふたり住まいで、夫は飲食店の経営者。世間から見れば、経済的にも環境的にも恵まれた暮らしだ。

「彼女は働いているんですか」

片芝は鼻で笑った。

「働いているわけねえだろう。夫はやり手の実業家だぞ。金の使い道に困ることはあっても、苦労なんかしてねえよ。羨ましいこった」

由美は猪口を口にした。

事件当日、冬香の携帯に間違い電話をかけた女性が福井出身だった。ただ、それだけのことだ。警察も江田と冬香を結ぶ線は見つからず、ふたりは無関係だと判断している。

――だが。

由美は額に手を当てた。

からみあった細い糸を、ほどいているような気分だ。しかも、その糸をほどいたからといって、なにか事件に関係のある事実が出てくるという確証もない。が、由美の胸のなかから、北陸の二文字は消えなかった。喉元に刺さった魚の小骨のように引っかかり、思考を北陸へ向かわせる。

「片芝さん」

由美は俯いたまま、名前を呼んだ。

「江田の住所か」

驚いて顔をあげる。なぜ、これから訊ねようと思っていたことがわかるのだろう。由美の考えていることを察したらしく片芝は、目尻に皺を寄せた。

「お前が考えていることなんかお見通しだ。どうしても、北陸が気にかかるんだろう」

肯くことで由美は認めた。

片芝はジャケットのポケットからメモ帳とペンを取り出すと、文字を書き記した。破りとって由美に渡す。

「ほれ。江田の住所だ」

由美はメモ帳の切れ端を、両手で受け取った。江田の住所をじっと見つめる。

「私、自分が北陸にこだわっている理由を話したとき、片芝さんから一笑に付されると思ってました」

片芝は灰皿に置きっぱなしにしていた煙草を手に取ると、深く吸い込んだ。

「人間ってのはな、面接や取り調べのような、お行儀よくしていなきゃいけない場面より、日常のふとした瞬間に地がでるもんだ。お前がこだわっているふたつの線は、まさにそれだ。警察の取調室で自分をがちがちに防御している円藤冬香じゃなく、お前は素の円藤冬香を知っている。ほんの欠片かもしれんがな」

片芝はフィルターだけになった煙草を、灰皿で揉み消した。

「事件ってのは、普段なら気にも留めないような、なんでもない日常から、解決への糸口が見つかる可能性がある。お前さんは、その糸の端を摑んでるかもしれないってことだ」


「では、こちらに着替えてベッドにうつ伏せになり、タオルをかけてお待ちください」

スタッフの女性が、部屋から出て行く。

由美は身につけている衣服を脱ぐと、用意された紙ショーツ一枚になり、ベッドにうつ伏せになった。間接照明が灯る薄暗い室内には、ヒーリング効果を期待して東洋の民族音楽が流れている。

今朝、起きたらこめかみのあたりがずきずきした。

このところ、通常の仕事に加えて、冬香について調べ回っている。二日前に片芝と情報交換をしたときも、終電まで深酒をせず、日付が変わる前に帰宅したのだが、疲れがたまっているのかもしれない。今日は日曜日だ。編集部は基本、休みだし、手持ちの締め切り原稿はほぼ片付いている。由美は二ヵ月ぶりに、行きつけのアロマ・マッサージサロンを訪れた。

店は、五年前に雑誌の取材で知った。女性の間でアロマテラピーが流行りはじめた頃で、香りや癒しに関する店や雑貨などを取材していたときに訪れた店だった。記事を書くためにマッサージを体験したのだが、思った以上に気持ちよく、いまでは疲れがたまると訪れている。

「今林さま、ご用意はよろしいですか」

ドアの外から声がした。

返事をすると、先ほどとは別の女性が入ってきた。今日、由美を担当する施術師だ。女性は由美に訊ねた。

「痛いところや触れられたくないところはございませんか」

ありません、と答えると女性は、由美の背中にかかっているタオルを外し、両手を背に当てた。

「力が強すぎたり、痛みを感じたときはおっしゃってください。では、はじめさせていただきます」

背中にオイルが塗られる。今日はすっきりしたい気分だったので、ローズマリーをベースに調合したオイルを頼んだ。

女性の手が、由美の背中、腰、足を慣れた手つきで揉みほぐしていく。心地よいアロマオイルの香りと、落ち着いた空間——身体の疲れがとれていく気持ちよさに、気がつくといつも、寝てしまっている。今日もそうだった。施術師の「力加減はいかがでしたでしょうか」という声で目が覚めた。

施術が終わり、自分の服に着替える。会計を済ませて店を出た。大きく伸びをする。全身の凝りがとれ、頭がすっきりとしている。

身体の調子がよくなると、急に空腹を覚えた。今日は朝からなにも食べていない。なにか腹に入れようと歩道側の店を眺めながら歩いていると、イタリアンレストランの看板が目に入った。店の入口にイーゼルが置かれ、インフォメーション・ボードにランチメニューが書いてある。メインは、ベーコンとキャベツのペペロンチーノ。他にサラダとスープ、食後のデザート、コーヒーがついている。

店のなかから漂ってくるいい匂いに誘われ、由美は木製のドアを開けた。

はじめて入る店だったが、当たりだった。パスタはほどよいアルデンテでガーリックが効いている。サラダの人参ドレッシングも美味しい。おそらく手作りだろう。

ランチをすべて平らげ、食後のコーヒーを口にしながら、由美は一昨日、片芝から聞いた江田知代について頭を巡らせた。

冬香と北陸を繋ぐ線上に浮かんだ女性。県境の山中で男性が練炭中毒死した日の夜に、自宅の固定電話から冬香の携帯に電話を入れている。だが、知代は友人にかけるつもりでかけた間違い電話だった、と警察に言っている。その知代の出身地が、北陸の福井県だった。

由美はデザートのチョコレートタルトを食べながら、鎌倉に行ってみようか、と思った。知代は鎌倉の由比ヶ浜に住んでいる。住所も片芝から教えてもらった。運がよければ、近所の人間から知代に関して、なにか話が聞けるかもしれない。

食後のコーヒーを飲み終えた由美は、店を出ると中目黒の駅へ向かった。横浜で乗り換え、鎌倉に向かう。江ノ電に乗り継ぎ、由比ヶ浜に着いたときは、二時を回っていた。

バッグから手帳を取り出し、知代の住所を確認する。由美は携帯の地図検索機能を使い、知代の家へと向かった。

このあたりの住人なのだろう。時折、犬の散歩をしている人とすれ違う。あたりは見るからに高級住宅地といった趣だ。知代も犬を飼っているのだろうか。

由比ヶ浜の駅から十分ほどのところに、知代の家はあった。煉瓦で造られた門にアルファベットで「ＥＤＡ」と記された表札がかかっている。建物は白壁の三階建てで、一階に車庫があった。三台は停められるスペースだ。白いシトロエンが一台停まっており、横は空いていた。庭にはヤシの木が植えられ、門から玄関まで手入れの行き届いた芝生が敷かれている。

由比ヶ浜の海岸まで歩いて五分という好立地。七十坪はあると思われる広い敷地。ヨーロピアン調の瀟洒な家。いったい、どのくらいの金がかかっているのだろう。もしかしたら、由美の生涯収入を超えているかもしれない。

家を眺めながら深い溜め息をついたとき、ドアが開いた。中から女性が出てくる。ジーンズに真っ赤なニットを着て、グレーのコートを羽織っていた。身体の線は細く、背はあまり高くない。小柄な体型だ。肩からヴィトンのバッグをさげている。女性は玄関に鍵をかけると、車庫に向かった。

江田知代だろうか。

由美は思い切って門を入ると、女性に声をかけた。

「あの、すみません」

女性は小首を傾げるように、由美を振り返った。ウェーブがかかっている長い髪がふわりと揺れた。

「江田知代さん、でしょうか」

「ええ、そうですが。どちらさまですか」

知代はおっとりとした口調で答えた。

バッグから急いで名刺を取り出した。

名刺を受け取った知代の眉間が一瞬、険しくなる。

「栄公出版……。マスコミの方なの」

由美は肯くと、ニュース週刊誌「ポインター」の記事で、車中練炭死亡事件に深く関わっていると見られている円藤冬香容疑者を追っている、と説明した。

知代は意図的に筋肉を弛緩させたかのような無表情な顔で、由美の話を聞いている。

「今日、伺ったのは、円藤冬香さんについてお聞きしたかったからです。私はあるルートから、事件当日に江田さんが円藤冬香さんの携帯に電話をかけているという情報を入手しました。江田さんは円藤さんとは、以前からお知り合いだったんですか」

否定されることを知りながら、由美はあえて質問をぶつけた。知代の反応が見たかったからだ。由美の予想どおり、知代は首を横に振った。

「そのことなら警察の方にも聞かれましたが、間違い電話です。友人にかけるつもりが、間違えて、その円藤なんとかさんにかかってしまったんです。単なる間違い電話なのに、警察だけじゃなくマスコミまで訪ねてくるなんて、まったく……いい迷惑だわ」

由美はしらばっくれた。

「そうでしたか。すみません。そういう事情までは知らなかったもので。では、円藤冬香さんとは、なんの関係もないんですね」

由美の問いに、知代は控え目だがはっきりとした声で言った。

「一切、関係ありません」

由美は、わかりました、と答えると、知代の家を見上げた。

「素敵なお宅ですね」

「ありがとう。それより、これから出掛けるの。もうよろしいかしら」

知代は車庫に向かった。知代の後ろ姿に、由美はさりげない口調で声をかけた。

「江田さん、福井出身ですよね」

車のドアを開けかけた知代の手が止まる。知代はゆっくりと振り返った。

「なんですって」

「江田さんは、福井のご出身なんですよね。やはり寒い土地より、暖かい土地の方が、暮らしやすいですか」

知代の目に刺すような鋭さがこもった。思わず息を呑む。だが、それは一瞬のことで、すぐに先ほどと変わらない、能面のような表情に戻った。

「私のことをどこまでご存じなのかはわかりませんが、自分のことを調べられるのは気分がいいものではないですね。警察ならまだしも、なんの権限もないマスコミに」

知代は車に乗り込むと窓を開け、前方に目を据えたまま言った。

「もうお引き取りください」

由美は時間を取らせた詫びを言い、門を出た。同時に、車庫からシトロエンが走り出す。由美はシトロエンが、角を曲がり見えなくなるまで目で追った。車が走り去ると、大きく息を吐く。

やはり、この事件を解く鍵は福井にある――

由美は確信した。

福井出身ですよね、と訊ねたときの知代の目。痛いところに触れられたような、敵意がこもった目だった。

由美は駅に向かって歩きはじめた。

事件の鍵が福井にあるという目星はついた。だが、冬香と福井と知代の関係がわからない。いったいどう繋がっているのだろうか。

思案しながら歩いていると、バッグの中で携帯が鳴った。片芝からだった。

「おう、休みの日に悪いな。デート中だったか」

由美はむっとしながら答えた。

「そんな相手、ここ何年もいませんよ。それより、片芝さんこそ休日にどうしたんですか」

「事件記者に休日も平日もねえよ。それより、このあいだ話した江田知代だが」

由美は携帯を耳に押しつけた。

「江田さんがどうかしたんですか」

「あれから気になって江田の周辺を調べた。すると、興味深い事実が出てきた」

携帯の向こうで、カチカチ、とライターをつける音がする。煙草を吸おうとしているのだろう。舌打ちのあと、つかねえなあ、というぼやきが聞こえる。新しい情報が早く知りたくて、気が急いた。

「その、興味深い事実ってなんですか」

カチリ、という音がして、満足気に深く息を吐く気配がした。煙草に火がついたのだろう。

「江田は福井出身だ、と言っただろう。地元の小、中、高校に通い、その後、上京しているんだが、福井にいるときどこで育ったと思う」

どこで、という意味がわからない。地名のことを言っているのだろうか。

「すみません。私、福井の土地鑑はなくて」

「地域じゃねぇよ。暮らしていた環境のことだ。江田はな、養護施設で育ったんだ」

養護施設――

その言葉に由美ははっとした。頭のなかで火花が散る。

「円藤冬香も、養護施設育ちですね」

「ああ、江田は福井。円藤は千葉。場所は違うが、養護施設育ちという点は同じだ。福井のどこの施設かはわからんが、江田の夫の関係者から聞き出した確かな情報だ。間違いないだろう」

胸がざわめく。由美は携帯を強く握りしめた。

「片芝さん。私、いま鎌倉にいるんです」

「鎌倉？」

「さっき、江田さんに会ってきました」

片芝は呆れたような、感心したような声で言った。

「おいおい、直当たりか。ずいぶん大胆なことするな。で、なにか手ごたえはあったか」

由美は江田とのやり取りを、一部始終、片芝に伝えた。

「福井出身ですよね、と言われたときの江田さんの反応は普通ではありませんでした。

なにかある、そう感じました」

「そうか……」

携帯の向こうで、二本目の煙草に火をつける気配がする。

由美は唇を固く結び、バッグを肩にかけ直した。

「私、福井に行こうと思います」

「やっぱり福井が鍵か」

はい、と由美は答えた。

「冬香と北陸の繋がり。事件当日の電話。電話をかけた江田さんの出身は福井。ふたりとも養護施設育ち。まだ、パズルのピースはばらばらだけど、空白を埋める情報を手に入れて繋ぎ合わせれば、きっとなにかが見えてくると思うんです。福井に行って、江田さんが育った養護施設を探してみます」

由美の話を黙って聞いていた片芝が、してやったり、というような声で言った。

「よし！ そう来るだろうと思っていた」

由美はその言葉で、片芝の魂胆を理解した。思わず大きな声が出る。

「片芝さんは、私が養護施設育ちの情報を知ったら、江田さんの過去を調べに福井に行くと見越して情報を流したんですね。最初から私を、利用するつもりだったんですね」

片芝が携帯の向こうで、咽喉を鳴らして笑った。

「おいおい、利用するなんて人聞きの悪いこと言うなよ。俺たちは持ちつ持たれつだろう。俺が福井に行けないから、代わりにお前に行ってもらおうと思っただけじゃねえか。それとも、いらない情報だったか」

言葉に詰まる。

たしかに情報を流してくれるのは、ありがたい。片芝には感謝している。だが、手のひらの上で、いいように転がされているような気分がしてあまり愉快ではない。

「で、いつ福井に行くんだ」

「あ、えっと」

由美は携帯を肩と顎で支えると、バッグから手帳を取り出した。月曜は都内で取材が一件入っている。それが終われば、木曜日まで急ぎの予定はない。明日、取材が終わってからすぐに福井に発てば、まる二日間は知代が入所していた施設を探せる。

由美がそう答えると、片芝はいつになく真剣な口調で言った。

「気をつけろよ。なにかわかったらすぐに連絡をよこせ。健闘を祈る」


月曜日、由美は都内での取材をこなし、午後一番の新幹線ひかりに乗った。滋賀県の米原に着くのが、およそ三時。そこからJR北陸本線の特急しらさぎに乗り換え、福井に向かう。乗り継ぎ時間を含めると三時間半。夕方前には着ける計算だ。

由美は新幹線の車中で、昨日の夜ネットで調べた情報を思い返していた。

片芝から知代が福井出身で養護施設育ちだと聞いたあと、福井県にある児童養護施設を調べた。現在、福井には五つの児童養護施設があった。

江田知代は三十八歳になる。地元の小、中、高校に通った、と片芝は言っていた。小学校から養護施設で育ったとしたら、およそ三十年前だ。昭和からあった養護施設に入っていたことになる。五つの養護施設の沿革を調べたところ、三つは設立がここ十五年のあいだだった。平成に設立された児童養護施設に、知代が入居していたとは考えられない。

残りのふたつは、ひとつが昭和五十年、もうひとつが昭和四十四年の設立だった。前者は福井市にある「青葉の園」、後者は坂井市にある「光陽の家」だ。由美はまず、このふたつの施設を当たってみることにした。

米原駅で新幹線から特急しらさぎに乗り換え、福井駅に着いたときは四時を回っていた。

ホームに降り立った由美は身震いした。

福井には、ひと足早く冬が訪れていた。まだ雪は降っていないが、風は凍てつくように冷たい。薄手のトレンチコートを羽織ってきた由美は、冬物を着てくればよかったと後悔した。

駅の近くのコンビニで、弁当とほうじ茶を買った。温かいほうじ茶をコートのポケットに入れ、手を温めながら、予約しておいた駅前のビジネスホテルに向かう。

チェックインして部屋に入る。コンビニ弁当を食べ終わると、午前中に取材してきた原稿を五時間かけて書き上げた。ニュース週刊誌ポインター編集長の康子に、仕上げた原稿を送信して床に就く。

時計を見ると、日付が変わっていた。由美はベッドに横たわると、部屋の灯り（あか）を消した。

明日はハードな一日になる。福井市の青葉の園と坂井市にある光陽の家、両方を訪れなければならない。早く休まなければ、と焦る。

由美は枕が替わると、寝付きが悪かった。原稿を書き上げたばかりで神経も昂（たか）ぶっている。明け方まで眠れなかったらどうしよう、と気が重くなる。が、由美の心配は杞憂（きゆう）に終わった。電車に乗っているだけでも、身体が疲れたのだろう。眠りはすぐに訪れた。

翌朝、由美は携帯のアラームで目を覚ました。七時ちょうど。洗顔をすまし、一階にあるホテルの朝食会場で、バイキング形式の朝食をとる。部屋に戻って身支度を整え、チェックアウトをすませると、由美は福井駅へ向かった。青葉の園は福井駅から在来線で、ふた駅先の町にある。

電車を降りた由美は、携帯を取り出した。ナビで青葉の園を検索し、カーソルが示す方向に歩きはじめる。

駅から徒歩で二十分ほどのところに、青葉の園はあった。表通りから細い裏道に入った突き当たりだ。古びたコンクリート製の二階建てで、白壁にはところどころ罅（ひび）が入り、修復した跡が残っている。三十年以上前に建てられた施設というのも肯（うなず）ける。敷地には広場があり、ブランコや鉄棒などの遊具が、淋しげにぽつんぽつんと置かれていた。どれもペンキが剝げて錆びついている。なにも知らない者が外観だけ見たら、廃園になった幼稚園の施設跡だと思うだろう。

　由美は門柱をくぐると、入口の引き戸を開けた。

　玄関のなかは、二畳ほどの広さがあり、右手に下駄箱があった。なかに十人ほどの内履きが入っていた。下駄箱の上に『靴は揃えましょう』というプレートが貼られている。

　チャイムを探すが、見当たらない。由美は奥に向かって声をかけた。

「すみません。どなたかいらっしゃいませんかあ」

　すぐに、はあい、という女性の声が返ってきた。パタパタというスリッパの音が、廊下の奥から近づいてくる。

　姿を現したのは、由美と同い年くらいの女性だった。ジーンズにトレーナーという出で立ちに、赤いチェックのエプロンをつけている。施設の職員なのだろう。エプロンの胸元に、小林、というネームプレートがついていた。小林は見慣れない客を、小首を傾げるように見つめた。

「どちら様でしょうか」

　由美は名刺を渡し、ニュース週刊誌ポインターのライターだ、と名乗った。

「実はある事件の関係者と思われる人物を、追っているんです。その人物が福井の養護施設で育ったという情報を得たので、もしかしたらこちらの入所者だった方ではないかと思い訪ねました」

小林は名刺を摑んだまま、好奇心をあらわにした目で由美を見た。

「ある事件ってなんですか」

由美は手短に、車中練炭死亡事件を説明した。

小林は、ああ、と叫ぶと、大きな目をさらに見開いた。

「山中で男性が、車の中で死んでた事件でしょ。たしか四十歳くらいの美人が逮捕されたんですよね」

由美は肯きながら、バッグから手帳とペンを取り出した。

「その事件で逮捕された円藤冬香容疑者と、関わりがあるかもしれない女性を捜しているんです。名前は知代。現在は結婚して姓が変わっていますが、旧姓は本田です」

由美はメモに書かれている、片芝から教えてもらった情報を読み上げた。

「現在、三十八歳。小、中、高校と地元の学校に通っているので、養護施設にいた時期は、いまから三十年近く前になると思います。本田知代という少女が、こちらに入居していませんでしたか」

小林は困ったように俯いた。

「私はここに勤めてまだ三年なんです。施設長も創設時から何人か代わってて、いまで五人目やったかなあ。いまの施設長が就任したのは十年ほど前なので、三十年も前のことはわからないと思います」

　それに、と小林は言葉を続けた。

「いまでは児童養護施設になってますけど、ここは創立から十五年間は、一歳未満の乳児を養育する乳児院だったんです。お捜しの本田知代さんは、いま三十八歳とおっしゃいましたよね。だから、本田さんが入所してたと考えられる頃、ここはまだ乳児院だった計算になります。本田さんがうちに入所してたとは考えられません」

　創立時からしばらくは乳児院だった、とは知らなかった。青葉の園のホームページで調べた沿革にも、そのあたりの情報は書かれていなかった。由美は手帳に、十五年間乳児院、と手早く書き留め顔をあげた。

「乳児院とはいえ、特別な事情で乳児期以外の子供を預かるということは、なかったんでしょうか」

　由美の問いに小林は、首を横に振った。

「特別な理由がある場合は、未就学の児童も預かっていたこともあったようですが、それは一時的なもので、小学校から高校までの十二年間も入居してるなんて、あり得ません」

　由美は食い下がった。

「施設が創立されてから、いままで入居した人の資料は保管されてますよね。その中に、本田知代、という人物がいないか調べてもらえませんか」

　小林は申し訳なさそうに、由美を見た。

「今林さん、とおっしゃいましたか。出版社の方なら、個人情報保護法という法律をご存じですよね」

由美は言葉に詰まった。当然、想定されていたことだ。

「入所者に関する情報は個人情報保護法に基づき、外部に漏らすことは禁じられてるんです。だから、もしその本田知代さんの情報を知っていたとしても、私の口からお答えすることはできません」

「そこをなんとか……」

粘る由美を、小林は詫びることで振り切った。

「すみません」

これ以上は無理だ、と察した由美は、時間を取らせた詫びを言い、青葉の園をあとにした。

駅に向かう道すがら、由美は小林の話を頭のなかで反芻していた。入所者の記録は調べてもらえなかったが、小林の話を総合すると、知代が青葉の園に入所していた確率は極めて低い。対象は光陽の家に絞られたといっていいだろう。

光陽の家は坂井市の三国町にある。由美は福井市から電車で芦原温泉駅に向かった。芦原温泉駅に着いたときは、十二時を回っていた。昼時に施設を訪問するのも憚られ、駅の向かいにある喫茶店で軽い昼食をとった。

ピラフを食べながら、携帯で光陽の家の場所を確認する。光陽の家は芦原温泉駅から離れた場所にあり、徒歩ではとても移動できない距離だった。

金はかかるが仕方がない。タクシーを使おう。由美は店を出ると、駅前で待機しているタクシーに乗り込んだ。

光陽の家は芦原温泉駅から、車で二十分ほどのところにあった。曲がりくねった細い裏道を奥へと進むと、二階建ての建物が見えてきた。タクシーの運転手は、着きましたよ、と言うと建物の前で車を止めた。

「ここが光陽の家ですか」

由美は思わず訊ねた。

「そうですよ」

タクシーの運転手は、少しむっとしたような口調で答えた。

由美は料金を支払うと、急いで車を降りた。身体に突風が吹きつける。潮を含んだ冷たい風だ。由美は顔にかかる髪を手で払いのけると、目の前の建物を眺めた。

光陽の家は由美が考えていた外観と、かなり違っていた。施設が設立されたのは、昭和四十四年だ。年季の入った古い建物を想像していたのだが、目の前にある建物は真新しく、敷地内を取り巻くフェンスも錆びてはいない。

由美は玄関の前に立つと、ガラス製のドアの横についているインターホンのチャイムを押した。ほどなくインターホン越しに、落ち着いた感じの女性の声がした。

「はい、どちら様でしょうか」

由美は名乗った。

週刊誌のライターが、なぜうちの施設に用事があるのか。女性はそう思ったのだろう。戸惑うような間があり、少々お待ちください、という言葉が返ってきた。

由美が玄関の外で震えながら待っていると、中からひとりの女性が出て来た。女性は玄関のドアを開けると、由美を気の毒そうに眺めた。

「まあまあ、そんな薄着で寒いでしょう。温かい飲みものでも淹れますから、とりあえずなかへお入りください」

女性は還暦を迎えるくらいだろうか。少し垂れ目がちの目元が、優しげな印象を与える。案内しながら女性は、施設長の坂下です、と名乗った。

施設はなかも新しかった。リノリウムの廊下はピカピカに光っているし、窓は強風でもびくともしないサッシでできている。施設の老朽化に伴い、外観の修復だけではなく、施設そのものを建て替えたのだろう。

通された応接室のソファに座る。温かい茶を差し出す坂下に、由美は突然来訪した詫びを言った。

テーブルを挟んで向かいに座った坂下は、由美に訊ねた。

「東京からわざわざこんな遠くまで、どのようなご用ですか」

由美は青葉の園のときと同じように、用件を述べた。

「ああ、あの事件の……」

坂下は驚いたように、口元に手を当てた。由美は肯いた。

「はい、その、逮捕された円藤冬香被疑者と関係があると思われる人物、本田知代さんを追っています。知代さんがこちらの施設に入所されていた、という事実はありませんか」

坂下の答えは、青葉の園での小林と同じだった。入所者の記録はすべて保管しているが、個人情報を外に漏らすことはできない。申し訳ないが、お答えできない、というものだった。

「どんな些細なことでもいいんです。教えていただけませんか」

ここで知代の情報を得られなければ、あとはどこを当たればいいのかわからない。由美は必死に食い下がる。しかし、坂下の口は堅かった。

ごめんなさいね、と穏やかな口調できっぱりと断る。

これ以上粘っても、坂下から情報は得られそうにない。

諦めて席を立とうとしたとき、坂下が由美を引き止めた。

「人捜しなら私なんかじゃなく、別な人を訪ねるといいんじゃないかねえ」

「別な人、ですか」

由美は中腰のまま坂下を見た。

「本田知代さん、でしたか。その方が福井にいたのは、いまから三十年近く前なんでしょう。もし、知代さんが三国にいたとしたら、当時からここに住んでてこの地域のことに詳しい人がいるんですよ」

「どなたですか」

由美はソファに再び腰を下ろすと、手にしていたメモ帳を開きペンを握りしめた。

坂下は茶をひと口啜ると、由美を見つめた。

「名前は山村兵吾さん。いまはもうお年で引退されてるけど、当時は三国北駐在所に勤務してらしたおまわりさんだったの。三十年前で四十後半だったから、いまはもう八十近いかねえ。でも、身体も頭もまだまだしっかりされてて、当時、町に住んでた人たちのことや、このあたりで起きた揉め事や事件など、よく覚えてらっしゃるのよ。もしお望みなら、連絡をとってあげるから訪ねてみるといいんじゃないかねえ。山村さんのお宅も、ここからそう遠くないところだし」

由美はソファから勢いよく立ち上がると、深々と頭を下げた。

「よろしくお願いします」

坂下は、山村兵吾の家は三国港駅から徒歩で十分ほどだ、と教えてくれた。

光陽の家をあとにした由美は、えちぜん鉄道三国芦原線で三国港駅へ向かった。

三国港駅は小さな無人駅だった。坂下に教えてもらった山村の住所を携帯へ入力し、ナビに従い歩き出す。

ナビのカーソルは、国道から山に向かう県道を指していた。道は坂になっていて、上るのに一苦労だった。途中でひと息つき後ろを振り返ると、青い穏やかな海が見えた。

途中、携帯でネットに繋ぎ、円藤冬香の情報を検索した。新しい情報はこれといってあがっていなかった。少しほっとする。

山村の家がある地区は古くからある住宅街で、細い道が入り組んでいた。入り組んだ道の両側に家が立ち並んでいる。表札が出ている家もあれば、出ていない家もあった。

由美は山村の家を、携帯画面と家々の表札を見ながら探した。

山村の家は、それほど迷わずに見つけられた。木の格子でできた塀があり、入口の横に「三国町××　山村」と書かれた表札がかけられていた。住所も名前も合っている。山村の家に間違いない。

由美は門の引き戸を開け、敷地へ足を踏み入れた。

山村の家は平屋の一軒家だった。狭い庭先に園芸用の棚が置かれている。棚の上には、盆栽や山野草の鉢植えが並んでいた。

由美は木製のドアの横についている、チャイムを押した。なかから、はいはい、という男性の声がしてドアが開いた。

開いたドアの先には、銀縁の眼鏡をかけた男性が立っていた。黒いズボンに、グレーのニットを着ている。男性は由美を上から下まで眺めて、深い皺が刻まれた目元を緩ませた。

「あんたが今林さんか。やっぱり東京の人は違うのう。垢ぬけてるわ」

由美は長野の生まれだ。東京の人、と言われて気恥ずかしさに顔が熱くなる。由美は頭を下げて、名刺を差し出した。

山村は名刺を受け取り眺めた。

「坂下さんから話は聞いとります。私で力になれるかどうかわからんけど、まあ、あがんなさい」

由美はもう一度頭を下げて、靴を脱いだ。

縁側の横にある障子を開けると、そこが茶の間になっていた。八畳ほどの大きさで、部屋の真ん中に炬燵(こたつ)がある。壁際には欅(けやき)でできた茶簞笥(だんす)と仏壇が置かれていた。窓際では石油ストーブが赤々と燃えている。

炬燵の上に、新聞が広げられていた。よく見ると畳の上にも、いくつかの新聞が散らばっていた。山村は炬燵の上に広げていた新聞を片付けながら、由美に炬燵に入るよう勧めた。

「東京の人に、ここの寒さは堪(こた)えるでしょう。足を入れて温まってください。いま茶を淹れますで」

「どうぞお構いなく」

由美は山村の申し出を、慌てて断った。山村は茶の間と続きになっている台所に入っていくと、急須(きゅうす)と湯呑(ゆのみ)を盆に載せて戻ってきた。石油ストーブの上にかけてあるやかんから急須に湯を注ぎ、炬燵に入る。

「連れあいに五年前、先立たれましてね。ずっと女房に頼りっきりやった男のひとり暮らしは、なかなか大変ですわ。散らかってて申し訳ない」

由美は茶の間の隅に置かれている仏壇を見た。優しげに微笑んでいる女性の写真が飾られている。仏壇の横に、いまにも倒れそうなくらい堆く積まれた新聞があった。

「新聞、ぜんぶ山村さんがお読みになるんですか」

山村は山積みになっている新聞を眺めた。

「ああ、あれですか。退官しても昔の癖が抜けなくってね。この歳になっても、全国紙二紙と地方紙一紙を毎日読んでます。おかげさまで、足腰は少し弱くなってますけど、ここはまだ丈夫ですわ」

ここ、と言いながら山村は自分の頭を指さした。

退官、という言葉に由美は、山村が警察官だったことを思い出した。山村は茶を淹れると、本題に入った。

「で、坂下さんの話では、人を捜してるとか」

由美は坂下に話したのと同じ内容を、山村に説明した。山村は、ああ、と声を漏らすと眼鏡の縁を指であげた。

「あの世間を騒がせてる、車中練炭死亡事件か」

山村は腕を組み、わずかに俯いた。上目遣いに自分を見つめる山村の視線に、由美は目を見張った。やはり元警察官だ。穏やかだった目つきが鋭くなる。

「その事件で逮捕された被疑者と関係があるかもしれない女の人を、捜してるんやね」

由美は炬燵のなかで、膝を揃えた。

「どんな些細なことでもいいんです。三十年くらい前、このあたりで本田知代という名を聞いた覚えはありませんか」

山村は腕組みをしたまま考え込んでいたが、顔をあげて由美を見た。

「悪いけど、いいかの」

口元に煙草を持っていく仕草をする。由美は、もちろんです、と答えた。山村は茶箪笥の引き出しからショートホープと灰皿を取り出すと、仏壇からライターを持ってきた。

「生前、女房から禁煙するように言われてたんやけど、これぱっかりはやめられなくての。特に考え事をするときは、これがないと落ち着かん」

山村は煙草を口にくわえると、ライターを手で覆うようにして火をつけた。煙を深く吸い込み、ゆっくりと吐き出す。

「わしは県内の交番や駐在所を転々として、定年前の八年間を三国の駐在所で過ごした。三国は穏やかな町での。町は小さいけど海の幸が豊富で食べ物は美味い。隣組制度も活発で、人情もある。わしはこの土地がすっかり気に入って、定年後、東京で一緒に住もうという息子の誘いを断り、女房とふたりでここに住んだんや。退職してからは地域の安全委員を務めたり、東尋坊をパトロールして自殺防止の手助けをしたり、社会活動をしながら気ままに暮らしてきた。だから、この地区に住んでいる人のことは大概わかる。

ほやけど、本田知代という名前には、覚えがないのう」

山村は陶器製の灰皿に、煙草の灰を落とした。

「そうですか……」

この町のことをよく知っている山村が知らないと言うのだから、知代はこの町とは無関係なのだろう。一から探り直しだ。とはいえこの先、どこを当たればいいのかわからない。由美は肩を落とした。

でも、と山村は記憶を辿るように遠くを見た。

「本田知代、という名前には覚えがないけど、あなたが追ってる別の人物の名前やったら覚えがある。覚えがあるというより、自分にとっては忘れられない名前や」

由美は息を呑んだ。

まさか――

「冬香、や。被疑者と同じ名前のな」

強い風が吹き、窓ガラスが音をたてて揺れた。

由美は膝を乗り出した。山村は軽く首を振る。

「本人なんですか！」

「テレビで見たけど、ありゃ別人やわ。わしの知っている冬香は、もっとこう……顔立ちが派手やった。もっとも、小さいときに会っただけやで、絶対に違うとは言い切れんけどなあ」

由美は大きく息をついた。山村が二本目の煙草に火をつける。

「この町はいい町や。さっき話したやろう。食べ物は美味しいし、人情もある。それに平和でもあった。事件らしい事件などない。あっても酔っ払い同士のケンカや、かっぱらいといった軽犯罪ばっかりやった。この町で事件らしい事件を扱うことなく、四十年近い警察官人生を終えるんやと思ってた。けど、あと三年で定年を迎えるという年、三国の町を騒がせる事件が起きた」

山村の話によると、事件は娘が父親をカッターで刺しその後、行方不明になった、というものだった。

「その父親ってのが、どうしようもないろくでなしの酒乱でな。太腿に怪我をしてたから手当てのために病院へ連れて行ったんやけど、病院で暴れまくって大変やったんや」

「その怪我を負わせたのが、娘だったんですね」

山村は肯いた。

「やつにはふたりの娘がいたんやけど、父親を傷つけたのは姉の方やった。三人は住居も持たずに車中で寝泊まりしててな。しかも父親は子供を学校にも行かせず、ほったらかしにしてた」

「学校に行かせないって……。そんなこと学校や教育委員会が放っておかないでしょう」

山村はフィルターだけになった煙草を灰皿で揉み消した。

「父親は出生届を、出してなかったんやわ」

由美は目を見開いた。

「無戸籍児ってことですか」

山村は肯き、湯呑に口をつけた。

「そんな親や。まともな子育てなんかできるわけない。父親の仕事はたしか現場作業員やったと思ったけど、もらった金は酒代に消えて、面白くないことがあると娘たちに暴力を振るってたらしい。保護された妹は真冬なのに、薄手のシャツとジャージしか身につけてなかった。身体には、無数の痣や、煙草の火を押しつけられたような火傷の痕があった。その娘の名前が、冬香や」

鼓動が速くなる。

「当時、冬香ちゃんはいくつだったんですか」

由美は刺された父親と行方不明になったという姉、ふたりの名前と年齢も訊ねた。山村の返事は、冬香の字の綴りを訊ねたときと同じ、曖昧なものだった。

「名前は忘れてんたなあ。父親の歳は四十半ばで、姉は十歳かそこら。妹はもっと幼かった。通ってれば幼稚園くらいやったかなあ。あの事件は新聞に載ったから、当時の新聞を見ればわかるけどなあ」

由美は質問を変えた。

「事件のあと、三人はどうなったんですか」

懸命に記憶を手繰り寄せているのだろう。山村は眉間に皺を寄せながら、宙を睨んだ。

「父親はアルコール依存症の治療のために、病院に入れられたんじゃなかったかな。妹は警察に保護されて、地元の養護施設に入所したはずや。行方不明の姉の方は、いまだに見つかってない」

「いまだに？」

由美はメモ帳から顔をあげた。

「ほや、いまだに、や」

そう言うと山村は茶を飲み干し、まだ手をつけていない由美に茶を勧めた。謝辞を述べ、湯呑に口をつける。茶はすっかり冷えていた。山村は急須を手に立ち上がると、やかんから湯を注ぎ戻ってきた。

「父親を傷つけたあと、姉の行方がわからなくなってな。警察と地元の消防団で捜索したんやけど、見つからんかった。見つかったのは、姉が履いてたビーチサンダルだけやった。東尋坊へ続く崖っぷちに転がってたんや」

山村はまだ茶が残っている由美の湯呑に、熱い茶を注ぎ足した。

「あんた。鰤起こしって知ってるか」

聞いたことがない。そう答えると山村は、遠い目をして言った。

「このあたりでは、冬の雷を鰤起こしっていうんや。事件が起きた日は、まさに鰤起こしの日でな。強い雨風に伴って雷が鳴ってた。姉のビーチサンダルが見つかった東尋坊に続く道は、あの頃、街灯ひとつなくて夜になると真っ暗やった。地面も雨でかなりぬかるんでた」

山村は辛そうに顔を歪め、由美を見た。

「わしはさっき、姉はいまでも行方不明や、と言ったけど、本音は姉は崖から海に落ちて命を落としたと思ってる。わしだけじゃない。あの状況では、誰もがそう思ったやろう。特に与野井さんは、姉が死んだのは自分のせいや、と自分を責めてな」

「与野井さん、とはどなたですか」

山村は茶箪笥の、煙草を取り出した引き出しとは別の引き出しを開けた。なかからはがきの束を取り出し、一枚を由美に差し出す。はがきは今年の年賀状だった。

「この人や。町役場の児童福祉課に勤めてた人で、東尋坊に自殺防止のために設置されたいのちの電話の担当もしてた人や。仕事熱心ないい人でな。奥さんも当時、隣町の養護施設の職員をしてて、福祉には熱心な人やった。いまでは年賀状のやり取りをするだけになったけど、昔はよく一緒に酒を呑んだ仲や」

はがきの裏に名前と住所が書いてある。名前は与野井啓介。住所はあわら市になっている。江田知代と円藤冬香、福井を繋ぐ糸がどこから出てくるかわからない。由美は与野井の情報を、手帳に書きこんだ。

「与野井さんですが、どうして姉が行方不明になったのは自分のせいだ、とおっしゃったんですか」

山村ははがきの束を引き出しにしまうと、三本目の煙草を取り出した。

「与野井さんはいのちの電話を担当してたと言ったやろ。事件が起きる一週間前にいのちの電話から与野井さんのもとに、連絡が入ったんやわ、その姉からね。雨に打たれてずぶ濡れで、まともな洋服も着ていない。身体に痣もあったらしい。親の虐待を疑った与野井さんは家に連れて来て、姉を保護しようと思った。けど、姉は与野井さんが手を打つ前に、与野井さんの家から姿を消してしまった。その一週間後に、事件が起きた。与野井さんは、あのとき自分が強引にでも保護してれば姉を救えた、と自分を責めたんや。姉が死んだとして、それが事故なのか、自殺なのかはわからん。なにしろ東尋坊は自殺の名所やからな。まあ、そんなこともあって、わしもいまパトロールの手伝いをしてるわけやけどな」

聞くべきことは聞いた。

由美は礼を言い山村の家を出ると、冷たい風から身を守るためにトレンチコートの襟を立てた。

三十年前の事件を探るために、図書館へ行こう。地元紙の縮刷版が保管されているはずだ。

図書館の場所を確認するため、由美は携帯を開いた。

山村の家を後にした由美は、電車で三国駅まで戻った。

三国西図書館は、表通りを西に向かった左手にあった。敷地のいたるところに、樹木が植えられている。

由美は図書館に入ると、郷土資料の棚に向かった。地元紙、北陸日報の縮刷版を探すためだ。新聞縮刷版は、いままでに発行された新聞がA4判に縮小され、閲覧しやすいようにとじられた書籍だ。

郷土資料の棚には、北陸日報の縮刷版がずらりと並んでいた。新聞創刊時の明治九年四月から今年の先月分まである。膨大な数だ。

円藤冬香が、山村が教えてくれた事件と関連があるとすれば、四半世紀以上前のことになる。鰤起こしの日だった、と山村は言っていたから、季節は冬だ。

由美は何十冊にも及ぶ新聞縮刷版を前に途方に暮れた。事件が起きた年も、月日もわからない。二十五年から三十五年くらい前の冬、というキーワードだけで求める事件記事を探すには、かなりの労力と時間がかかる。

明日(あした)には東京に戻らなければいけない。今日一日で、山村が教えてくれた事件記事を探せる自信はなかった。由美は唇を噛(か)み、棚を睨んだ。

だが、やるしかない。およそ三十年前、前後五年の記録を、ひとつひとつ辿(たど)っていくしかない。

昭和五十年十月の新聞縮刷版に手をかけたとき、棚の脇に「お知らせ」と書かれた紙が貼られていることに、由美は気づいた。紙には「北陸日報縮刷版、データベース化しています」というタイトルがついていた。

三国西図書館は、北陸日報の新聞縮刷版の索引情報を、データベース化していた。毎月発行された縮刷版の表紙に掲載されている十項目の主な出来事が、図書館のホームページから検索できるという。結びに「過去の地域の出来事を知る貴重な情報源を、大いに活用してください」との館長の言葉があった。

「すごい」

由美は思わず声に出してつぶやいた。

これなら、分厚い新聞縮刷版を一冊一冊探さなくても、パソコンで検索をかければ関連記事が出てくる。

由美は館内にある、パソコンコーナーに向かった。

空いている席に座り、三国西図書館のホームページを開く。蔵書検索のバナーをクリックし、開いたウィンドウの書名欄に北陸日報縮刷版と打ち込むと、昭和元年から現在までの縮刷版情報が出てきた。

試しに昭和五十年十月の文字をクリックする。その月にあった主な出来事の一覧が表示された。

由美は文字検索のウィンドウを出し「少女、行方不明」というキーワードを打ち込んだ。が、昭和五十年十月のページではヒットしなかった。次に十一月を開く。同じようにキーワードを打ち込む。同じ作業を昭和五十年から順に繰り返していった。すると、昭和五十四年の十一月のページで、キーワードがヒットした。見出しの内容は「父親を刺した少女、行方不明」というものだった。

これだ――

由美はパソコンを閉じると郷土資料の棚に戻り、昭和五十四年十一月の新聞縮刷版を取り出した。一日から順に記事を探していく。記事を見つけたのは、二十日の地域欄だった。地域欄のトップに「父親を刺した少女、行方不明」という見出しが大きく載っていた。由美は記事を目で追った。

『十九日の午後六時過ぎ、三国港駅近くの路上で刃物による傷害事件があった。刺されたのは住所不定、建設作業員の沢越剛さん(46)。刺したのは剛さんの長女で12歳になる少女と見られている。剛さんは病院に運ばれたが軽傷で、命に別状はない。剛さんは住居を持たず、車中で長女と次女(7)を連れて寝泊まりしていた。今回の事件で警察は剛さんから事件に至った経緯を詳しく聞くとともに、剛さんを刺したあと行方がわからなくなっている長女を、地元の消防団とともに捜している』

名前は出ていない。犯罪行為を犯したのが未成年者だから当たり前だ。だが、山村の記憶が正しいとすれば、この記事の次女が冬香という名前だったことになる。今回の結婚詐欺事件の被疑者、円藤冬香と同一人物だとすれば……。

心に浮かんだ想像を、由美はすぐに打ち消した。山村も、冬香の幼い頃しか見たことはないが、円藤冬香とは顔立ちが違うように思うと言っていた。なにしろ年齢が合わない。

昭和五十四年当時、七歳ならば、妹の冬香はいまは三十八歳になっている。だが円藤冬香は、四十三歳だ。しかも、苗字が違う。記事の中の次女の苗字は沢越。円藤ではない。円藤冬香に結婚歴はないから、苗字は変わっていないはずだ。

いったいどうなっているのか。昭和五十四年の事件と、円藤冬香はやはり無関係なのか。頭がこんがらがってくる。だが、由美の中の何かが、昭和五十四年に起きた事件が、円藤冬香と繋がりがある、と強く訴えている。

記事をコピーし、図書館を出る。手帳を手にし、山村の家でメモしてきたページを開いた。父親を刺した長女が行方不明になったのは自分のせいだ、と自身を責めていた人物、与野井啓介を訪ねてみるつもりだった。与野井なら当時の事件を、詳しく知っているはずだ。

由美は与野井が住んでいる、あわら市に向かった。

電車を降り、山村から教えてもらった住所を携帯のナビに入力する。与野井がいる場所は駅からかなり遠かった。徒歩では行けそうにない。駅のそばに停まっているタクシーに乗る。

「すみません。ここに行ってもらえますか」

由美は運転手に、メモに書かれた住所を見せた。

年配の運転手は、はいはい、ここね、と笑顔で答えた。車を走らせながら、由美に話しかける。

「この辺じゃ見かけん顔やの。てっきり観光で温泉にでも来たんかと思ったけど、ここに誰か入ってるんかね」

運転手が言う「ここ」という意味がわからない。由美が意味を訊ねると、運転手は不思議そうな顔をして、バックミラーで由美を見た。

「だって、ここの住所は特養の〝ソーレあわら〟やろう」

由美は驚いた。与野井は特別養護老人ホームに入居しているのか。山村が見せてくれた年賀状には住所しか書いていなかったため、そこは与野井の自宅だとばかり思っていた。

「着きましたよ。お客さん」

タクシーが止まった。料金を支払い、車を降りる。由美は目の前にある、煉瓦調の建物を見上げた。建てられてから、まだ四、五年といったところだろうか。建物の壁は汚れておらず、敷地を囲うように植えられた緑もまだ若い。

門柱に「特別養護老人ホーム　ソーレあわら」と記してある。

入口の自動ドアをくぐり、目の前にある受付に向かう。受付の若い女性に、与野井への面会を求める。女性は笑みを見せ、由美の身元を訊ねた。由美は名刺を出し、以前、いのちの電話を担当していた与野井さんに話を伺いたくてやってきた、と説明した。

女性は少し怪訝な顔をしたものの、由美が「自殺防止の特集記事で」と言い添えると納得したように肯いた。隣にいた別の女性にその場を頼み「ご案内します」と言って席を立つ。

エレベーターに乗ると女性は、由美に面会方法を説明した。与野井の部屋は三階の三〇五号室だが、身内以外は看護室の前にあるデイルームで面会をするようだ。

三階に着くと女性は「ここでお待ちください」とデイルームに由美を残し、廊下の奥に向かって歩いて行った。デイルームは広々としていた。南側には大きな窓があり、遠くの景色まで一望できる。四人がけのテーブルが五つと、革張りのソファがふたつ置かれていた。デイルームの隅に置かれているドラセナの鉢植えの陰には、自動販売機がある。

由美が窓から外を眺めていると、後ろから先ほどの女性に名前を呼ばれた。

「今林さん。与野井さんをお連れしましたよ」

振り返ると、車椅子に座っている男性がいた。青い介護パジャマを着ている。背中を丸め、首だけを上にあげて白く濁った目で、由美の方を見上げていた。

女性は与野井を由美の前に連れて来ると、腰をかがめて与野井の顔を覗き込んだ。

「与野井さん、こちらがさっきお話しした記者の今林由美さん」

女性に対して与野井は枯れた声で、「ああ、そうですか」と言いながら肯いた。

由美は女性に小声で訊ねた。

「与野井さんは、いつからこちらに」

女性の話によると、与野井はこの施設ができた六年前から入居していた。連れ合いを十年前に亡くしひとりで暮らしていたが、認知症の症状が進んだため、東京にいる甥が入所させたのだという。

「最初は東京の方の施設に入れようと考えたようですけど、与野井さんがどうしてもこの土地を離れたがらなくてここに入所したんです。甥御さんは三ヵ月に一回くらい、様子を見にきます」

女性は立ち上がると「お帰りになるとき、ヘルパーステーションにいる介護士に声をかけてください。ごゆっくりどうぞ」と言って、階段を下りていった。

由美はソファに腰掛けると、車椅子に座っている与野井と目の高さを合わせた。

「はじめまして。突然、訊ねて来てすみません。改めまして、今林由美です」

与野井は数回肯き、目を細めた。

「健二んとこの弓子かあ。大きくなったなあ」

由美は戸惑った。

「あ、いえ、私は東京からやって来たライターの今林由美です。自殺防止の記事のためと言いましたけど、実はある事件の取材で動いています」

与野井は不思議そうに、ふうん、と鼻を鳴らすと「ときにお母さんは元気か」と訊ねた。

由美は、与野井を切ない気持ちで見つめた。歳のせいで、記憶が曖昧になっているのだ。与野井は、三十年近く前の事件を覚えているだろうか。不安が胸をよぎる。

由美は不安を打ち消すように、首を横に振った。せっかくここまで会いに来たのだ。訊ねるだけ訊ねてみよう。それに、認知症のお年寄りは、昨日のことは覚えていないが、自分が若かった頃の古い記憶は、残していることが多いと聞いたことがある。

由美はバッグから、図書館でコピーしてきた紙を取り出し、与野井の手に握らせた。

「これ、もう三十年ほど前の事件なんですが、覚えていらっしゃいませんか。三十年ほど前、父親に虐待を受けていた少女が、自分の父親を刺して行方不明になった事件です。父親にはふたりの娘がいました。父親を刺したのは長女です。名前はわかりません。妹の名前は冬香といいます」

由美は与野井の方に、身を乗り出した。

「どんな些細(ささい)なことでもいいんです。この事件について覚えていることがあれば、教えてください」

手渡された新聞記事を眺める与野井の目に、わずかな光が宿った。記事を持つ手が小刻みに震えている。

「早紀……」

はじめて聞く名前だ。由美は痩(や)せて血管が浮き出ている与野井の手を、強く握りしめた。

「早紀というのは姉の名前ですか」

与野井の目が、潤みを帯びた。

「早紀……、可哀想な子やった。父親から虐待されて、ろくな食事も与えられんと、枯れ木みたいな身体をしとった。あんな父親、刺されて当然や」

鼓動が高鳴る。間違いない。早紀が姉の名前だ。由美は新聞のコピーを、与野井の手に強く握らせた。

「よく読んでください。どんなことでもいいんです。この事件に関して覚えていることを、教えてください」

由美の声が届いているのかいないのか、与野井は独り言のようにつぶやいた。

「わしが……」

憑かれたように話しはじめる。

「わしが、あのとき保護してれば、早紀があんな目に遭うことはなかったんや。でも仕方なかった。気がついたとき、早紀は姿を消してた。わしは幸江と一緒に捜したんや。けど、見つからんかった」

幸江というのは、亡くなった妻のことだろうか。与野井は、勢いよく顔をあげた。

「あの事件――。わしは後悔した。なぜあのとき、早紀から目を離してしまったんやろうって。もっと早く見つけてれば、あんなことは起きんかった。早紀を傷つけてしまうことはなかった」

与野井は、かくんと首を折る。

「わしはなんとかしなあかん、と思った。それで、美幸に頼み込んだ。そんなことできない、という美幸を説得した。最後には彼女も納得して協力してくれた」

　美幸とは誰だろう。訊ねると、与野井は不思議そうに由美を見上げた。

「お前、美幸を忘れたんか。わしと同じ役場に勤めてた古森美幸や。お前も小さいとき会ってるやろうが」

　由美を自分の身内の誰かと、勘違いしているのだろう。由美は手にしていた手帳に「古森美幸。同じ役場に勤務」と書きとめ、話を合わせた。

「そうだった。すっかり忘れてた。美幸さんは元気にしてるの」

　与野井が微笑んだ。

「ああ、役場の本庄と結婚して、いまじゃ三人の母親や」

　メモ帳に、本庄、と書き加える。由美は与野井の息遣いが荒くなった気配を感じ、メモ帳から顔をあげた。さきほどまで微笑んでいた与野井の目に涙が滲んでいる。

「美幸には迷惑をかけた。けど、あのときは、ああするしかなかった。美幸に頼むしかなかった。それでいいと思ってた。けど、それがまさか、あんなことになるなんて……」

　深い皺に埋もれた目から、次から次へと涙が溢れてくる。与野井はいきなり叫んだ。

「ああするより、どうしようもなかったんや！　誰もあの子らを守ってやれんかった。ああでもせんと、早紀はまた父親のもとに連れ戻されてた」

　与野井は頭を抱えて、激しく左右に揺さぶった。

「わしは、わしは……」

ヘルパーステーションから、介護士が飛び出してきた。

与野井の肩を抱き「大丈夫。大丈夫ですよ」と宥めている。

介護士は由美を見て、患者が昂奮しているので今日の面会はここまでにしてほしい、と言った。

外に出る。由美は肯くと頭を下げて、施設を後にした。

与野井がいる施設の三階を見上げた。与野井はいったい、早紀になにをしたのか。古森美幸という女性が、なにか鍵を握っているのだろうか。

冷たい風が吹いた。由美はコートの襟を立てて、大通りに向かって歩き出した。

四章

あなたから見て、男は親と呼べる人間ではなかった。

実際、あなたは男を、親と思ったことは一度もない。

男はいつも、気難しい顔をしていた。気に入らないことがあると、あなたを折檻した。

理由などない。単なる鬱憤晴らしだ。男にとってあなたは、自分の血を引く愛しい者ではなく、鬱陶しいだけの邪魔者だった。

母親は、あなたが物心ついた頃からいなかった。

あなたは男に母親のことを、一度だけ訊ねたことがある。自分の母親はどこにいるのかと。すると男は、飲みかけのカップ酒を、カップごとあなたに投げつけた。ガラス製のカップはあなたの顔にあたり、目の上が切れた。

「あんな売女の話なんか、するんじゃねえ!」

それ以来、あなたが母親のことを口にしたことはない。

男は家を持っていなかった。男とあなたたちは——あなたとあなたの姉——は、ワゴン車の中で寝泊まりしていた。塗装が剝げて、あちこちへこんでいるポンコツだった。後ろのシートを倒し、黴くさい毛布に包まり寝起きした。

男はあなたたちに、満足に食事すら与えなかった。男が持ってくる食べ物といえば、賞味期限ぎりぎりで値引きされたか、賞味期限を過ぎて裏のごみ箱に捨てられた、スーパーの弁当やおにぎりだった。それでもあればいい方だ。温かい食事にありつくことは、ひと月に一度あるかないかだった。

あなたたちはいつも、腹を空かせていた。だが、男は毎晩、酒を飲んでいた。カップ酒を買ってきて、車の中で飲むこともあれば、酒臭い息をして帰ってくることもあった。

男があなたの世話をすることは、ほとんどなかった。

あなたは小さいときから、自分のことは自分でしなければならなかった。

咽喉が渇くと、公園の水飲み場やスーパーのトイレの水道で、水を飲んだ。排泄も同じだ。近くに公園かスーパーがあれば、どちらかのトイレで用を足したが、その両方が近くにないときは外ですませた。

風呂は、夏場は川や公園の水飲み場で水を浴びた。だが、冬はそういうわけにはいかない。何日も身体を洗えない日が続いた。あなたの頭にはふけが出て、瘡蓋ができた。そうなってやっと男は、面倒くさそうにあなたたちを銭湯に連れて行った。

そんな男が、衣服のことまで考えるはずがなかった。

あなたたちは季節に関係なく、手元にある二、三枚の洋服を順に着ていた。夏はまだいい。暑ければ脱いでシャツ一枚でいればいい。だが、冬は辛かった。暖かいトレーナーやズボンがなく、夏用の薄手のカットソーやスカートをはいて過ごした年もある。

雪が降る寒い日でも、男は車のヒーターをつけなかった。ガソリンが減る、というのが理由だった。あなたが男に「寒い」と言うと男は、ものすごい形相であなたの首根っこを摑み怒鳴った。

「着るものがあるだけ、いいと思いやがれ！　それともなにか、仕事場の仲間からもらったお下がりが、気に入らねえってのか。嫌なら裸でいろ！」

男はあなたが身につけている洋服を剝ぎ取ると、下着一枚で外へ放り出した。あなたは泣きながら車のドアを叩き、何度も謝った。

男は建設現場の作業員をしていた。

現場が変わると近くに車を移動させ、そこから仕事場に通っていた。だから、一箇所に長くいることはなかった。一番長くいた町でも、ふた月くらいだった。

男が仕事に出掛けると、あなたたちは車から出て公園に行ったり、スーパーをうろついたりした。公園のごみ箱の中から、鉛筆やカッター、使いかけのノートなど遊べそうなものを拾ったり、スーパーの試食品を食べあさったりした。そして、夕方になると車に戻る。毎日が、同じことの繰り返しだった。あなたが知っている世界は車の中と、公園や川やスーパーだけだった。

あなたはある日、ひとりで公園に行った。姉は風邪気味で体調がすぐれず、車で休んでいた。

とても暑い日だった。公園の水飲み場の水道で、水浴びをしていたとき、同い年くらいの女の子から声をかけられた。女の子は、ウサギのプリントが施された、ピンクの可愛いTシャツを着ていた。女の子は「気持ちいい？」とあなたに訊ねた。あなたがこわごわ肯くと、女の子は「私も」と言って、履いていたサンダルを脱ぎ足に水をかけた。

「冷たい」

女の子が笑った。あなたはなんだか楽しくなって、女の子に水をかけた。女の子が着ていたウサギのTシャツが濡れた。女の子は一瞬、戸惑ったような顔をしたが、すぐにあなたに向かって水をかけ返した。女の子とあなたは、はしゃぎながら水をかけ合った。女の子とは、夕方になるまで遊んだ。公園の時計が鳴ると女の子は「五時だから帰る」と言い、あなたに向かって訊いた。

「いつもここで遊んでるの」

うん、と答えればまた女の子と遊べるような気がして、あなたは肯いた。女の子は重ねて訊ねた。

「このあたりに住んでるの？　そうなら同じ学校だよね。私は三年四組。あなたは何年生なの。一年生くらいかな」

あなたは意味がわからなかった。学校とはなんだろう。答えられず黙っていると、女の子は公園の時計を見て、もういかなくちゃ、と言った。あなたは女の子の姿が見えなくなるまで、見送っていた。

その夜、男が帰ってくると、あなたは訊いた。

「学校って、なに」

姉はすでに、薄い寝息を立てている。

男はハンドルに足を乗せ、運転席で酒を飲んでいた。後部座席に背を向けてはいるが、あなたには、男の顔色が変わるのがわかった。反射的に男に背を向け、身を固くする。

あなたの背中に、硬いものが当たった。カップ酒の瓶が横に転がる。あなたは痛さに、うう、と呻いた。

男はあなたに向かって怒鳴った。

「そんなとこに行く必要はねえんだよ！　あんなとこに行ったたって、ろくなことはねえ。給食代だのなんだのと、金ばかりふんだくりやがって、教えることといえば、世の中に出ても役に立たねえことばかりだ。俺が言うんだから間違いねえ。社会に出てから学校で習ったことが役に立ったことなんか、一度もねえ！」

姉が男の怒鳴り声で、目を覚ました。

男は運転席のシートにもたれると、独り言のようにぶつぶつとつぶやきはじめた。

「学校じゃあ、清く正しく美しく、なんてことを教えるが、馬鹿らしくって笑っちまう。優しくすれば騙されて、信じれば裏切られる。大場の野郎。田舎の母親の手術が終わったら、手持ちの山を売って必ず返す。それまでの繋ぎだから借金の保証人になってくれって泣きながら頼むから、保証人になってやったのによ。母親を見舞ってくるって現場を休んだまま、どろんだ。あいつが借りた二百万は、全部、俺が返すはめになっちまった。稼いでも稼いでも、利息に取られて元金なんか全然減らねえ」

かなり酔っているのだろう。男はしゃっくりを繰り返した。

「あいつだってそうだ。店の客と一杯やってく、仕事だから断れない、なんて言葉を真に受けて甘い顔してたら、客と出来てやがった。顔が腫れあがるぐらいぶん殴ったら、あいつ、すずめの涙ほどの金しか持ってこないあんたより、あの人の方が甲斐性がある。あっちの方も、比べ物になんないほどあの人の方がよい、とぬかしやがった」

男は自虐的に笑った。

「だから殴りつけてやった。そのうち病気でコロリ、よ」

男は身を起こすと、ハンドルを力いっぱい叩いた。

「あの女、自分だけ勝手に逝きやがって！」

母親はあなたが物心つく前に亡くなっている。母親の記憶はない。

男は振り返ると、あなたたちを睨みつけた。姉は、横にいるあなたの手をぎゅっと握った。手が震えていた。

「気がつけば、こんな薄汚ねえガキと借金を背負った人生よ。いいか、学校なんてもんが教えることは、全部、嘘っぱちのきれいごとだ。行くこたあねえ。金の無駄遣いだ！」

あなたたちは毛布を頭から被った。男が折檻してこないことを願いながら、毛布の中で震えていた。しばらくすると、男のいびきが聞こえてきた。あなたたちは、殴られなかったことに安堵し、ふたり重なり合うように眠りについた。

その日は霙が降り、雷が鳴っていた。

風邪をひいたあなたは、朝から寒気がして、車の後部座席で毛布に包まり横になっていた。男は仕事にいかず、起きてからずっと酒を飲んでいた。仕事が休みだったのか、休みにしたのかはわからない。

寒気は、夕方からさらにひどくなった。身体がひどく熱かった。咳が出て咽喉が焼けるように痛い。だが、咳をすると男に、うるさい、と怒られるので咳をこらえた。こらえられないときは、毛布で口を押さえて咳をした。

いつのまにか、あなたは眠ってしまった。

目を覚ましたとき、あたりは真っ暗だった。

どこかで呻き声が聞こえた。最初は自分の声かと思った。だが、すぐに違うと気がついた。

暗闇に目が慣れ、車内の様子がぼんやりと見えてきた。

呻き声をあげているのは、男だった。車の後部座席で、右腿に手を当てて蹲っている。

あなたは目に映る光景に、目を見開いた。

下半身には、何も着けていない。右腿を押さえている手のあいだから、血が流れている。

男の隣で、姉が固まっていた。カッターナイフを両手で握っている。以前、公園のごみ箱から拾ってきたものだ。ナイフの刃に血が付いている。よく目を凝らすと、姉の太腿のあいだからも血が流れていた。

姉はいままで見たこともないぐらい怯えた表情で、男にカッターの刃を向けていた。

声をかけようとしたとき、蹲っていた男がいきなり起き上がった。

「このアマ！」

男は姉に摑みかかろうとした。姉はリスのような機敏な動きで男の手をかわすと、車の後部座席のドアを開けて外へ飛び出した。

「待ちやがれ、この野郎！」

男が姉の後を追った。

車の中は、あなたひとりだけになった。

なにが起きているのか、わからなかった。身体が熱く、頭がくらくらして、夢の中にいるようだった。モノクロの光景の中で、男の右腿から流れている血と、姉の太腿のあいだを流れていた赤いぬめりだけが、鮮やかに目に焼き付いていた。

あなたはしばらく、茫然（ぼうぜん）としていた。誰も戻ってくる気配はない。

心細くなったあなたは、姉のあとを追い車の外へ出た。

外はひどい霙だった。雷も鳴っている。街灯ひとつない広い空き地に、あなたが寝泊まりしている車が、ぽつんと一台だけ停まっていた。あなたは怖くなり、車に戻った。後部座席のドアに鍵（かぎ）をかける。

強い風が、車を揺らす。

あなたは毛布に包（くる）まりながら、姉が早く帰ってくることを願った。

どのくらい、時間が経ったのだろう。

懐中電灯の灯（あか）りが暗闇を照らし、誰かが車に近づいてくる気配がした。あなたは毛布から目だけを出して、様子を窺（うかが）った。

じっとしていると、後部座席の窓を叩く音がした。

「すみません。誰かいませんか」

男性の声だ。普段、知らない人間が来たら身を隠せ、と男から言われている。言いつけを破ったら折檻される。あなたは毛布を頭から被り、息を潜めた。

じっとしていると、先ほどより強く窓を叩かれた。

「こちらは沢越さんの車じゃないですか。私たちは警察です。怪しい者ではありません。誰かいたら出てきてください」

あなたは毛布の中で目を開いた。沢越は男の苗字だった。

外の男性は、我々は警察で怪しい者ではない、と言っている。警察がどのような仕事をしているかは知っていた。

警察なら帰ってこない男や姉の行方を知っているかもしれない。

そう思ったあなたは、恐る恐る後部座席のドアロックを外した。

ドアの隙間から外を見ると、制服を着た警官がなかを覗き込んだ。

「この車は沢越剛さんのものですか」

警官はふたりいた。ひとりは若く、もうひとりはもっと年配だった。

若い警官があなたに訊ねた。

「君のお父さんは沢越剛さんだね。お姉さんがいると聞いたんだけど、お姉さんもなかにいるのかい」

そう言って、若い警官はドアをこじ開けようとした。あなたが驚いてドアを閉めようとしたとき、後ろにいた年上の警官が、あいだに割って入った。

「大丈夫やざ。おじちゃんらは怖い人じゃないでの。おまわりさんやで」

年上の警官の声は、穏やかだった。あなたは一度ひっこめた顔を、再びドアの隙間から出した。

「沢越剛、っていうのはお嬢ちゃんのお父さんやろ。お姉ちゃんは、早紀っていう名前やろう」

名前まで知っている警官に、あなたは驚いた。あなたの驚いた顔を見て、年上の警官は笑った。

「おまわりさんは、なんでも知ってるんやざ。でも、そのおまわりさんにもわからんことがある。たとえばお嬢ちゃんの名前や。教えてくれるか」

名前を聞かれたあなたは、答えるべきか迷った。だが、年上の警官の優しい眼差(まなざ)しを見て、答えてもいいような気持ちになった。

あなたは、ようやく聞きとれるくらいの小さな声で言った。

「冬香」

ふたりの警官は、あなたを車から連れ出そうとした。

「こっち来ね。こんな寒いとこにいたら風邪ひくで。腹減ってないか。暖かいとこで美味(おい)しい物でも食べよう」

年上の警官が、あなたに手を差し伸べる。

あなたは激しく首を振り、車の奥へ身を隠した。勝手に車を出ると、男に折檻される。

年上の警官は少し困ったような顔をしたが、すぐに笑みを見せ、あなたを説得した。

「ここにいても、お父ちゃんは来んよ。足に怪我して、病院にいるんや。お父ちゃんの怪我が治るまで、おまわりさんのとこにいよう」

警官が言う、お父ちゃん、という言葉が男を指していると気づくまで、少しの間が必要だった。

あなたは、男が自分の右腿を押さえていたことを思い出した。手のあいだから、血が流れていた。男は病院にいる。では、姉はどこにいるのだろう。姉も太腿のあいだから血を流していた。

「お姉ちゃんも、病院？」

あなたは、小声で訊ねた。

年上の警官は顔から一瞬、笑みを消す。後ろにいる若い警官を振り返った。が、すぐにあなたに視線を戻し、穏やかな声で訊ねた。

「どうして、お姉ちゃんも病院やと思うんや」

あなたは答えなかった。姉の太腿のあいだから血が流れていたことは、言ってはいけないような気がした。

黙り込んでいると、若い警官の声がした。

「山村巡査。姉が見つかったか、所轄に問い合わせてみます」

山村、と呼ばれた年上の警官は、うむ、と低く答えた。若い警官が誰かと話す声が聞こえ、やがて山村が後ろを振り返り、どうだった、と訊ねた。耳を澄ませたが、若い警官がなんと答えたのか、聞きとれなかった。山村は、そうか、とつぶやくと、上半身を車の中に入れ、縮こまっているあなたを覗き込んだ。

「お姉ちゃんは、まだ病院にはおらん。どこにいるかもわからん。お姉ちゃんが行きそうなとこを、お嬢ちゃんは知らんか」

訊ねられても、あなたは思いつかなかった。ただ山村の、姉がどこにいるのかわからない、という言葉だけが胸に突き刺さった。寒気がひどくなり、男に頭部を殴られたときのように頭が痛んだ。あなたは自分の身体が支えられなくなり、横に倒れた。激しく咳きこむ。

「おい、大丈夫か！」

山村がシートに膝をつき、腕を伸ばしてあなたを抱きかかえた。あなたは腕から逃れようとした。だが、身体に力が入らなかった。視界が渦を巻いたように、ぐるぐると回っている。

山村が息を呑む気配がした。

「こりゃあ、ひどい熱や。すぐに病院に運ばんとあかん」

若い警官が、ありません、と答える。山村の、そうか、という声がして、なにかに包まれた。身体を見ると、山村が身につけていた防寒コートが巻かれていた。

「所轄に連絡して、救急患者を受け入れてくれる病院を探してもらえんですか。ここから、その病院に直行や。息が荒い。肺炎を起こしてるかも知れん。急いでください」

あなたは、怖くなった。車を離れるわけにはいかない。男に叱られる。

行かない、とあなたは叫ぼうとした。咽喉からは言葉ではなく、咳が出た。頭が割れるように痛かった。

あなたの心の内を察したのだろう。山村は赤ん坊をあやすように、腕の中にいるあなたを軽く揺さぶりながら、大丈夫じゃ、と声をかけた。

「なんも心配ない。熱も咳も、病院で診てもらえばすぐ治る。お父ちゃんには、おまわりさんが無理やりお嬢ちゃんを病院へ連れて行った、と言っておくから、叱られることはないで。お姉ちゃんも直に見つかる。すぐに会えるでの」

男に叱られなくてすむ。姉にもすぐに会える。そう聞いたとたん、緊張の糸が切れた。

あなたは、意識を失った。

山村が言ったことは、ひとつは本当で、ひとつは嘘だった。本当だったのは、男に叱られなくてすむこと。嘘は、姉にすぐに会えることだった。

あなたが目を覚ましたのは、山村の腕の中で意識を失ってから、二日後のことだった。

目を覚ましたあなたの視野に映ったのは、白い天井と壁だった。壁にはテープをはがしたような跡がある。足元と右側は、生成り色のカーテンが引かれていて見えない。消毒薬のつんとした臭いが、鼻をついた。

カーテンの向こうで、子供の咳きこむ声がした。

誰かいる。

あなたは身構えた。ベッドから身体を起こそうとする。とたん、ぐらりと視界が揺れた。あなたは背中から、ベッドに倒れた。

胸のなかに、言い知れない不安が広がる。ここはどこなのだろう。姉はどこにいるのか。

姉の名を呼ぼうとしたとき、足元のカーテンが揺れ、誰かが顔を出した。びくりとして、視線を向ける。

年配の太った女性がいた。白いナース服を着ている。

看護師はあなたを見て、少し驚いたような顔をした。が、すぐに小さな目を細めた。

「目が覚めたのね」

あなたはどうしていいのかわからず、男から怒鳴られたときの癖で、布団を頭から被った。

看護師は男と違って、なにもしてこなかった。無理やり布団をはがさないし、出て来い、と怒鳴りもしなかった。

あなたは布団から、目だけを出した。ベッドの横に立っている看護師は、腰をかがめてあなたと目線の高さを合わせた。

「気分はどう。どこか痛いところはない？」

頭がくらくらするけれど、痛くはない。咽喉のひりつきも、だいぶ治まっている。痛みを感じたのは、右手の甲だった。突き刺すようなものではなく、鈍い痛みだ。布団から右手を出し、甲を眺める。脱脂綿がテープで、留められていた。

看護師はあなたの手をとって、そっとテープをはがした。

「あなた、だいぶ弱ってたから、元気が出るお薬を点滴したの。もう、取っても大丈夫やよ」

テープをはがした箇所に、小さな青痣（あざ）ができていた。看護師は脱脂綿をナース服のポケットに入れながら立ち上がり、胸ポケットに入れていた体温計を取り出した。

「ちょっと、お熱を測らせてね。あと脈もみるから、手を貸して」

看護師はあなたの入院着の胸元を開き、脇に体温計を差し込んだ。体温を測っているあいだ、手首で脈をみる。脈を測り終わると、体温計を外した。ほっとしたように息を吐く。

「七度五分。だいぶ下がった。ここに運ばれてきたときは、四十度以上あったんやよ。辛（つら）かったやろう」

あなたは困った。辛いという言葉がどういう意味を指すのか、わからなかった。

看護師はあなたの前髪を、額から後ろへ撫（な）でた。ひんやりとした手が、心地いい。

「これからお昼なんやけど、食べられる？」

お昼、と聞いてもぴんとこなかった。あなたには、時間で食事を取る習慣がなかった。

「まだ食べたくないなら、ちょっと痛いけど点滴しようか。でも、少しでもいいから、食べてほしいな。一番、元気が出るのは、口から食べ物を入れることやから」

また、カーテン越しに子供の咳きこむ声が聞こえた。

もしかしたら、姉だろうか。山村という男は、すぐに姉に会えると言っていた。

あなたは看護師に訊ねた。

「お姉ちゃんは」

笑顔だった看護師の顔が、わずかに曇る。注視していなければわからないほどの、微かな表情の乱れだった。でも、あなたは気がついた。

嫌な予感が胸に広がる。あなたは、看護師を見据えて、もう一度、今度ははっきりと訊ねた。

「お姉ちゃん、どこ」

看護師はあなたの手を擦りながら、元気になれば会える、と答えた。だから、いっぱい食べて早く元気になろう、と付け加えた。

あなたは、ほっとした。熱が下がれば姉に会える。看護師の言葉を信じた。

だが、看護師の言葉も嘘だった。

目覚めた翌日、あなたの体温は平熱まで戻った。頭も咽喉も痛くない。自分はもう元気になった。姉に会えると思うと、ベッドに寝ていても落ち着かなかった。だが、姉は姿を現さなかった。巡回にくる看護師に姉の所在を聞いても、困ったように笑ってはぐらかすだけだった。

昼食の重湯を食べたあと、山村があなたを訊ねてきた。山村の後ろには、あなたを担当している年配の看護師がいた。

明るいところで見る山村は、暗がりで見たときより老けているように感じた。髪に白いものが混じり、顔の皺も深い。

「よう、お嬢ちゃん。だいぶ元気になったみたいやな。顔色がいい」

制服姿の山村は、嵐の日と変わらない穏やかな声で言った。

山村は、あなたがいる場所は三国から少し離れた場所にある丸岡町立病院だ、と説明した。ほかにも、あなたは風邪をこじらせ肺炎の一歩手前だったこと、男は傷がまだ癒えず別の病院に入院していることを、山村は伝えた。

あなたは山村に訊ねた。

「お姉ちゃんはどこにいるの」

看護師から、あなたが姉に会いたがっている、と聞いていたのだろう。山村は落ち着いた表情で、そばにあったパイプ椅子に腰を下ろした。

「お姉ちゃんなあ。実は、まだ見つからんのや」

見つからない？

あなたは口を開けたまま、山村を見つめた。

見つからないって、どういうことだろう。

山村は首の後ろを掻き、溜め息を吐いた。

「おまわりさんらも町のひとらも、必死になって捜してるんやけど。お姉ちゃんは、よっぽど、かくれんぼが上手なんやなあ」

嘘つき――あなたは叫びたかった。元気になれば姉に会える、と看護師は言ったのに。約束どおりすぐに姉を連れて来て、と訴えたかった。だが、怒りはすぐ不安に取って代わった。言葉にならない不安を、視線に込めることしかできない。

あなたの目を見て、山村は顔を歪めた。

「すまんのう」

あなたは戸惑った。姉以外の人間から謝られたのは、この時がはじめてだった。どんな顔をしていいのかわからず、あなたは山村から顔を背けた。

看護師の声がした。

「熱が下がったばかりですし、精神的にも落ち着いてない様子ですから、今日はこのくらいで」

山村が椅子から立ち上がる気配がした。

「お姉ちゃんが見つかったら、すぐ連れて来る。ひとりで心細いやろうけど、それまでの辛抱や」

足音が遠のいていく。あなたは奥歯を嚙みしめ、カーテンを見つめていた。

翌日も、翌々日も、山村が姉を連れて来ることはなかった。

あなたは看護師が様子を見に来るたび、姉の所在を訊ねたが、次第に口にしなくなった。看護師の答えが、いつも同じだったからだ。

お姉ちゃんは、まだ見つからんの――

希望を打ち砕く返事の繰り返しに、胸が押しつぶされそうだった。

入院してから一週間ほど経った日、ひとりの女性が訊ねてきた。女性は自分のことを、福祉のおばちゃん、と名乗った。歳はあなたを担当している看護師と、そう変わらないように見えた。が、体型は対照的だった。太っている看護師とは逆で、背は低く顔もほっそりとしている。垂れ目がちの瞳が、優しげな印象を与えた。

女性はあなたに、男がいま置かれている状況を伝えた。男は足の怪我は治ったが、心に病気を抱えているため、特別な病院に入院することになったという。

「お父さんはね、お酒を止めなあかんの。このままお酒を飲み続けたら、身体を壊してしまうで。それにお父さんは、あなたの世話もできてないやろう。お酒を止めて、子供の世話がちゃんとできるまで入院するんやよ」

わかるかな、と女性はあなたに微笑んだ。

男のことなど、あなたにはどうでもよかった。姉がいまどこにいるのか、知りたかった。

女性は気持ちを察したのか、安心させるように、布団の上に出ているあなたの腕に手を置いた。

「お父さんが退院するまで、施設で暮らしましょう」

あなたは、施設、というものがわからなかった。女性は言葉を続けた。

「そこには、あなたと同じように、事情があってお父さんやお母さんと一緒にいられない子供たちが暮らしてるの。みんないい子やよ。きっと、お友達になれるわ」

女性はあなたの左手を、両手で握った。

「お父さんと離れるのは淋しいかもしれないけど、お父さんが治るまでやから……ね、そうしましょう」

女性の両手に力がこもる。

男と暮らせなくなることに、淋しさなどなかった。むしろ、折檻されることがなくなることに安堵していた。だが——。

ひたすら、姉が恋しかった。


退院したあと、あなたは施設へ入所した。

施設といっても、ごく普通の一軒家を、少しばかり大きくしたようなところだ。表の門柱に、児童養護施設と書かれた看板がなければ、三世代同居の通常家屋と間違える人もいたかもしれない。

玄関の引き戸を開けてなかに入ると、左側に木製の下駄箱が備え付けてあった。下駄箱といっても、壁に板を打ち付けただけの、簡易なものだった。

「あなたの場所はここやよ」

病院からあなたを連れてきた女性が、下駄箱の右端を指さした。

あなたは戸惑った。女性が言っている意味がわからない。

女性は腰をかがめると、あなたと目線の高さを合わせた。

「これから、自分の靴はここへ置くんやよ。ここにいる子供たちは、みんな自分の場所が決まってるの。あなたの隣は郁子ちゃん、その隣は千絵ちゃんやよ。それから、私の名前は林郁美。みんな、林先生って呼んでるわ。ゆっくりでいいで、あなたもみんなの名前を覚えての」

あなたは返事をしなかった。自分の場所、と言われてもぴんとこなかった。まだ、自分がここで暮らす、という実感がなかった。

施設には全部で、八部屋あった。一階に五部屋、二階に三部屋だ。玄関を入ってすぐの部屋は、施設の職員の部屋だった。一日交代で、施設に寝泊まりしている。その部屋を施設の子供たちは、先生の部屋、と呼んでいた。

「私は月曜日と水曜日に、ここに泊まっているの」

林はそう言うと、あなたを廊下の奥へ案内した。

一階の奥に広い部屋があった。子供たちの談話室だった。テレビや本棚、卓上ゲームなどが置いてある。談話室の廊下を挟んだ向かい側に、風呂と手洗いがあった。

林は、ここには九人の子供が暮らしていると言った。男子が四名、女子が五名。上は中学生から、下は六歳までの子供だという。

「あなたは十番目やね」

林はあなたの頭を、優しく撫でた。

入所した夜、あなたは食堂に連れて行かれた。広い流しがある十畳ほどの部屋だ。九人の子供たちは、長テーブルを挟んでパイプ椅子に座っていた。林は子供たちに、あなたを紹介した。子供たちの反応は様々だった。興味深げに見つめている者もいれば、俯いたまま視線を交わさない者もいる。

「みんな、冬香ちゃんと仲良くしてくださいね」

ところどころからぼそぼそと、はい、という返事が聞こえる。あなたの紹介のあと、夕食の配膳がはじまった。

その日の献立は、カレーライスとポテトサラダだった。林はあなたをテーブルの端に座らせた。

「お皿を並べたりご飯をよそったりする食事の用意は、三人ひと組で代わりばんこにしてるの。ここの暮らしに慣れたら、あなたにも手伝ってもらうでの」

いただきます、の挨拶をして、子供たちが夕食を食べはじめた。

あなたは食事に手をつけなかった。両手を膝の上に載せたまま、俯いていた。林が心配そうに、あなたの顔を覗き込んだ。

「カレー嫌いか。甘口やから、そんなに辛くないよ。ちょっとでもいいから食べてみんか」

嫌いなわけではなかった。単に、あなたは食べたことがなかっただけだった。食欲を刺激する匂いに、口の中に唾が溜まっていた。

あなたはぽつりとつぶやいた。

「これ、とってても、いい？」

「え？」

林は意味がわからなかったのか、聞き返した。あなたはもう一度、訊ねた。

「このご飯、とっておいてもいい？」

腹は減っているが、我慢できないほどではなかった。いま食べてしまったら、こんどいつ食べ物にありつけるかわからなかった。このご飯はもっと腹が減ってから、大事に食べようと思った。

林はつかの間、悲しそうな顔をしたが、すぐに明るく笑った。

「とっておく必要なんかないんやよ。ここではご飯がちゃんと、一日に三度食べられるから」

林は、あなたの手にスプーンを握らせた。

「安心して、いっぱい食べね」

本当に、ご飯が日に三度も食べられるのだろうか。

あなたは確かめるように、林の顔を見た。林は微笑みながら肯(うなず)いた。

周りの子供たちは、ひたすらカレーを口に運んでいる。

あなたは唾を飲み込むと、恐る恐るカレーを口にした。いままで食べたことのない味だった。世の中に、こんな美味(おい)しいものがあるのか、と驚いた。あなたは口にしたカレーライスを、ろくに嚙(か)まずに飲み込むと、皿に口をつけて残りを一気に平らげた。急いで食べたので咽(むせ)る。林が笑いながら、背中を優しく叩(たた)いてくれた。

あなたにとって、施設での暮らしは戸惑うことばかりだった。決まった時間に起きることから、朝晩の歯磨き、着替え、一日置きの風呂、すべてがはじめての経験だった。だが、あなたは次第に、施設の暮らしに馴染(なじ)んでいった。入所当初は、知らない子供との二人部屋に慣れず、なかなか寝付けなかった。眠りが浅く夜中に何度も目を覚ました。しかし、ひと月も過ぎた頃には布団に入るとすぐ眠れるようになり、朝まで目覚めることはなかった。

眠れるようになった理由は、新しい生活に慣れただけではなく、学校に通いはじめたこともあると思う。

施設に入ってから一週間後、あなたは林に手を引かれ、近くにある大きな建物に連れて行かれた。建物の前まで来ると林は立ち止まりあなたを見た。

「ここはね、小学校っていうの。明日(あした)からあなたは、ここに通うんやよ。クラスは一年三組。施設にいる亜紀ちゃんと同じクラスやよ」

あなたは翌日から、学校へ通った。施設に入所したときと同じく、最初は学校に馴染めなかった。教科書やクレヨン、算数セットなど見たことがなかった。歌をうたったり、お遊戯をしたこともない。

通いはじめた頃はどうしていいかわからず、自分の机で、ほかの生徒たちの様子を眺めているだけだった。

だが、日が経つにつれてあなたは、学校というところは先生と呼ばれている大人の言うことを聞いていればいいのだ、と気づいた。先生が、静かにしなさい、と言ったら口を噤めばいいし、席につきましょう、と言ったら自分の椅子に座ればいい。

あなたにとって、命じられたことに従うことは苦痛ではなかった。

一緒に暮らしていた男からは、いつも命令されていた。早く寝ろ、静かにしろ——男は、口を開けばあなたと姉に命令した。言うとおりにしても、男は機嫌次第であなたたちを殴ったり蹴ったりした。言うことを聞いているのにどうして折檻されるのか、とあなたは痛みに耐えながら思った。だが、施設や学校は違う。先生の言うことを聞いていれば、誰もあなたに危害を加えなかった。

あなたは施設でも学校でも、先生と呼ばれる大人の指示にひたすら従った。自分に与えられた場所で生きていくために、必死だった。やがてあなたは施設や学校で、いい子、と呼ばれるようになった。

あなたは新しい暮らしに、どんどん馴染んでいった。入所して一年が経つ頃には、一日三度の温かい食事と寝床のある生活が、当たり前になっていた。いつも腹を空かせ、車で寝泊まりしていた以前の暮らしには戻りたくない、そう願っていた。

だが、あなたの穏やかな暮らしが、潰えるときがきた。

あなたが施設に入所して、五回目の春が巡ってきたときのことだ。

あなたは六年生になっていた。日曜日に、ひとりの女性が施設にやってきた。林より、ずっと若い女性だった。女性は市の福祉課の人間で、島田一恵と名乗った。

あなたは林から「先生の部屋」へ来るように言われた。部屋に入ると、島田と林が座卓を挟んで座っていた。

あなたが林の隣に座ると島田はあなたに、迎えに来た、と言った。父親が退院したのだという。

「お父さん、病気治ったの。あなたと一緒に暮らしたいって言ってるわ」

島田の話によると、男は酒を絶ち、あわら市内にアパートを借りてあなたの帰りを待っているという。

「昔、お父さんはあなたに、ひどいことをしたかもしれない。でも、いまはそのことを、とても悔やんでるわ。あなたに謝りたいって言ってる。もう二度と、あなたを叩いたりしないって約束してるの」

島田はあなたに、優しく微笑んだ。

「ね、お父さんと一緒に暮らしましょう」

あなたは膝の上に置いた手を、強く握った。

――嫌だ。あの男のところには戻りたくない。

心で叫んだ。だが、口に出して言えなかった。島田の声には、有無を言わさない強さがあった。嫌だと訴えても無駄だ、とあなたは察していた。

「お姉ちゃんは……」

あなたはやっとの思いで、声を絞り出した。

島田と林は、視線を合わせた。どう答えようか、迷っているようだった。あなたは、もう一度訊ねた。

「お姉ちゃんは、一緒なんか」

姉のことは、警察官に保護された嵐の夜から、一日たりとも忘れたことはなかった。口に出さなくても、いつも姉のことを考えていた。姉が見つかったという知らせを、林が持ってくる日を待ち望んでいた。しかし、その日がこないまま、男の迎えがやってきた。

以前の生活に耐えられたのは、姉がいたからだ。姉がいない男との暮らしなど、考えられない。あなたはさらに強い口調で聞いた。

「ねえ、お姉ちゃんはどこにいるの」

口を開いたのは、林の方だった。林は辛(つら)そうな顔で、横にいるあなたを見た。

「お姉ちゃんは、まだ見つかっていないんやよ」

姉が五年前から行方知れずのままになっていることは、あなたにもわかっていた。姉の行方を訊ねるたびに林は、見つかったら一番に知らせる、と言っていた。その言葉が、嘘だとは思わない。たしかに姉が見つかったら、林はあなたに知らせるだろう。林が姉について触れないということは、姉は見つかっていないということだ、とあなたは知っていた。

しかし、あなたは心の奥に、もしかしたら姉は別の施設で暮らしているのかもしれない、そこで男の病が治る日を待っているのかもしれない、という祈りにも似た願いを抱いていた。そう思うことで、孤独で押しつぶされそうになる自分の心を奮い立たせてきた。

だが、林が告げた現実は、あなたの望みを打ち砕くものだった。

——とうとう夢から覚めるときがきた。現実と向き合わなければいけない。

あなたは目をきつく閉じ、俯いた。

施設での暮らしはあなたにとって、夢のようだった。腹を空かせることもなく、寒さに凍えることもなかった。だが、これからは違う。あなたを待ち受ける現実は、男のもとで暴力に怯えながら暮らす日々だ。

島田は、男は自分の子供に手をあげたことを悔やんでる、と言った。しかし、それが一過性のものであると、あなたにはわかっていた。男から暴力を受けた者だからわかる、確信だった。

姉が飛び出していった日から胸に押し込めてきた思いを、あなたははじめて口にした。

「お姉ちゃんは、死んだんか？」

島田と林が、身を固くしたのがわかった。

あなたは顔をあげると、島田の目を真っ直ぐに見た。

「ねえ、どうなの」

島田は言うべきか言わざるべきか迷っているようだった。目で林に、どう答えるべきか訊ねている。あなたの隣で林が、諦めたように息を吐いた。島田は唇をきつく結ぶと、膝を正し険しい目であなたを見た。

「お姉ちゃんは、もう戻ってこんと思う」

あなたは島田から目を逸らさなかった。睨むように見つめた。島田の目から険しさが消え、悲しみの色が浮かんだ。

「だからあなたは、もうお姉ちゃんを待たん方がいい。お姉ちゃんのことは考えんと、お父さんと新しい生活をはじめた方がいい」

死んだ、という言い方をしなかったのは、島田の精一杯の配慮なのだろう。だが、どんな言い方だろうと、姉にはもう二度と会えない、という事実に変わりはない。

あなたの胸は、苦しくなった。唇が震え、目の前が滲んだ。声を限りに叫び出したい衝動に駆られた。

「大丈夫？」

林の手があなたの肩に触れた。

叫び出す寸前で、あなたは我に返った。膝の上の拳を握りしめて、唇をきつく嚙んだ。

心の隅では、姉は死んでいる、とわかっていた。認めたくなくて、ずっと誰にも訊けずにきた。だが、いま現実を突きつけられて、姉の死と向き合わなければいけない、と思った。

――姉はもういない。

あなたは強烈な心細さを感じた。世界に自分だけしかいないような気がした。同時に、強くならなければいけない、と思った。

これから、男との暮らしがはじまる。もう、七歳の幼い自分ではない。男の言うとおりになどならない。立ち向かわなければいけない。

あなたは不安と決意を胸に、林の目を真っ直ぐに見据えた。


五年ぶりに会った男は、少し太っていた。

削げていた頰に、肉がついている。酒を絶ち、バランスがいい病院食を摂っていたからかもしれない。膨よかになったせいか、男の目つきから剣吞さが消えたように感じた。

服装も変わっていた。以前は、仕事から帰ってくると、いつも同じジャージに着替えていた。食べ染みや汚れがついた不潔なジャージだった。だがいまは、清潔なシャツに、折り目のついたズボンを穿いている。ろくに洗わず伸ばし放題だった髪も、短く切り揃えていた。

「冬香ちゃん、お父さんやよ」

隣にいた林が、黙り込んでいるあなたの顔を横から覗いた。

市役所の市民相談室で、あなたと男は机を挟んで向かい合っていた。男の隣には島田が、あなたの隣には林が座っていた。

男はあなたが部屋に入っていくと、戸惑った表情をした。

五年という歳月は、大人をそう変貌させるものではない。だが、子供は五年で大きく変わる。男のなかのあなたは、七歳のままだったのだろう。あなたが椅子に座ると、男はおずおずと訊ねた。

「冬香、か」

あなたは俯いたまま、何も答えなかった。あなたの頭には、男に暴力を振るわれた記憶が刻み込まれていた。怖くて顔を合わせるのも嫌だった。

あなたに代わって、島田が答えた。

「大きくなって、びっくりしたでしょう。間違いなく、冬香ちゃんですよ。よく見てください。小さい頃の面影があるでしょう」

男は右手を、あなたに向かってゆっくりと伸ばした。あなたは反射的に身を引いた。男は手を宙で止めたまま、あなたを上から下まで眺めた。

「ああ、冬香や。まつ毛が長くて、目が大きい。鼻が少し上を向いてる。目の下のほくろも同じや」

男の手が、小刻みに震えた。

「冬香……」

男は声につまり、両手で顔を覆うと、咽ぶように泣きはじめた。

「すまん、本当にすまんかった。俺は、俺は……」

あとは言葉にならない様子だった。机に頭がつくぐらい項垂れて、嗚咽を漏らしている。

あなたは困惑した。

目の前にいる男が、本当に姉と自分を殴りつけていた男なのだろうか。なにかあると目を吊り上げ、大声を出しながら容赦なく折檻していた男なのだろうか。

あなたの動揺を察したのだろう。林は落ち着かせるように、背中にそっと手を当てて言った。

「ひとりで施設に入れられて心細かったやろう。でも、お父さんも病気を治すために、ずっと頑張ってたんやよ。あなたと一緒に暮らすためにね」

一緒に暮らす、という林の言葉は、あなたの身体を強張らせた。また、男の暴力に怯える生活がはじまる。そう思うと、男に立ち向かおう、と決めた覚悟が大きく揺らぐ。

――だが。

あなたは恐る恐る男を見た。男は島田に慰められながら、目頭を手の甲で拭っている。肩を震わせている男は、あなたが知っている男ではなかった。

——本当に男は変わったのだろうか。

あなたは縋るように林を見た。訊ねたいことを、視線から察したのだろう。林は、そうよ、というように大きく肯いた。

あなたと男の、新しい生活がはじまった。

男はあわら市内のアパートを借りたばかりだった。ドアを開けると、埃と黴が混じった臭いがした。長く空き部屋になっていて、まだ掃除も満足にしていないのだろう。

玄関を入るとすぐに、狭い台所があった。奥に、六畳と四畳半の和室がある。窓から西日が差し込んでいた。

六畳の部屋には小さなテレビと箪笥が置かれていた。半開きになっている襖を隔てた隣には、四畳半の部屋があった。布団がひとつ敷かれている。

施設からあなたを男の元へ送り届けた林は、冬香ちゃんを可愛がってくださいね、と男に言い残し帰っていった。

二人きりになると、男はおずおずと訊ねた。

「腹、減ってえんか」

　あなたは首を振った。緊張で空腹を感じなかった。

　男は、そうか、と言うと黙り込んだ。部屋のなかに沈黙が広がる。男はなにを話していいのか、戸惑っている様子だった。無言の空間が重くて、あなたはつぶやいた。

「荷物」

　えっ、と男は弾かれたように顔をあげた。

「荷物、どこ置けばいいの」

　あなたはランドセルを背負い、身の回りの物を入れた紙袋を抱えたまま部屋の入口に座っていた。男は慌てて立ち上がると、半分閉まっている襖を開け放った。

「ここに置け。お前と一緒に住むために、わざわざ部屋がふたつあるアパートを借りたんや。俺は茶の間を使うで、お前はこの部屋を使え」

　男はぎこちなく笑った。昼のあいだから、黄色い歯が見えた。あなたは何も言わずに立ち上がると、四畳半の隅に荷物を置いた。

　男は別人のように、あなたに優しかった。

　朝早く起きてあなたの分の朝食を作り、仕事に出掛けて行った。男が仕事から帰ってくるのは、たいてい夕方の六時前後だった。あなたが学校から帰り、朝から流しに置きっぱなしになっている食器を洗いテレビを観ていると、男はふたり分の弁当を手に帰ってきた。

　夕食はほとんどが出来あいの弁当だった。だが、月に二、三度、男はあなたを外食に連れて行った。近所にあるラーメン屋か、焼き鳥屋だった。男は、たくさん食えや、と笑みを見せ烏龍茶を飲んだ。

男が美味そうに焼き鳥を食べる姿を見ながら、この五年間で本当に男は変わったのかもしれない、とあなたは思いはじめた。

しかし、男を許したわけではなかった。男が昔のことを悔いて心を入れ替えたとしても、姉は帰ってこない。男が直接手を下していなくても、姉は男に殺されたも同然なのだ。

男と暮らしながらあなたがいつも考えていたのは、早く大人になって男の元を離れたい、ということだった。独り立ちできる歳になったら、姉の仇である男とは一日たりともいたくなかった。

あなたの新しい暮らしは、思いのほか穏やかだった。中学を出たら働ける。卒業するまであと三年。これなら耐えていける、とあなたは思っていた。

平穏な生活に陰りが差しはじめたのは、半年が過ぎたあたりからだった。

夏が終わり、木々の葉が黄色や赤に染まり出した頃から、男の帰りが遅くなった。それまでは仕事がすむと、アパートに真っ直ぐ帰宅していたのに、夜の九時過ぎまで帰ってこなくなった。そんな日は決まって、男から酒の臭いがした。

休みの前の日だけだった飲酒は、次第に回数が増えていった。週に一度だったものが二度になり、三度になった。

酒を飲んだ翌日、男は仕事を休むようになった。朝食を作ることもなくなり、あなたは毎朝、買い置きの菓子パンを食べて登校するようになった。しかし、そのパンも男は買わなくなった。代わりに金を渡して、自分で買ってこい、と投げやりに言った。

あなたが鞄を背負って玄関を出ようとすると、男は茶の間に敷きっぱなしの布団で丸まりながら、俺は疲れてるんや、と欠伸交じりに言い訳をした。

仕事を休んだ夜は、ワンカップを片手にテレビを観ながら、男は誰にともなく愚痴をつぶやいた。

疲れるんは仕事場の親方と反りが合わんからや、みんな俺を馬鹿にしやがって、と独り言を繰り返した。

日が経つにつれ、男は酒が入るとあなたに絡むようになった。ちゃぶ台で宿題をしていると隣で、いくら勉強したっていいことなんかねえ、と手であなたの握った鉛筆を跳ね飛ばし、お前の学費がなければ俺はもっと酒が飲める、と据わった目で睨んだ。

あなたが黙っていると、なんとか言えや、と頭を小突いた。反抗的な視線を向けると、男は箍が外れたように激昂した。

「てめえ、誰のおかげで暮らせてると思ってるんや！」

男の機嫌が悪くなると、あなたは押入れに逃げ込んだ。閉ざした襖の向こう側で、男がなにか叫びながら物を投げる音が聞こえた。布団のあいだに包まって嵐が通り過ぎるのをひたすら待った。

男の暴力は次第にエスカレートしていった、頭を拳で小突く程度だったものが平手で殴るようになり、堪らず蹲ると、蹴るようになった。男が昔の男に戻るまで、一年とかからなかった。

男はほとんど仕事に行かなくなり、昼間から酒を飲んだ。あなたが学校から帰ると、なにかと理由をつけて暴力を振るった。男から逃れるために、夜の町へ飛び出したこともある。暗いところが怖くて繁華街を歩いていると、パトロール中の警官に見つかり補導された。

警官は交番で、名前と住所と電話番号を訊いた。名前と住所は伝えたが、電話はなかった。なにやら台帳を調べた警官は、アパートの一階に住む大家に電話した。大家の呼び出しを受け電話に出た男に、警官は事情を話し迎えに来るように言った。

交番にやってきた男は、警官の前ではあからさまにへこへこと頭を下げた。が、家に帰るとあなたをさらに激しく殴った。髪を摑まれ、部屋中振り回された。頭皮がはがれるのではないだろうか、と思うくらいの力だった。髪の毛がたくさん抜けた。

「てめえの目つきが、気に入らねえんや」

男は事あるごとに、あなたに罵声を浴びせた。

「親を、見下した目で見やがって。馬鹿にしてるんか！　俺がお前を育ててるんやぞ！」

あなたは襟首を摑まれ、唾がかかるほど男に引き寄せられても、なにも言わなかった。手で頭をかばいながら身を丸めるあなたのなかには、すでに恐怖も憎悪もなかった。

やはり男は変わっていなかった、という冷めた気持ちだけしかなかった。

男の仕打ちを、もはや辛いとは思わなかった。居た堪れないのは、姉を思い出すときだ。

男から殴られたあと、あなたは部屋の隅で膝を抱えながら姉を思った。昔は男からの暴力を、一緒に耐えた姉がいた。殴られてできた痣を、優しく撫でてくれる人がいた。あなたも姉の痣を、痛みの消える呪いを口にしながら、唾をつけて擦った。だが、支え合った姉は、もういない。ひとりで耐えるしかなかった。それがなにより辛かった。

あるとき、鼻血が出るほど男に殴られた。血が畳に滴る。男は舌打ちをくれた。

「汚ねえな。畳、拭いとけや！」

男が茶の間と四畳半を隔てている襖を、乱暴に閉める。テレビの音が一段と高くなり、ほどなく男のいびきが聞こえてきた。あなたは鼻にティッシュを詰めると、汚れた畳を拭きはじめた。

――おねえちゃん。おねえちゃん。おねえちゃん。

畳の染みを拭きながら、あなたは心の中で何度も呼んだ。

目に映る畳の染みが、滲んでくる。

姉はいつも優しかった。あなたには、姉しかいなかった。おそらくそれは、姉も同じだったと思う。

あなたは畳の上に涙を零しながら、姉の面影を追った。

いくつのときだったのだろう。雨がひどい日だった。男は仕事にも行かず、朝から車の中で酒を飲んでいた。あなたと姉は後部座席で、拾ったチラシの裏にクレヨンで絵を書いて遊んでいた。

あなたの腹が鳴った。数日間、公園の水道の水以外なにも口にしていなかった。胃から下のあたりがぺっこりとへこんでいる。三日前から排便がなかった。腹の中に何も入っていないのだ。それは姉も同じだった。

「お腹、減った」

あなたは小声でつぶやいた。言葉にすると、もっと腹が減ったように思えた。全身の力が抜けて、横に倒れた。横たわっているあなたの耳元で、姉が小声で訊ねた。

「お腹空いたんか？」

あなたは力なく肯いた。

「すごく？」

もう一度、あなたは肯いた。

姉は前方に目をやり、ちらりと男の様子を窺った。男がこちらに関心がないことを確かめると、姉は座席シートの隙間からビニールに包まれたおにぎりを取り出した。

「おねえちゃん、これどうしたの」

「しっ」

姉は口元に、人差し指を当てた。

「昨日、スーパーの裏に捨ててあったのを拾ったの。もっと拾ってこようと思ったんやけど、お店の人に見つかって一個しか持ってこれんかった。これ、食べね」

おにぎりはぺしゃんこに潰れていた。きっと追いかけてきた店員から逃れるときに、手で握り潰してしまったのだろう。

あなたはごくりと咽喉を鳴らした。

「おねえちゃんは？」

姉も腹が減っているはずだ。姉は微笑みながら、おにぎりをあなたの手に握らせた。

「おねえちゃんは大丈夫。冬香が食べね」

あなたの腹が、大きく鳴った。口の中に唾が溜まってくる。あなたは姉の手からおにぎりを受け取るとビニールをはがし、おにぎりを半分に割った。中には梅干しが入っていた。

「はい」

あなたは姉に半分差し出した。姉は驚いた顔をしたが、すぐに首を振った。

「おねえちゃんはお腹空いてないで、冬香にあげる」

腹が減っていないわけがなかった。姉はあなたより身体が大きい。あなたよりもっと腹が減っていたはずだ。だが、姉はあなたにおにぎりをすべて与えた。

「早く食べね。お父さんに見つかったら取られるよ」

甘く優しい、囁くような声だった。

あなたは急いで、おにぎりを口に持っていった。かぶりつこうとしたとき、男が後部座席を振り返った。

「なに、こそこそしてるんや！」

いきなり男が怒鳴った。濁った眼が、あなたと姉を見据える。

——怖い。

あなたは目を逸らそうとした。だが、吸いつけられたように、男から目が離せない。怯えながら、男の目をじっと見つめる。

「なんやその目は。なんか文句あるんか」

男は這うようにして、運転席から後部座席へやってきた。あなたはとっさに、姉から貰ったおにぎりを背中に隠した。男はあなたの行動を、目ざとく見つけた。

「なんや。いま背中になんか隠したやろ。出せ」

あなたは激しく首を振った。男がおにぎりを見つけたら、どこから持ってきたのか問い質すだろう。こじきのような真似をした姉を激しく叱るはずだ。おにぎりのことは、絶対に知られてはならない。

背後に腕を回したまま従わないあなたに、男の顔が赤黒く染まった。

怒りだ。怒りが爆発しようとしている。

「後ろに隠したものを出せって、言ってるやろが！」

男はごつい手を伸ばし、あなたに摑みかかろうとした。

——殴られる。

そう思ったとき、男とあなたのあいだに、姉が割って入った。

「なんでもない。私が描いた絵をあげたの」

男は、ああん、と顎をしゃくりながら、姉の顔を四方から眺めた。低い声で言う。

「ほんなら見せろ」

絵などない。あるはずもなかった。

姉はなにも言えず、押し黙った。男は咽喉の奥で笑うと、急に恐ろしい顔になり姉の胸倉を掴んだ。

「親に嘘つきやがって、ふてえガキや」

男は姉の頰を、思い切り引っ叩いた。衝撃で姉が倒れる。あなたの口から悲鳴がほとばしる。男があなたを睨みつけた。

「おめえも同罪や。躾をしてやる」

男はあなたににじりよると、拳を振り上げた。と同時に、倒れていた姉があなたの上に覆い被さった。

「おねえちゃん!」

「なんやこの野郎。躾の邪魔をするんかあ」

男は鼻で笑った。

「お前、こいつをかばうんか。殴られるのが嫌なくせに、いい子面しやがって。俺はな、そんなやつが大嫌いなんや。腹ん中では自分のことしか考えてねえくせに、善人ぶりやがって。俺は知ってるんや。そんなやつに限って、裏では汚えことしてやがるんや」

男の目は、いつのまにか宙に向けられている。

「新山の野郎、組合費やら積立金やら言って、給料からごっそり金を差っ引きやがって。差っ引いた金の半分は、あいつの懐に入ってる。俺は知ってるんや。現場仕事しかできねえ俺の足元見やがって。払えんのなら、辞めてもらっていい、とぬかしやがった」

わめく男の口元には、白い泡が溜まっている。男がなにを言っているのか、あなたにはわからなかった。ただ、男の胸が怒りで膨れ上がっているのはわかった。

男は声を震わせて叫んだ。

「どいつもこいつも、俺を馬鹿にしやがって！」

姉はあなたを、きつく抱きしめた。

男の拳が、姉の背中にめりこむ。

「くそっ、くそ！　この野郎！」

男は姉の背中を、力いっぱい殴る。

姉はあなたを抱きしめながら、歯を食いしばっていた。男の暴力にじっと耐えている。

男は、殴りはじめたきっかけなど、すでに忘れているのだろう。なにかに憑かれたように、姉を殴り続けた。あなたは怖くて、震えていることしかできなかった。

姉がぐったりした。動かなくなる。男はようやく殴るのをやめた。ひとしきり暴れて気が済んだのか、男は荒い息を吐きながら、シートを跨いで運転席へ戻った。

ほどなく、運転席からいびきが聞こえてきた。あなたは姉の耳元で囁いた。

「おねえちゃん」

返事はない。

「おねえちゃん――」

先ほどより、少しだけ大きな声で呼んだ。右手がぴくりと動き、あなたの肩に顔をうずめていた姉が、ゆっくりと身を起こした。目は虚ろで、顔からは血の気が引いていた。

姉はあなたを見つめると、ようやく聞きとれるくらいの声で訊ねた。

「冬香は、殴られんかったか」

あなたは肯いた。姉は引きつるような笑みを顔に浮かべた。

「よかった」

姉はあたりを探すように眺めた。

「おにぎりは」

あなたは後部座席のシートのあいだから、潰れたおにぎりを取り出した。男が後部座席にやってきたときに、とっさに隠したものだ。

姉は泣きそうな顔で、小さく笑った。

「食べね」

あなたは首を横に振った。激しく振った。姉が身体を張って守ってくれたおにぎりを、ひとりで食べることなどできなかった。

俯いているあなたの顔を、姉が覗き込んだ。

「おねえちゃんなら大丈夫。また明日、なんか拾ってくるで」

姉はあなたの頭を、愛しげに撫でた。

「冬香は私が守る」

あなたの目が、熱いもので満たされた。やがて堰を切り、涙がぽたぽたと零れた。

あなたは潰れたおにぎりを、口にいれた。

「おいしいか？」

姉が訊ねた。

あなたは肯いた。姉は優しく微笑んだ。

「よかった」

あなたは姉がいたから、生きていられた——

あなたが男と暮らすようになって、一年が過ぎた。

あなたは中学生になった。中学校に通うようになって間もなく、あなたの身体に変化が起きた。

胸が膨らみ、腰は丸みを帯びてきた。成長期を迎えたあなたの身体は、少女から大人の体型に変わりはじめた。

その頃から、あなたを見る男の目つきが変わった。風呂場の脱衣所で服を脱いでいると、用事があるふりをして浴室の扉を開ける。あなたは急いでバスタオルで身体を隠し、睨みつけた。男は「親子やろうが、ほんなおっかねえ顔すんなや。減るもんじゃなし」といやらしい笑みを浮かべた。

学校が夏休みに入った。

あなたは男が仕事に出掛けると、戸棚にしまってある小銭入れから五百円玉を持ち出した。近くのホームセンターに、南京錠を買いに行くためだ。

あなたは男がいないあいだに、脱衣所の扉に内側から南京錠を取り付けた。これで男は、勝手に脱衣所に入ってこられない。十三歳のあなたが考えた、身を守る精いっぱいの術だった。

だが、鍵は男を逆上させた。

仕事帰りに酒を飲んできた男は、脱衣所の扉の鍵に気がついた。男は、ちゃぶ台で宿題をしていたあなたの胸倉を摑みあげた。

「なんやありゃ。勝手な真似していいと思ってるんか」

「離して」

あなたは男の手を、力いっぱい振り払った。男に逆らったのは、このときがはじめてだった。

手を振り払われた弾みで、男はよろめき畳に尻をついた。男は酔っていた。顔を真っ赤にして叫んだ。

「このガキ、色気づきやがって！　その歳でもう男ができたんか。服脱げ、俺が確かめてやる！」

男はあなたを畳に組みふせた。スカートの中に、男の手が入ってくる。

「やめて！」

あなたは身をよじり、男から逃れようともがいた。だが、男はびくともしない。

「なんや。お前も俺を拒むんか」

男はあなたの上に跨（また）りながら、睨んだ。

「お前もあいつと同じじゃ。姉妹で俺に逆らいやがって！」

男が言う、あいつ、というのが、姉のことだということはすぐにわかった。

脳裏に姉の顔が浮かんだ。いつも優しかった姉――いつも自分をかばってくれた姉の姿が、鮮明に浮かぶ。

あなたのなかに、強烈な怒りが込み上げてきた。あなたは男の顔に唾（つば）を吐きかけた。

「お前が、おねえちゃんを殺したんや！　人殺し！」

「このアマ……」

男は頰についた唾を、手の甲で拭（ぬぐ）った。

「あばずれが！」

頰に衝撃が走った。拳であなたを殴ったのだ。

「俺がきっちり、教育してやる。これ以上、あばずれにならんようにな」

目が据わっていた。

赤く濡れた目を見たとたん、あなたの身体は硬直した。男の目は、ぬめるような暗い光を放っていた。いままでに、見たことのない目だった。

あなたは本能で身の危険を感じた。両手を突っぱね、必死に男を突き飛ばそうとする。が、男は身体全体であなたを押さえつけた。酒臭い息が頬にかかる。男は身体をずらし、片腕一本であなたを押さえると、自由になった手でズボンを脱ぎはじめた。

「やだ。やだあ！」

あなたは叫んだ。声を限りに叫んだ。

男はあなたのスカートをまくりあげると、下着を乱暴に剝ぎ取った。

あなたは拳で男の胸を殴った。男にとって、子供の拳など痛くも痒くもないのだろう。下着を脱いだ男は、抵抗するあなたにかまわず膝を割った。

男があなたの腿のあいだに、腰を沈めた。身体の中を、頭の先まで突き抜けるような痛みが走った。男は激しく腰を揺さぶり続けると、やがて呻き声をあげ、あなたの上で動かなくなった。

あなたから降りた男は、畳の上に仰向けになると、いびきをかきはじめた。

どのくらい時間が経ったのだろう。

テレビの灯りだけがついている薄暗い部屋で、あなたは仰向けになったままじっと天井を見つめた。太腿のあいだから、血が流れている。

――あのときと、同じだ。

五年前、姉の腿のあいだから血が流れていたことを、あなたは思い出した。姉も男から、いまの自分と同じことをされたのだ。

五年前の嵐の夜、車を飛び出していった姉の背中が蘇る。いまなら、あの日の姉の辛さがわかる。姉は男を憎み、恨み、自分の人生を呪った。

無性に姉が恋しかった。

「おねえちゃん……」

口に出してつぶやくと、さらに愛しさが募った。小声で姉を呼び続けるあなたの目から、止め処なく涙が零れた。

一度ハードルを越えた男は、夜ごとあなたの身体を求めた。あなたは必死に抵抗した。男の手を逃れるために、家出をしたこともある。だが、頼れる人も行くあてもないあなたは、夜の町をうろつくしかなかった。

繁華街の裏路地にしゃがんでいると、警察に補導された。父親に強姦されている、とは言えなかった。あなたは強制的に家に連れ戻された。家に戻ったあなたを、男は激しく叱責し、躾と称して、あなたをいつも以上に凌辱した。あなたは身も心も、ますます傷ついていった。

次第にあなたは、死を考えるようになった。

生きていてもいいことなどない。これ以上、辛い思いをするならば、姉のあとを追った方がましだ。

そう、思うようになった。

あなたは、学校の屋上から地面を眺めた。駅のホームで走り込んでくる電車を待った。学用品のカッターを左手首に当てた。

だが、そのたびに男の顔が浮かんだ。

男は姉を殺し、あなたを苦しめながらも、のうのうと生きている。自分が死んだら、あの男は悲しむどころか、厄介払いができた、と高笑いをするだろう。

男を、喜ばせたくない。男を、苦しめて苦しめて、苦しめたい。

その思いだけが、あなたを踏み止(とど)まらせた。

だが、あなたはどうすれば男を苦しませることができるのか、わからなかった。男への憎しみだけが、募っていった。

私があなたの前に現れたのは、そんなときだった。

五章

由美は目の前にある一軒家を見上げた。

古い住宅街の中にあるその家は、コンクリートの壁に囲まれ、庭にヤマボウシやシャラの樹が植えられていた。二階のベランダでは、干された洗濯物が風にはためいている。由美は門柱にかけられている表札を、もう一度確認した。本庄、と書かれている。ここに間違いない。由美は本庄美幸、旧姓、古森美幸の家を訪れていた。


昨日、与野井が入所しているソーレあわらを出たあと、由美は坂井市役所へ向かった。与野井が口走った古森美幸という名前の人物を探すためだ。

古森美幸は与野井と同じ、三国町役場に勤めていた。三国町は平成十八年に丸岡町、春江(はるえ)町、坂井町と合併し坂井市になった。三国町役場に勤めていた職員は、現在、坂井市役所に勤務している。

坂井市役所に着くと由美は、受付に向かった。三十年ほど前、三国町役場に勤めていた古森美幸さんを探している。現在は、同じ職場の男性と結婚して本庄という姓になっている、と伝えた。

受付の女性から身元を訊(たず)ねられ、嘘をついた。本名は名乗ったが与野井との関係を、与野井啓介の縁(ゆかり)の者だ、と偽った。

今回、円藤冬香の事件を追うなかで、個人情報保護法という壁が目の前に大きく立ちふさがり、なかなか目的の人物に辿(たど)り着けなかった。由美は明後日(あさって)、東京で仕事がある。

明日中に東京へ戻らなければいけない。なんとしても明日のうちに、三十年前の少女行方不明事件に関わっていると思われる美幸に、会いたかった。

与野井の名前を出せば、無碍には断らないだろう、という目算があった。

女性は事務的な口調で、お待ちください、と言うと内線電話を持ちあげた。どうやら職員課へかけているようだ。女性はしばらく相手と話しこんでいたが、わかりました、と答えると、受話器を置いて顔をあげた。

女性の話によると、職員に美幸を知っている人間がいて、その人から美幸に直接連絡をとってもらった。用件を伝えたところ美幸は、由美に自分の連絡先を教えてもいい、と答えたという。

どうぞ、と言って女性が差し出したメモ用紙には、美幸の住所と自宅の電話番号が書かれていた。助かった。心の中で密かに拳を握りしめた。

美幸は坂井市の春江町に住んでいた。

市役所を出ると、由美は携帯から美幸に連絡をとった。数回のコールで電話は繋がった。電話に出たのは、美幸本人だった。由美が名乗ると美幸は、市役所から話は聞いている、と答えた。

訪問の理由を訊ねられ由美は、三十年前に三国で起きたある事件について話を聞きたい、と伝えた。少し間をおいて美幸は、与野井とはどういう関係なのか訊ねた。由美は明確な返答を避け、それは会ってお話をしたい、と言うに留めた。

美幸が市役所の知人に、由美に自分の連絡先を教えてもいいと言ったのは、与野井と親しい間柄の人間だと勘違いしたからだろう。いまここで、与野井とは昨日たった一度、しかも由美が一方的に訪ねて話を聞いただけの関係だと知ったら、会うことを拒まれるかもしれない。

由美と会うか否かを思案しているのだろう。美幸はしばらく無言でいたが、わかりました、と答えると、明日の朝十時に自宅に来るように言った。

門から敷地の奥へ続いている敷石を渡り、玄関の前に立った。深呼吸をひとつして、ドアの横にあるチャイムを押す。短いメロディが流れ、ドアが静かに開いた。

由美はドアが開くと同時に名乗った。すぐに頭を下げる。

顔をあげると、開いたドアの奥に女性が立っていた。

電話でのはきはきした口調から、きつい感じの女性を想像していたが違っていた。皺に囲まれた垂れ目がちの目元は穏やかで、鼻の上に散らばるそばかすは少女を思わせた。ふくよかな身体を、ゆったりとした花柄のチュニックが覆っている。喩えるなら、幼稚園の優しい先生、といった雰囲気だ。

「本庄美幸です」

頭を下げると、美幸は由美を家にあげて、廊下の突き当たりにあるリビングに通した。

対面式のキッチンを備えたリビングは、広さにして十五畳近くあるだろうか。隣は和室になっていた。ほかにも部屋はあるようだが、人がいる気配はない。

「お家の方は、いらっしゃらないんですか」

勧められるまま、ダイニングテーブルの椅子に座り由美は訊ねた。美幸がキッチンでコーヒーを淹れながら答える。

「夫は去年、市役所を定年退職して、いまは市の外郭団体で働いてます。子供はみんな独立して家を出ていきました。いまは夫婦二人で暮らしてます」

美幸が淹れ立てのコーヒーを盆に載せ、リビングにやってきた。

「どうぞ」

コーヒーを差し出す。由美は礼を言い、急な来訪を詫びた。

「今日中に東京に戻らなければならないので、どうしても今日、お会いしたかったんです。突然、押しかけて申し訳ありません」

「東京の方なんですか。どおりで言葉が違うと思いました」

美幸はテーブルを挟み、由美と向かい合う形で椅子に座った。由美はバッグから名刺入れを取り出し、中から一枚抜いて美幸に渡した。

「ニュース週刊誌ポインター編集部、今林由美」

美幸は名刺に書かれている文字を、声に出して読んだ。名刺をテーブルの上に置き、訝しげに訊ねる。

「週刊誌の記者さん？　与野井さんとはどういうご関係なんでしょう」

「すいません。与野井さんのことはあとで説明させてください」

由美は頭を下げると、実は、と切り出した。自分が担当している雑誌の特集ページのために、連続不審死事件の容疑者となっている円藤冬香という人物を追っている、と説明したうえで、言葉を継いだ。

「円藤冬香の生い立ちを調べているなかで、彼女が北陸と繋がりがある可能性が出てきたんです。と同時に、彼女と関連があると思われる人物が、北陸出身であることがわかりました。私は福井に来て、その人物の足跡を探りました。調査の過程である人から、三国町で長く駐在勤務をしていた山村さんという元警察官の方がいる、と教えてもらいました。その方なら、私が探している人物を知っているかもしれない、とおっしゃるんです。でも、山村さんも結局、ご存じありませんでした。ですが、山村さんから、三国町で三十年前に起きた事件を教えてもらいました。父親から虐待を受けていた姉妹がいて、姉が父親を刃物で刺し、その後行方不明になった、という事件です」

美幸はテーブルに目を落としたまま、黙って由美の話を聞いている。由美は話を続けた。

「山村さんの話では、妹は警察に保護され地元の児童養護施設に入所しましたが、姉は発見されていないそうです。東尋坊の崖で靴が発見されたことから考えて、たぶん死んでいるだろう、と山村さんはおっしゃっていました。その姉の死を、自分のせいだ、と思い三十年経ったいまでも、自責の念に駆られている人物がいるんです。それが、与野井啓介さんでした」

美幸はそれまで、微動だにせず話を聞いていたが、与野井の名前が出たとき右手の小指をぴくりと動かした。

「与野井さんは、お元気でしたか」

美幸はぽつりとつぶやいた。由美は肯いた。

「お歳のせいで、少し記憶が曖昧になっているようですが、お身体は元気そうでした」

「そうですか」

美幸は、身体はリビングにいながら、心はどこか遠くを彷徨っているような目をした。

「与野井さんとはそのとき、お会いしただけの関係です。騙すような真似をして、すみませんでした」

由美は両手を膝の上に載せ、改めて頭を下げた。そんなことなどどうでもいい、とでもいうように、美幸は無言で肯いた。

「与野井さんとは、しばらくお会いになっていないんですか」

由美の問いに、ええ、と美幸は答えた。

「与野井さんとは家が近所だったこともあって、大変よくしていただきました。でも、私が結婚して役場を辞めてからは疎遠になって、もう二十年以上、連絡をとってません。人づてに、奥さまが亡くなられて特別養護老人ホームに入所されたとは聞きましたけど、お電話したこともないし、面会に行ったこともありません」

由美のアンテナに、美幸の疎遠な行動が引っかかった。

昨日の与野井の言動からは、与野井と美幸の間には、由美が知らない重大ななにかがあった。そのなにかは、萎縮した脳からも消えず、長い間、与野井を苦しめている。与野井の海馬に刻み込まれた記憶は、美幸にとっても忘れられない出来事であったはずだ。重いなにかを共有する者でありながら、美幸の与野井に対する態度は素っ気なく思えた。それとも、美幸はそのなにかから離れるために、与野井との連絡を絶ったのだろうか。

由美は手持ちのカードの中から、最後の札を切り出した。

「沢越早紀、という名前に覚えはないですか」

「沢越……早紀さん、ですか」

ことさらゆっくり復誦したあと、さあ、とつぶやき美幸は首を捻った。

「思い当たりませんけど、その方が何か」

由美は、沢越早紀は先ほど話した三十年前から行方不明になっている姉の名前だ、と答えた。山村は、妹の名前は冬香だった、と言った。となると、与野井が口走った早紀という名前は、必然的に姉の名前になる。

「与野井さんは、三十年前の事件に関する何かを後悔されています。早紀からなぜ目を離したのかとか、自分がもっと早く見つけていればあんなことにはならなかった——そう口走りながら、ご自身を責めていました」

「それが、私とどう関係あるんですか」

美幸は抑揚のない声で訊ねた。由美は美幸の目を真正面から見た。

「与野井さんが、自分を責める過程で、美幸さんの名前を口にしたんです。与野井さんは、早紀という子をなんとかしなければいけないと思って、何かを美幸さんに頼んだ。美幸さんは、はじめは拒んでいたけれど最後には納得して協力してくれた。美幸さんには迷惑をかけた、と言っていました」

由美はテーブルに身を乗り出した。

「美幸さんと与野井さんは、早紀という女の子に、いったい何をなさったんですか。どうして与野井さんは、あんなに自分を責めているんですか」

美幸は由美の目をじっと見つめた。ふたりの間の空気が、ぴんと張り詰める。由美はそれ以上なにも言わず、美幸の言葉を待った。美幸がゆっくり口を開く。

「コーヒー、冷めますよ」

「え？」

美幸は由美の前にあるコーヒーを、目で示した。

「挽き立ての豆で淹れたものです。美味しいですよ」

美幸は質問をはぐらかし、由美にコーヒーを勧めた。肩すかしをくらい戸惑う。

「あ、ありがとうございます」

言われるまま、コーヒーを口にした。気が急くあまり、詰問口調になっていただろうか。だとしたら、美幸は気を悪くしたかもしれない。考えてみれば、見ず知らずの人間が突然来訪し、三十年以上前の話をあれこれ訊くこと自体、失礼な話だ。しかも、穏やかな話ではない。

由美は俯き、相手の心を開かせる方法を頭のなかで模索した。

美幸は由美の様子を黙って見ていたが、自分もコーヒーを啜ると、たしかに——とつぶやいた。

「たしかに三十年前、父親から虐待されていた子供が行方不明になった事件はありました」

由美はカップに落としていた視線を、勢いよくあげた。気を悪くしたわけではなかったようだ。ほっと胸を撫でおろし、穏やかな口調を心がけながら、途切れた会話を繋ぐ。

「その事件を、覚えていらっしゃいますか」

美幸は肯いた。

「事件が起きた三国町は、合併前は人口二万人ほどの小さな港町でした。海と空しかない町は、事件で大騒ぎになりました」

「そのとき、美幸さんは三国町役場にお勤めだったんですよね。与野井さんがおっしゃっていました」

はい、と美幸は答えた。

由美は、改めて沢越早紀について訊ねようとした。だが口から出かかった言葉を、美幸が遮った。

「でも、与野井さんがおっしゃってることは、本当ではありません」

本当のことではない、とはどういう意味なのだろう。美幸は、小声だがはっきりとした口調で言った。

「事件はありましたけど、私はその早紀という子も知らないし、与野井さんから事件に関して何か頼まれたこともありません」

美幸はコーヒーカップを両手で包み込むと、目を伏せた。

由美は小さく息をついた。

「与野井さん、認知症を患っているんですね」

由美は与野井が自分を、与野井の親類と勘違いしたことを伝えた。美幸は目を閉じて、軽く唇を噛んだ。伏せた目元に、憐憫の情が見てとれる。

「昔、与野井さんから、仕事を頼まれたことはあります。仕事以外にも、家が近くだったので、預かった荷物をご自宅に届けたりもしました。でも、あの事件に関して何か頼まれたとか、助けを請われたことはありません」

きっと、と美幸は言葉を続けた。

「お歳のせいで記憶がはっきりしなくなったんでしょう。与野井さんの思い違いだと思います」

美幸の声には、有無を言わさない強さがあった。

由美は昨日、老人ホームで会った与野井の姿を思い浮かべた。話は嚙み合わず、由美を別の誰かと勘違いした。美幸の言うとおり、美幸が沢越早紀と関係があるという話は、与野井の記憶違いかもしれない。だが由美には、事件と美幸が無関係だとはどうしても思えなかった。理由は与野井の目だ。自責の念に駆られ、叫んでいたときの与野井の目は、間違いなく正気の光を宿していた。

諦めきれない由美は、床に置いていたバッグを手にとった。なかから紙片を取り出す。

「これを見てもらえますか」

図書館でコピーした、三十年前に起きた事件の記事だった。記事には、市内の駐車場で沢越剛が刺されたこと、刺したのは十二歳の長女と見られていること、沢越はふたりの娘と車中に寝泊まりしていたこと、長女は行方不明になっていること、などが書かれている。

美幸は記事を受け取ると、文字を目で追った。

「これがなにか」

美幸が返した記事を、由美は静かにテーブルへ置いた。

「これは、山村さんに会ったあと、図書館に行って探し出してきたものです。三十年前に起きた事件に間違いありませんね」

美幸は少しのあいだ、考えるような顔をした。

「そうですね」

返答を待って由美は訊ねた。

「沢越冬香、という名前をご存じないですか」

美幸は真意がどこにあるのか探るように見つめ、由美に問い返した。

「誰ですか、その人。記事にある被害者の男性と同じ苗字のようですが、なにか関係があるんですか」

由美は肯いた。

「沢越冬香は、この事件で児童養護施設に保護された妹です。当時七歳でした。冬香は地元の児童養護施設に入所しましたが、現在どこでどうしているのかは、わかりません」

由美は膝の上の手を握りしめた。

「よく思い出してください。どこかで、沢越冬香という名前を耳にした覚えはありませんか」

美幸は問いには答えず、納得がいかない様子で首を傾げた。

「どうして妹の名前が、冬香だとわかるんですか。新聞には刃物で刺された父親の名前は載ってますが、姉妹の名前は書いてありません。冬香という名前も、早紀さんという方と同じように与野井さんの口から出たんだとしたら、その人が本当に妹なのかどうか、わかりませんよね。先ほども言いましたけど、与野井さんは記憶が曖昧になってるから」

「いいえ」

由美はきっぱりと否定した。

「おっしゃるとおり、早紀に関しては与野井さんの思い違いかもしれません。でも、妹の名前は冬香で間違いないんです」

由美の確信を込めた言い方が気に障ったのか、美幸は眉間に皺を寄せた。

「どうして言い切れるんですか」

「妹の名前が冬香だったと言ったのは、与野井さんではないからです」

美幸は眉根を寄せた。

「与野井さんではないとしたら、いったい誰が」

そこまで言って心当たりを思いついたのか、美幸は早口で続けた。

「もしかして先ほどお話にあった山村さんが」

由美は、そうです、と答えた。

「三国町で長く駐在勤務をしていた山村さんが教えてくれました。三十年も前のことだから細かいことは忘れていましたが、保護した妹の名前ははっきりと覚えていました。冬香というきれいな響きと汚れた身なりがそぐわなくて、記憶に残っていたそうです」

由美は言葉を切り、改めて訊ねた。

「沢越冬香、という名前に心当たりはありませんか」

美幸は由美から目を背けると、落ち着かない様子でコーヒーを何度も口にした。飲み干すとカップを置き、小さく息を吐いた。

「山村さんという方がそこまでおっしゃるんなら、妹の名前はたしかに冬香なのでしょう。でも——」

美幸は強い眼差しで、由美を見据えた。

「私はその人を知りませんし、名前を聞いたこともありません」

由美は唇を嚙んだ。

与野井の話は、認知症になっている老人の、意味をなさない言葉の羅列だったのだろうか。三十年前の事件と与野井、美幸を繋ぐ線は、あまりに細い。とりわけ美幸については、与野井以上に細い糸でしかない。与野井の勘違い、思い違いという可能性が、少なくないのだ。円藤冬香は北陸と関係があると思い込んでいる自分の、勝手な妄想に過ぎないのではないか。

そんな思いが、頭のなかで渦巻く。

しかし由美のアンテナは、美幸と与野井、そして三十年前の事件との関連性を執拗に、脳内で受信し続けている。

邪念を振り払うため、頭を振った。冷静にもう一度、考える。

本当に美幸は、なにも知らないのだろうか。だとしたら、なぜ、与野井は美幸の名前を口にし、泣きわめくほど取り乱したのだろう。

テーブルに視線を落としたまま考え込む。視界に美幸の手が映った。美幸は、まだ中身が残っている由美のコーヒーカップを手に取り盆に載せた。

二杯目はいらない、そう断ろうとする由美を、美幸は冷めた目で見た。

「今日はお役に立てずに、申し訳ありませんでした」

とっさに何を言われたのかわからなかった。が、少し経ってから、暗に退去を促されたと気づく。

由美は急いで席を立つと、突然訪問した詫びとコーヒーの礼を言い、美幸の家を辞去した。

外に出て腕時計を見た。針はちょうど正午に差し掛かろうとしている。福井から東京まで、乗り換え時間を含めておよそ三時間半。まだ、時間はある。

由美は表通りに出ると、携帯からタクシー会社へ電話を入れた。五分後に来たタクシーの運転手に、三国港駅まで行ってほしい、と伝えた。東京へ戻る前に、事件があった三国港駅近くの駐車場を見たいと思った。

三国港駅は、えちぜん鉄道株式会社が運営する、えちぜん鉄道の駅として使用されている。

タクシーから降りた由美は、思わず身を竦めた。港から吹いてくる海風が、身体に吹きつける。風は肌を突き刺すように冷たい。寒さから逃れるために、駅の中に入る。

駅は無人駅だった。木製の古びたベンチに、高校生らしき制服姿の女の子がふたり座っている。赤い頰っぺたが、素朴で愛らしい。

由美は改札を抜けてホームへ出た。

目につくものといえば、線路の奥に見える煉瓦造りのトンネルぐらいで、あとは線路伝いに樹木が続いているだけだった。

　怪我をした沢越剛は、駅の裏で発見されている。事件当時、駅周辺はどんな様子だったのだろう。想像してみるが、頭に浮かぶ景色は、いまとさほど変わらない淋しいものだった。

　見上げると、駅舎と樹木の間に、灰色の空が見えた。晴れているのに薄くグレーがかっている。

　三十年前、この町で父親からの虐待に耐えながら生きていた姉妹がいた。彼女たちはなにを思い、なにを求めていたのか。

　頭上を覆う薄暗い空のせいか、気持ちが沈みそうになる。

　駅舎の中から、少女たちの楽しげな笑い声が聞こえてきた。なかに戻ると、女の子たちは同じ携帯の画面をふたりで覗きながら、屈託のない笑顔を浮かべている。

　ふいに、長谷川康子に会いたくなった。ニュース週刊誌ポインターの編集長であり、由美の数少ない友人のひとりだ。康子の笑顔が恋しい。

　東京に戻ろう。

　由美は上り電車の時刻表を見た。三国港駅から、えちぜん鉄道で福井に出る。福井から特急しらさぎで米原まで行き、新幹線ひかりで東京駅へ向かう。乗り換え時間も含めておよそ四時間半。いまから帰れば、夕方の六時までには東京に着ける。

　由美は自動券売機で、福井駅までの切符を買った。

今日は、康子と一緒に夕食を食べたい。青山あたりのちょっとした洒落た店でワインでも飲みながら、今回の「現代のヒューマンファイル」のネタは失敗だったと頭を下げよう。円藤冬香の顔をネットで見たとき、あれほどの美しさを持った女性がなぜ事件の被疑者になったのか、という率直な疑問が頭をもたげた。心に引っかかった謎を解くため福井までやってきたが、冬香と福井を繋ぐ線は見出せなかった。

頭の中に、冬香と福井が無関係だと言いきれない、もうひとりの自分がいる。東京に戻ろうとしているいまでも、由美のアンテナは立ったままだ。

けれど、もうタイムリミットだ。雑誌には発売日がある。原稿の締め切りがある。これ以上、冬香の生い立ちを探っている時間はない。なにも出てこなかったとき、ページに穴をあけてしまう。締め切りはあと一週間。延ばせても一日か二日だ。新たに取り上げる人物を探し、取材し、原稿を書く。一週間などあっという間だ。そろそろ冬香に見切りをつけて、別のネタを探さなければいけない。

由美はコートの襟を片手で閉じると、ポケットに入れてある携帯を取り出した。アドレス帳で、康子の番号を探す。見つけて発信ボタンを押そうとしたとき、着信が入った。液晶画面に表示された名前に、由美は息を吞んだ。片芝からだった。

どうしよう。由美は焦った。片芝からは、なにかわかったらすぐに連絡をよこせ、と言われていた。福井に来てから二日間、目の前にちらつく冬香の残像を追いかけることに夢中で、片芝に連絡するのを忘れていた。

電話一本寄こさず、どこふらついてるんだ——そんな怒声を覚悟しながら、携帯に出る。

「今林です」

「おお、俺だ。生きてたか」

意外にも片芝の声は、いつもと変わらない淡々としたものだった。拍子抜けした由美は、強張っている肩の力を抜いた。

「はい。まだ福井ですが、これから東京に戻ります」

そうか、と片芝は答え、ところで、と言葉を続けた。

「福井で円藤冬香に繋がる情報は見つかったか」

由美は見えない相手に首を振った。

「いえ、これといって重要なことは……」

携帯の向こうで、カチカチという音がした。おそらく煙草にライターで火をつけたのだろう。車が往来する音や人の話し声がする。外から電話をかけているようだ。

「こっちは、ちょっと面白い情報が手に入った」

「なんですか」

思わず声が前のめりになった。

煙草を吸う気配がして片芝は、まあまあ、ともったいぶるような口調で言った。

「まずはそっちの情報から聞こう。福井に二日間もいたんだ。重要じゃなくても、それなりの情報はあったんだろ」

片芝が摑んだ情報を早く知りたかったが、連絡を入れなかった負い目がある。由美はこの二日間の出来事を手短に語った。

江田知代が入所していた施設を探したが、どこも個人情報を理由に情報提示を拒んだ。だが、ある施設の職員から「人捜しならいい人物がいる」と山村兵吾の住所を教えられた。しかし山村は江田知代、旧姓本田知代を知らなかった。が、円藤冬香と同じフユカという名前なら覚えがある、と言った。三十年前に三国町で起きたある事件に関連して、記憶に残った名前だった。

そこで由美は、事件の概要を話した。

その後、事件の関係者と思われる与野井を訪ねたが、与野井は認知症になっており、たしかな情報は得られなかった。

「それが昨日までのことです」

黙って話を聞いていた片芝が、口を挟んだ。

「要は江田知代に関することも、円藤冬香に結びつく情報も、得られなかった。そういうことだな」

返答に詰まる。返す言葉がない。まるで上司に嫌味を言われている部下の気分だ。

「それで、今日はなにをしていたんだ。美味い越前蟹でも食べながら観光か」

「違います」

即座に否定する。由美は与野井の口から出た古森美幸という女性の家に行ってきた、と答えた。

「与野井さんは、三十年前の事件が起きたのは自分のせいだ、と自らを責めていました。そして、古森美幸という女性を事件に巻き込んでしまったと口走ったんです。昨日の夕方、連絡先を突き止めて、先ほどまで古森さんの家におじゃましていました。観光なんてする暇はありません」

冗談だ、と片芝は言った。苦笑している気配だ。

「古森美幸からは、なにかわかったのか」

由美は項垂れた。

「いえ、なにも。彼女は三十年前の事件は覚えているけれど、事件の関係者と思われる沢越早紀も、沢越冬香という人物も、知りませんでした」

電話の向こうの空気が、ぴんと張り詰めた。緊張した片芝の声がする。

「いま、なんて言った」

片芝はなにに反応したのだろう。訳がわからず、もう一度話を繰り返す。

「ですから、彼女は三十年前の事件は覚えていましたが、事件関係者のことは知らなくて……」

「その事件関係者の名前だ！」

片芝がいきなり怒鳴った。一瞬、携帯を遠ざける。耳に戻すと、片芝の昂奮した声が飛び込んだ。

「もう一度言え。沢越なんだって」

わけがわからないまま、名前を口にする。

「沢越早紀と沢越冬香です」

「沢越冬香だと」

片芝が独り言のようにつぶやく。

「なんなんですか。沢越冬香がどうかしたんですか」

少し間を置き、片芝が怖いくらい真剣な声で言った。

「繋がったぞ。円藤冬香と北陸が」

耳を疑う。いったいどこで円藤冬香と北陸が繋がったのだろう。鼓動が速くなる。由美は携帯を強く握りしめた。


出会ったとき、あなたは、素直に私を受け入れた。

ふたりは正反対の性格だった。あなたはいつも父親の存在に怯え、人との交わりを避ける内気な性質だし、私は自由奔放で物事をあまり深く考えない楽観的な気性だった。一見、嚙み合わないように思えるが、ふたりは徐々に打ち解けた。自分にないものを求める気持ちが、逆にお互いを惹きつけたのかもしれない。

心の支えだった姉を失い、友人と呼べる人間がいなかったあなたは、私を心の拠りどころにした。片親で、自分を守るべき立場の父親からは心も身体も傷つけられている。世間一般の家庭とは異なる環境で暮らすあなたは、親の庇護のもとで育っている級友たちに、心を開くことができなかった。そんなあなたが、同じ境遇の私に親しみを覚えるのは自然なことだった。

あなたは私に、胸の内をすべてさらけ出した。自分がどれだけ辛い思いをして育ち、どれだけ姉を慕い、どれだけ父親を憎んでいるかを語った。父親から凌辱されたあとは、特にひどかった。半ば放心した状態で膝を抱えながら、私はもう汚れている、まともな人間にはなれない、とつぶやいた。

私はあなたを励ました。

「親父に犯されたから、自分は汚れてるって思ってるんか？　だったらそれは違うって。どうせたいていの女は、いつかは処女じゃなくなるがあ。相手は好きな人かもしれんし、いやらしいジジイかもしれん。あんたは最初の相手が親父やったってだけで、みんなやることは同じなんやよ。あんた知ってるか？　かつて、近親相姦が当たり前の時代があったんやよ。世が世なら、あんたが親父からされてることなんて、普通のことなんやって」

私がそう言うと、あなたは泣きそうな顔で薄く微笑み、抱えた膝の間に顔をうずめた。

ふたりが出会った翌年の春、私たちは中学二年生になった。あなたの身体はますます大人びて、男があなたを求める頻度が増えた。男にとってあなたは我が子ではなく、単なる欲望の捌け口でしかなくなっていた。自分を押し殺し、男の言いなりになっていることに耐えられなくなっていた。

「もう死にたい。生きてるのが辛い」

あなたは手首の内側に、何度もカッターの刃を滑らせた。血が止まらない手首をハンカチで押さえ、私は半ば叱るように言った。

「もう少しの辛抱やって。中学を出たら、こんな家飛び出して自由気ままに暮らせばいいが。金なんかどうにでもなるって。あいつにさせてることを別な男にさせれば、金がとれるやろ。その金で美味しいもの食べて、たくさんお洒落して、面白おかしく生きるんやって」

私の声が耳に届いているのかいないのか、あなたは肯定も否定もせず、壁に背を預けてぼんやりと空を見つめていた。あなたはすでに、極限まで追いつめられていた。

私がいくら慰めても、あなたの心が癒やされることはなかった。このままでは、あなたの心は壊れてしまう。私が救う術を懸命に考えていたとき、信じられない出来事が起きた。

学校が夏休みに入り、家に居場所がないあなたは、その日も街を彷徨った。行く当てのないあなたは、夕暮れが迫ると決まって、小さな児童公園のベンチにいた。公園は車で暮らしていた駐車場の近くにあった。いつも姉と遊んでいた思い出の場所だ。

誰もいない夕刻の公園で、突然、あなたは後ろから声をかけられた。

「冬香」

あなたの胸は、大きく跳ねた。

聞き覚えのある声だった。もう一度聞きたいと願ってやまない声だった。

──まさか。

あなたはゆっくり後ろを振り返った。瞳に映る姿に、あなたは自分の目を疑った。そこには、あなたにとって一番大切な人がいた。自分の記憶のなかの像より大人びているが、淋しげに微笑む口元も、優しく見つめる澄んだ瞳も、変わっていなかった。

夢ではないか。幻ではないか。会いたいと思うあまり、自分の願望が見せている幻影なのではないか。あなたは意識をはっきりさせるために軽く頭を振り、目の前にいる彼女を呼んだ。

「……お姉ちゃん」

あなたを見つめる彼女の目に、見る間に涙が溢れてきた。彼女は何度も小さく首を縦に振る。頬をつたう涙を手の甲で拭うと、あなたの目を見てはっきりと言った。

「そうやよ、お姉ちゃんやよ」

幻ではない。人違いでもない。本物の姉が、目の前にいる。あなたは姉の胸に飛び込んだ。
「お姉ちゃん、お姉ちゃん！」
姉にしがみつき、何度も叫ぶ。もう離れたくない。二度と姉を失いたくない。
姉はあなたの身体を、強く抱きしめた。あなたの頬も、涙で濡れた。姉が生きていた
——その喜びで全身が震えた。
だが、ひとしきり泣いて落ち着くと、当然のように疑問が湧いてきた。行方不明にな
ってから六年間、いったいどこにいたのか。生きていたならなぜ、もっと早く連絡をく
れなかったのか。
あなたは言った。
「お姉ちゃん、いままでどこにいたんやって。なにしてたの。なんで連絡くれんかった
の。なんで私を放っておいたの！」
姉がいなくなってからのことを、あなたは捲くし立てるようにしゃべった。養護施設
でひとりで暮らしてきたこと、中学生になることを機に男に引き取られたこと、一緒に
暮らしはじめた頃は人が変わったように優しかった男が、次第にあなたに暴力を振るう
ようになったこと——。
あなたは泣きながら、姉の胸を拳で叩いた。
「ねえ、なんで連絡してくれんかったんやって——ねえ。なんで、お姉ちゃん！」
姉は目をきつく閉じ、唇を嚙みながらあなたの訴えを黙って聞いている。あなたは誰

にも言えなかった苦しみを吐露した。

「あいつ……夜になると、あたしの布団に入ってくるの。どんなに抵抗しても、力であたしを思うがままにするの。もう……もう耐えられん！」

姉は息を呑んだ。苦痛で歪んだように、顔が大きく崩れる。姉はあなたを強く抱きよせ、声を殺して泣いた。抱きしめる腕の強さは、息をするのが苦しくなるほどだった。

姉は、街灯から離れた薄暗いベンチにあなたを座らせ、横に腰を下ろした。姉は足元を見つめながら、消息を絶った日から六年間、自分がどこでなにをしていたのか語った。

姉はあなたと同じように、男の毒牙にかかっていた。

男から襲われた嵐の夜、姉は車を飛び出した。行く当てなどなかった。男から逃れるために、暗い道をやみくもに走った。

「残してきたあなたのことは、気がかりやった。でも、それ以上にあの男が怖かったの」

姉は悔しさを声に滲ませ、唇を噛んだ。凌辱される前だったら、姉が抱いた恐怖を理解できなかったかもしれない。でも、いまなら男を恐れた姉の気持ちがよくわかる。

霙混じりの嵐の中を当てもなく彷徨う姉の頭には、ある人物の顔が浮かんでいた。腹を空かせていた自分に、ぼっかけ汁を食べさせてくれた夫婦だ。事件が起きる一週間前、姉は男に折檻され、身体の痛みと空腹に耐えながら、海岸沿いの遊歩道を歩いていた。

気がつくと、目の前に灯りが見えた。電話ボックスの灯りだった。それが、東尋坊の崖から飛び降りる自殺者を思いとどまらせるいのちの電話と呼ばれていることは、あとで知った。

電話ボックスの中にある貼り紙に『早まる前に、ここに電話を。生きていれば、きっといいことがあります』と書いてあった。電話の上には、小皿に入れた十円玉が何枚も置かれていた。姉は半信半疑で、紙に書かれている番号に電話をかけた。しばらくすると、ひとりの男性が電話ボックスにやってきた。男性は姉を家に連れ帰り、風呂に入れ、ぼっかけ汁を食べさせてくれた。

「私は、あの人なら助けてくれるかもしれん、と思った。そして、思ったとおり、その人は私を助けてくれた」

姉は膝の上に置いた手を、じっと見つめた。

夫婦に保護された姉は、男の元へ戻らなかった。夫婦が帰さなかった。痩せ細った身体や、体中にある痣を見れば、虐待を受けていることは明らかだった。姉は男から犯されたことを、夫婦に言わなかった。だが夫婦は、男が娘から刺されたという地元の消防団から入った情報と、保護した姉のただならない様子から、姉の身に起きた恐ろしい出来事を察したようだった。

夫婦は朝まで話し合い、重大な決断をした。しばらく自宅で姉を匿い、あらゆる手段を講じて、遠くの児童養護施設へ入所させることにしたのだ。

姉はあなたを見つめた。

「入所した当初は施設の暮らしに馴染むまで大変だった。社会のルールも知らないし、読み書きも出来なかったんだから。でも、施設の先生たちが根気よく教えてくれて、私も施設での生活に次第に慣れていった。私はいま、その千葉の施設で暮らしながら、高校へ通ってる」

姉も自分と同じように、児童養護施設で暮らしていたのか、とあなたは驚いた。

姉は膝に視線を落とすと、目を閉じた。

「あなたを忘れたことは、一日もなかった。三国を離れたあとも、あなたのことは、私を保護してくれた夫婦から聞いてた。養護施設に入所したって聞いたときは、本当にほっとした。あんなひどい男のところにあなたをひとりで置いておくなんて、私には耐えられんかった。もし、そんなことになってたら、私は誰が止めても、男とあなたのところへ帰ってたと思う。自分の身がどうなっても」

姉は顔をあげると、あなたを慈しみと悲しみが入り交じった目で見つめた。

「ずっと会いたいと思ってた。でも、会いに来れんかった。会いたくても、そうできんかったの。だけど、あなたがまた男と暮らしはじめた、と夫婦から聞かされて、もう我慢できんかった。また男から暴力を振るわれてるんじゃないかって心配でたまらんかった。だから、夫婦に内緒で会いに来た」

――会いたくても、そうできんかったの。

姉が口にしたその言葉で、あなたは少し救われた気がした。詳しいことはわからないが、姉にとってそれが最善の選択だったのだろう。

そう思うと同時に、あなたは新たな疑問を抱いた。姉を保護した夫婦は、なぜ姉の存在を警察に知らせなかったのか。姉が生きているとわかっていれば、それだけで、どんなに心が安らいだことか。

あなたは姉の顔を見つめながら、訊ねた。

「お姉ちゃんは六年前から行方不明になってて、世の中にはもう死んでるって思ってる人もいる。なんでお姉ちゃんを保護した夫婦は、生きてることを警察に言わんの？　なんで警察は、お姉ちゃんが千葉で元気に暮らしてるってわからんの？　養護施設や学校の先生たちもそうや。入所するときや学校に入るときに、家庭調査票を渡すやろう。それを見て、なんでお姉ちゃんが六年前に行方不明になった子やって、気がつかんの」

「それは……」

姉は視線を逸らした。難しい顔で、じっと暗がりを見つめている。言いたくても言えない、そんな様子だった。姉の辛そうな顔を見て、あなたは胸が痛んだ。姉が、言えない、言いたくない、というならそれでいい。いま、会いに来てくれただけでいい。そう言いかけたとき、思い切ったように姉は、あなたに視線を戻した。

「私が会いに来れんかった理由は、いまは言えん。いずれ、きっと話すから」

あなたは、こくん、と肯いた。姉の強張っていた表情が緩む。張り詰めていた空気が和んだ。だが、姉はすぐに真顔になり俯くと、血が出るかと思うくらい唇をきつく噛んだ。

「ごめんの」

姉がなにを謝っているのかわからず、あなたは目を瞬かせた。姉は声を震わせた。

「夫婦から、あなたがあいつと暮らしはじめたって聞いたとき、怖気が走った。夫婦は、あいつは病院に入院して酒を絶って心を入れ替えたから大丈夫だろう、って言ったけど、私は信用できんかった。あの男が変わるなんて、あの鬼畜が変わるなんて……」

姉はなにかを払うように首を振り、ゆっくりとあなたに目を戻した。瞳には涙が浮かんでいた。

「やっぱりあいつは変わってなかった。私にしたことと同じことを、あなたにもした。あいつは私だけでなく、あなたもずたずたにした」

姉が言う、私にしたこと、というのが凌辱のことを指していることはすぐにわかった。あなたの胸は、恥ずかしさと悔しさで、自分と同じ辛い経験をしている理解者に会えた喜びで、いっぱいになった。いままで胸の中にため込んできたやり場のない怒りと悲しみが、堰を切ったように口からほとばしった。

「お姉ちゃん、もういやや。あいつと一緒にいるのいや。いやや、いやや、いややあ！」

あなたは両手で顔を覆うと、声をあげて泣いた。

姉はしばらくじっとあなたを見ていたが、身体をゆっくり抱きよせると、宥めるように頭に手を置いた。

姉が押し殺した声で囁いた。

「あいつ、いややなあ」

あなたは無言で肯いた。姉が続けて言った。

「あんなやつ、親じゃないなあ」

あなたは泣きじゃくりながら、さらに大きく肯いた。

「そうや。あんなやつ、親じゃない」

姉は同じ言葉を繰り返すと、あなたの耳元に口を寄せて低くつぶやいた。

「あいつ、いなくなればいいなあ」

あなたは顔を覆う手のなかで、目を開いた。姉の声には、死刑を求刑する検察官のような、冷酷さがあった。あなたはゆっくり顔から手を離し、姉を見た。姉はどこか遠くを見ていた。が、視線をあなたに向けると、身体を抱く手に力を込めた。

「大丈夫。私に任せて。冬香はお姉ちゃんが守る」

姉の目には固い決意が浮かんでいた。再び、あなたの目に涙が溢(あふ)れてきた。姉は昔と変わらず、あなたを守ると言ってくれた。やはり、自分には姉しかいない。あなたは涙でぐしゃぐしゃになった顔を、姉の胸にうずめた。

ひとしきり泣き、あなたが落ち着きを取り戻すと、姉はベンチから立ち上がった。

「また、来るから」

俯いていたあなたは、勢いよく顔をあげた。姉が行ってしまう。とっさに姉の腕に縋(すが)った。

しがみつかれた姉は、困惑と苦悩が入り交じった表情をした。が、すぐに口元を緩めてその場にしゃがむと、あなたと目線を合わせた。

「心配せんといて。もう、私はいなくなったりせん。近いうちに、また会いに来るから」

姉の瞳に、偽りの色はなかった。

「本当に……また来てくれるんか」

姉は力強く肯き、次に会いに来るときは前もって日にちと時間を知らせる、と言った。方法を訊ねるあなたに、姉は少し考えてから答えた。

「駅の伝言板を使おう。会いに来る準備ができたら、三国駅に電話して伝言板にメッセージを書いてもらう。あいつが駅で目にしてもわからんように、本名は使わん。そうやな、『のぞみさまへ、○月○日、○○時にいつもの場所で待っててください。お土産のクッキーを持っていきます。かなえより』はどう。いつもの場所は、この公園のこと。名前は、望みが叶う、って覚えればいいわ」

お土産のクッキーという一文は、万が一、同じ名前の人が同じ伝言を残した場合を考えて、付け加えておくという。のぞみ、かなえ、クッキー。この三つが重なる偶然は、ゼロに等しい。

「あなたは明日から、毎日、三国駅へ行くの。そして、伝言板に私のメッセージを見つけたら、指定した日時にここへ来る。できるか」

あなたは大きく、首を縦に振った。姉と離れ離れになっていた辛さを思えば、毎日、駅へ通うことぐらい、なんてことはない。

姉は両手をあなたの頬に添えた。

「今度お姉ちゃんが来るときは、あなたがあいつから解放されるときやよ。やっと、私たちの生き地獄が終わるの。もう少しの辛抱やよ」

声は低く静かだが、口調からは固い決意が窺える。瞳の奥に、強い意志の光が仄見える。姉の覚悟は、なにがあっても変わらないように思えた。

姉がしようとしていることは恐ろしいことだ、とあなたは直感した。だが、不思議と怖さは感じなかった。春の次に夏が来て、やがて秋になり冬を迎える。それと同じくらい当然のことのように思えた。あなたは頬に添えられている姉の手に、自分の手を重ねた。

「待ってる」

翌日から、あなたは一日も欠かさず、三国駅へ通った。横殴りの雨の日も、体調が悪い日も、朝晩二回、伝言板を見に行った。普段からあなたの行動に関心がない男は、朝と晩に必ず家を出て行く娘を、気にとめる様子はなかった。

姉と再会してから、一日が恐ろしく長く感じられるようになった。朝起きると、今日は姉からの伝言があるだろうか、と希望を抱き、夜になると落胆する。そんな日が続いた。

姉の伝言を見つけたのは、再会した日から五ヵ月が過ぎた頃だった。師走(しわす)に入り、街の空気が慌ただしくなっていた。朝、通学前にあなたが駅へ行くと、伝言板に一件のメッセージが書かれていた。

『のぞみさまへ。十二月二十五日の夕方六時に、いつもの場所で待っててください。お土産のクッキーを持っていきます。かなえより』

白いボードに書かれている伝言を、何度も読み返した。間違いない。姉からのものだ。五日後に姉が来る。あと五日で、地獄が終わる。あなたは喜びで震える身体を、両腕できつく抱きしめた。

約束のクリスマスの日、街は浮かれていた。街路樹や店舗の軒先に取り付けられたイルミネーションが瞬き、道行く人はみな楽しげに見えた。

あなたは、姉と一緒に座ったベンチに腰掛けていた。夕方から降り出した雪が、街灯を透かしてまだら模様に浮かんでいる。

現場作業員の男は、冬場になると仕事が少なくなる。アパートにいることが多い。今日も男は、朝から酒を飲んでいた。男は酔いが回ってくると、つけっぱなしになっているテレビに向かって、いつものように悪態をつきはじめた。

くそ面白くもねえことくっちゃべって金をもらえるなんて、楽でいいよな——。男はしばらくテレビに文句を言っていたが、そのうち不満の矛先を、隣室にいるあなたへ変えた。マンガなんか読んでるんじゃねえ。なんやその目は、可愛げがねえ——。無視していると、競馬新聞が飛んできた。

「俺をシカトすんな!」

いつもは震えあがるほど恐ろしい怒声が、怖くなかった。男に怒鳴られるのも今日で最後だ、そう思うと心は落ち着いていた。

あなたは夕方になると、救世軍から頒布された古着のコートを羽織り、家を出た。約束の時間にはまだ早かったが、じっとしていられなかった。

公園に着くと、あなたはベンチに座り姉を待った。次第に手足が冷えてきたが、寒さは感じなかった。姉に会えることと、これから起きることを考えると、身体の内が熱く火照った。

公園に設置されている時計の針が、六時を指した。ほぼ同時に、後ろから声がした。

「冬香」

心臓が大きく跳ねた。あなたは立ち上がって後ろを見た。数メートル離れた先に、紺色のコートを着た姉がいた。

「お姉ちゃん!」

あなたは姉に駆け寄り抱きついた。姉はあなたを抱きしめた。

「ごめんの。会いに来るのに時間がかかって」

あなたは姉の腕の中で、何度も首を振った。謝ることなどない、約束どおり姉は来てくれた。それだけで充分だった。

ひとしきり再会の喜びを分かち合うと、姉は腕を解き、真剣な眼差しであなたを見つめた。

「時間がないの。一度しか言わんから、しっかり聞いて」

姉は腕にかけていた小ぶりのバッグから、小さなビニール袋を取り出した。中に薄紫色の粉末が入っている。これはなに、と訊ねるあなたに姉は、睡眠薬だ、と答えた。

「眠れないって嘘ついて、おねえちゃんがお医者さんからもらったの。それを飲まないで溜めたの」

姉はあなたの手に、ビニール袋を握らせた。

「これを、あいつのお酒に入れるの。この薬は味がほとんどしないから、あいつが気づくことはない」

あなたは手の中の、薄紫色の粉末を見つめた。

「飲んだらどうなるの」

「意識を失うくらい、寝込んでしまう」

「寝込んだら、どうするの」

あなたを見つめる姉の目が、暗く光った。

「そのあとは、いまからお姉ちゃんが言うとおりにすればいい。大丈夫。心配ない。必ず上手くいく」

自分に言い聞かせるような口調だった。あなたはそれ以上、聞かなかった。訊いてはいけないような気がした。あなたはコートのポケットにビニール袋を突っ込むと、姉の言いつけどおり、先にアパートへ戻った。

男はまだ酒を飲んでいた。赤黒い目が、どんより淀んでいる。寝たり起きたりしながら、ぐだぐだと飲んでいたのだろう。あなたを見るなり、男は声を荒らげた。

「どこほっつき歩いてやがったんや。このアマ！」

あなたは男を無視して、自分がふだん寝ている部屋へ入った。窓際に立ち、外を見る。アパートの一階の西側に、姉の姿があった。人目につかないように、建物の陰に身を潜めている。あなたは姉に向かって、小さく手を振った。男が起きていたら手を振る、寝ていたら手を交差してバツをつくる、そう合図を決めていた。

あなたは姉の指示どおり、風呂に水を張った。早く沸くよう、ガスの火力を強にする。部屋に戻ると、隅で膝を抱えた。暗闇を見つめながら、男が酒から離れる機会をじっと待つ。男が手洗いに立ったときを見計らって、酒に薬を混ぜようと思った。だが、男はなかなか席を立たなかった。あなたは焦りはじめた。姉が外で、男が寝入るのを待っている。早く男に薬を飲ませなければ——

男が手洗いに行くことを願うあなたの耳に、低いいびきが聞こえてきた。襖の陰から茶の間を覗くと、男が仰向けになって眠りこけていた。

あなたは動揺した。どうしよう。男をこのまま寝かせてはだめだ。なにがあっても、今夜、男に薬を飲ませなければならない。

　あなたはしばらく考えて覚悟を決めると、息を潜めて男に近づいた。音を立てないように注意しながら、テーブルの上に置かれている飲みかけのコップ酒に薬を入れる。コップに指を突っ込みぐるぐるとかき混ぜると、あなたは呼吸を整えて男に声をかけた。

「ねえ」

　男は起きない。もう一度声をかける。

「ねえ」

　男はうるさそうに、ううん、と唸った。あなたはちゃぶ台を挟んだ位置から、男に向かって大きな声で言った。

「寝るんやったら、お酒、片付けるよ」

　男は弾かれたように身体をぴくりと震わせ、薄眼を開けた。ゆっくり身を起こし、呂律が回らない舌であなたに毒づいた。

「誰が寝るって言ったんや。まだおれは飲むんや！」

　男は目の前にあるコップを摑むと、中身を一気に呷った。

　計算どおりだった。男は昔から、取り上げようとすればするほど、酒に執着した。以前、飲んで暴れる男から、酒を奪おうと試みたことがある。そのたびに男はあなたを張り倒し、一升瓶が空になるまで飲み続けた。

　男はしばらくのあいだ、わけのわからない雑言を吐き出しながら酒を呷っていた。が、急に静かになったかと思うと、前のめりに倒れた。テーブルに額を打ちつけ、畳に転がる。

あなたは恐る恐る男に近づいた。男は高いびきを掻いている。足で脇腹を小突いても起きなかった。完璧に眠り込んでいる。

あなたは急いで窓を開けると、アパートの西側を見た。姉がコートを身体に巻きつけ、寒そうに身を縮めていた。あなたは姉に向かって、手で大きな丸をつくった。薬で眠りこけたという合図だ。あなたに気づいた姉は大きく肯くと、アパートの入口へ消えた。

姉は人目を避けるように、ドアのなかへ身体を滑り込ませる。部屋に入り、男が昏睡していることを確認した。あなたに風呂が沸いているか訊ねる。風呂はちょうどいい熱さだった。ふたりで男の服を脱がせる。男が途中で目を覚ます気配はなかった。なにをされても手足をだらりと垂らし、いびきを掻いているだけだった。

男を裸にすると、ふたりで風呂場へ運んだ。姉が羽交い絞めするように男を背後から抱え、あなたは足を持った。眠り込んだ男は考えていたよりはるかに重く、風呂場に辿り着くまで時間がかかった。もっと手間取ったのは、男を浴槽に入れることだった。浴槽は埋め込み式ではなく、浴室の床にそのまま置かれていた。男を湯船に入れるためには、自分の胸元まで持ち上げなければいけない。全身を使って、ようやく男を浴槽に押し込む。湯がはねて、服が濡れた。男は湯に浸かっても、なんの反応も示さなかった。だらしなく口を開け、眠り込んでいる。

姉は男を浴槽に入れると、すぐさま頭を両手で摑み、湯の中に押し込んだ。男の口から、気泡が出てくる。湯の中で男の顔が、ゆらゆら揺れる。男は目を覚まさない。されるがままになっている。あなたは姉の顔を見た。姉は目を見開いたまま瞬きもせず、恐ろしい顔で湯の中に沈む男をじっと見つめている。

「時計、見て」

いきなり姉が、あなたに命令した。

「いまから十五分経ったら教えて」

人間が確実に溺死するには水に浸かってから十分以上かかる、ということを、このときのあなたは知らなかった。わけがわからないまま、あなたは姉の言葉に従った。急いで茶の間に駆け込み、柱時計を見る。七時四十五分。このときの十五分間は、あなたが生きてきたなかで、もっとも長くもどかしい十五分だった。

針が八時を指すと、あなたは風呂場に戻った。姉に駆け寄り、時が経過したことを伝える。姉は丸めていた背を伸ばすと、ゆっくりと浴槽から手を抜いた。かなりの力を入れていたのだろう。腕が固まったように硬直している。姉の顔は真っ赤だった。肩で息をしながら、浴槽の中を睨んでいる。肩の下まである長い髪は、湯気と汗で、洗ったように濡れていた。男は目を閉じたまま、狭い浴槽の中で身体をふたつに折り曲げ沈んでいた。

姉は服の胸元で濡れた手を拭うと、茶の間へ走っていった。持ってきた小ぶりのバッグから、睡眠薬の空のシートと錠剤を取り出しテーブルの上に置く。男が自分で睡眠薬を服用した形跡を残すためだ。姉はあなたを畳の上に座らせると、自分も向かいに座り、あなたの両肩を強く摑んだ。

「これですべて終わった。もう、私たちを苦しめるやつはいない」

あなたは戸惑いながら肯いた。男が死んだという実感が、まだ湧かなかった。

姉はあなたに、いまからすぐに布団に入って寝ること、朝になったら警察に電話をして男が死んでいることを伝えること、警察からなにを聞かれても寝ていたからわからない、と言い続けることを早口で伝えた。それから、と姉は念押しするように言った。睡眠薬について警察から聞かれたら、男が最近よく、眠れないとこぼしていた、と答えておくように——。

言い終わると勢いよく立ち上がった姉に、どこにいくの、とあなたは訊ねた。千葉に戻る、もういかなければいけない、と姉は振り切るように答えた。

「今度いつ会えるの」

あなたは姉にとり縋った。

姉はあなたを、じっと見つめた。

「十五年後」

一般的な殺人罪の時効は十五年だ。それまで会わない方がいい、と姉は言った。

「万が一、警察が私とあなたの関係を知ったら、私たちを疑う。もし、私たちがあいつを殺したことがばれたら、どんな理由があっても私たちは罰せられる。あんな男のために、私たちが犠牲になる必要はない」

　連絡をとりたいときはどうすればいいのか、と訊ねるあなたに姉は、自分は以前の名前を使ってはいない、別人として暮らしているからあなたから連絡はとれない、連絡は自分からする、と宥めるように言った。

　いまはどんなに辛くても、姉の言うことを聞くしかない。いずれ、時が経てば姉に会えるのだ。うん、と答えたあなたの頭を、姉は優しく撫でた。

「大丈夫。私はいままでもこれからも、ずっとあなたを見てる。十五年後に会おう」

　あなたは顔をあげると、零れそうになる涙をこらえて、強く肯いた。


　由美が東京駅に着いたのは、夕方の六時を回った頃だった。東海道新幹線の改札を出て、長い地下通路を渡り、駆け足で総武線の快速に飛び乗る。

　夕方のラッシュで、車内は混み合っていた。荷物が入ったボストンバッグを抱えながら、由美は片芝との会話を心の中で反芻していた。由美が三国港駅にいるとき、携帯で交わした会話だ。片芝が口にしたひと言が気にかかる。

　――繋がったぞ。円藤冬香と北陸が。

　片芝の言葉には、強い確信が込められていた。どうしてそこまで言い切れるのか、由美はその場で訊ねた。片芝は問いには答えず、とにかく早く東京に戻れ。戻ったら俺が指定する場所に来い、と急(せ)いた口調で言うと、一方的に電話を切った。その後、何度か片芝に連絡をとろうと試みたが、携帯は繋がらず留守電に切り替わった。

福井を離れ、あと一時間で東京駅に着くというとき、片芝からメールが入った。内容は簡便なものだった。

『千葉駅の西口を出て外房線沿いに徒歩十分。新千葉二丁目通りにあるサンクスの隣。ニューワイズビル三階、居酒屋小濱(こはま)で待つ』

こちらの事情など考えもしない、指示を記しただけのメールに溜(た)め息をついた。いつも自分の都合しか考えない片芝らしい。由美は『七時前には着けると思います』と返信した。

電車がカーブに差し掛かった。吊革(つりかわ)につかまりながら、倒れないように両足を踏ん張る。

片芝は沢越冬香という名前に反応した。おそらく、北陸で父親から虐待を受けていた姉妹の妹、沢越冬香と円藤冬香の繋がりを摑んだのだろう。その繋がりがなんなのか、由美にはわからなかった。ふたりの名前が同じというほかに共通点は見えない。いったい片芝は、なにを知っているのか。

いつもより電車がのろく感じる。早く片芝が手にしている情報を知りたい。由美は逸(はや)る気持ちを抑えながら、窓の外を見つめた。

小濱の暖簾をくぐったのは、七時をわずかに過ぎたあたりだった。

由美は片芝を恨んだ。店は表通りから奥まった場所にあり、はじめて訪れる者にとってはわかりづらかった。道に迷わなければ、あと五分は早く到着できたはずだ。

応対に出た店員に、片芝の名を告げる。バイトらしき若い女の子は片芝の名を聞くと、こちらです、と言って由美を店の奥へ案内した。

テーブル席が並ぶオープンフロアの先に、襖で隔てられた個室が並んでいる。店員は通路の一番奥の部屋に由美を案内した。店員が襖越しに連れが来たことを伝えると、なかから片芝の声が聞こえた。

「おう、入れ」

まるで上司のような口ぶりだ。戸を開けた由美は、目に飛び込んできた想定外な光景に驚いた。片芝の隣には、男性がひとり座っていた。歳は三十代後半だろうか。髪を短く整え、紺色のスーツにグレーのネクタイを締めている。座卓の上には、まだ手つかずのビールとお通しが置かれていた。ふたりとも今しがた着いたばかりのようだ。

片芝の隣に座る男性は、由美に向かって丁寧に頭を下げた。仕草と恰好だけ見れば大手企業の営業マンのようだが、由美は直感で違うと感じた。男性は身体に、相手を威圧する雰囲気を纏っていた。由美を見る遠慮のない視線や隙のない姿勢から、ただのサラリーマンではないとわかる。

片芝ひとりで店に来るものだとばかり思っていた由美は、戸惑った。いったいこの男性は誰なのだろう。円藤冬香に関する大切な話をする席へ、なぜ同席させるのか。

由美の注文を聞く店員に、烏龍茶を頼む。店員が座敷から出て行くと、片芝は入り口で立ちつくしている由美に、手で席に着くように促した。座卓を挟んで向かいに腰を下ろすと、片芝は由美に男性を紹介した。

「こいつは海谷ってんだ」

「海谷基樹です」

海谷は由美を見ながらフルネームを名乗った。

「今林由美です」

頭を下げながら由美も名乗る。片芝は吸っていた煙草の灰を陶器の灰皿に落とすと、いたずらっ子のような表情で口角をあげた。

「こいつはな、千葉県警の捜査一課員だ。いまは円藤冬香事件の、合同捜査本部に身を置いている」

海谷がスーツの胸ポケットから、黒に近い濃い茶色の手帳を取り出した。開くと、上部には制服姿の海谷の顔写真と氏名、下部には千葉県警察と印された警察の記章があった。

由美は身を固くした。ただの会社員ではないとは思っていたが、まさか刑事だとは思わなかった。場が一気にきな臭くなる。

片芝の話によると、海谷との付き合いは十年になるようだ。海谷は、いまは本部の捜査一課に在籍しているが、若い頃に二年間広報課に勤務していた。広報課で働いているときに、警察回りを担当していた片芝と知り合った。海谷はその後、刑事部に引き上げられ、付き合いはいまも続いているらしい。

片芝は左手の親指を立てて、海谷を指した。

「今回の情報、裏を取ったのはこいつだ。捜査員の中には面子や建前を重んじるやつが少なくない。だが、こいつは違う。事件解決の手掛かりになるんだったら、新聞記者からの情報だろうが週刊誌の記事だろうが、なんでも飛びついて猟犬みてえに漁りやがる。まるでダボハゼみてえなやつだよ」

今回のネタの裏取りとは、円藤冬香と北陸が繋がっているという線のことだろう。

ダボハゼ呼ばわりされた海谷は苦笑いを浮かべると、少し和らいだ目つきで由美を見た。

「事件を追うという意味では、警察もマスコミも同じです。警察は保秘にうるさい組織ですが、場合によっては、一線を画したうえで、マスコミとも持ちつ持たれつの関係を築く。片芝さんと私のようにね」

片芝は煙草を灰皿で揉み消すと、表情を引き締めた。

「俺とお前が摑んだ情報は、練炭不審死事件の真相に深く関わるものだ。捜査本部に通報しなければいけないレベル、ってことさ」

由美には、それほど重要な情報を自分が持っているとは思えなかった。

片芝は新しい煙草を箱から抜き取り、百円ライターで火をつけると本題を切り出した。

「江田知代のことは覚えてるな」

由美は先を促すように、もちろん覚えていますが、と答えた。江田知代は練炭不審死が起きた当日、円藤冬香の携帯に間違い電話をかけてきた人物だ。出身は北陸で児童養護施設育ち。鎌倉の自宅に、一度会いに行ったことがある。

片芝は海谷を目の端で見た。

「俺も、円藤冬香と北陸の線が気になって、こいつの前に、ちょっとした餌を投げてみた。江田知代と円藤冬香が繋がっているという情報がある。ためしに江田の戸籍でも洗ってみなって。戸籍法が改正されてからというもの、他人の戸籍を覗けるのは警察や弁護士くらいのもんだからな。餌をまいて唆したら、瓢簞からコマが出た」

由美は膝に置いている手を握りしめ、身を乗り出した。片芝は座卓に肘をつくと、背を丸め声を潜めた。

「江田知代はな、高校卒業後、養子縁組していたんだ。そのときに名前も変えている。江田知代ってのは改名後、結婚してからの名前だが、江田が養子縁組する前の名前、なんだったと思う」

もったいぶった片芝の言い方に、由美は焦れた。

「なんですか。早く教えてください」

片芝は言葉を区切るようにつぶやいた。

由美は耳を疑った。三国港駅で、片芝が沢越冬香の名前を聞いたときの、驚いた声が蘇る。由美はうろたえた。

「それは本当なんですか。江田知代が沢越冬香だって」

答えようとする片芝の横から、海谷が口を挟んだ。

「間違いありません。私がこの目で、江田知代の戸籍を確認しました」

由美は混乱する頭を、必死に整理した。三国で沢越早紀が父親を刃物で刺した事件当時、妹の沢越冬香は七歳。現在、三十八歳の計算になる。江田知代もそのくらいの年齢だったはずだ。

同世代、北陸出身、児童養護施設育ち、沢越というめずらしい苗字、江田知代が三十年前に三国で警察から保護された沢越冬香であったとしても、なんの不思議もない。

そこまで思い至った由美は、はっとした。江田知代が沢越冬香だとしたら、江田知代には行方不明の姉がいることになる。

由美は隣に置いていたバッグを手にとると、蓋を開けるのももどかしく、中にしまっていた紙片を取り出した。図書館でコピーしてきた、三十年前の記事だ。

両手で記事のコピーを持ち、虐待を受けていた姉妹の年齢を確認する。事件当時、姉は十二歳。もし生きていれば、いま四十三歳になっている。

由美は記事から目をあげると、紙片をテーブルの上に置き、手を膝の上にゆっくりと落とした。

「沢越冬香の姉、沢越早紀が生きていれば、現在四十三歳。円藤冬香と同じ歳です」

昂奮のため語尾が震えた。片芝はコピーに手を伸ばし素早く目を走らせると、その目を由美に向けた。

「江田知代は沢越冬香。円藤冬香は沢越早紀。おそらく、ふたりは姉妹だ。この情報は、まだどこも摑んでいない」

由美は軽い眩暈を感じた。疲れのせいではない。事の急な展開に頭がついていかないのだ。

由美は意識をはっきりさせるために頭を振った。そのとき、店員が注文していた料理と烏龍茶を運んできた。座卓にグラスを置き店員が部屋を出て行くと、由美は烏龍茶を口にした。咽喉がからからに渇いていた。一気に半分ほど呷る。咽喉を落ちていく液体の冷たさに、少し頭がはっきりとしてきた。由美の気持ちが落ち着いたところを見計らったように、海谷が口を開いた。

「今林さんが円藤冬香を追っている理由や、どこをどう調べてなにを気に留めたのか、おおまかなところは片芝さんから聞いています。あなたが抱いている疑問——円藤冬香が北陸弁に詳しい理由や、円藤冬香の亡くなった両親の新聞記事が見当たらないわけは、円藤冬香が沢越早紀であるならば、すべて解けるものです。そして、もしそうならば、円藤冬香が持っている完全なアリバイも崩れる。妹という共犯者がいるのだから」

「でも」

　由美は海谷を見た。

「そうなると新たな疑問が出てきます。円藤冬香が沢越早紀ならば、なぜ名前が違うのか。北陸生まれなのに、なぜ千葉生まれになっているのか。戸籍が意図的に改竄されたとしか考えられない。そして一番の謎は、彼女がどのように生き延びてきたのか、ということです。円藤冬香と沢越早紀が同一人物だとしたら、彼女は行方不明になってからの三十年間、いったいどのように生きてきたのでしょう」

　たしかに、と片芝が同意した。

「十二歳の子供がひとりで警察の目をかいくぐり、三十年も別人として生きるなんてこたァ、まず無理だ。沢越早紀を匿い、別人に仕立て上げた人間がいる」

　別人に仕立て上げた人間。片芝のその言葉に、由美の頭にある人物が浮かんだ。あわら市の特別養護老人ホーム、ソーレあわらに入所している与野井啓介だ。

　与野井は三十年前の事件を思い出し、父親から虐待されていた早紀を憐れみ、自分を責めていた。深い皺が刻まれた目元から涙を零していた。

　――美幸には迷惑をかけた。だが、あのときは、ああするしかなかった。それがまさか、あんなことになるなんて……。

　与野井は、早紀になにかをした。それがきっと、早紀が円藤冬香として三十年間、生きてこられた理由だ。そして、そこには本庄美幸、旧姓、古森美幸が関係している。根拠や証拠はないが、由美のなかのなにかが、そうだ、と強く訴えていた。

　由美は座卓に身を乗り出すと、海谷を真っ直ぐに見据えた。

「お願いです。与野井啓介と本庄美幸を調べてください」

　由美の真剣な眼差しから、ただ事ではないと悟ったのだろう。海谷は背広の胸ポケットから手帳を取り出すと、間に挟んでいたボールペンを手にした。

「ヨノイケイスケとホンジョウミユキ。字は？」

　由美は海谷からペンを借りると、コピーしてきた新聞記事の後ろに名前を記した。本庄美幸の横には、旧姓の古森も書き添えた。名前を手帳に書き写すと、海谷は俯いたまま上目遣いに由美を見た。

「このふたりは、どういう人物ですか」

　由美は摑んだ情報を掻い摘んで説明すると、テーブルに視線を落とした。

「沢越早紀と与野井啓介、古森美幸。この三人のあいだになにがあったのかはわかりません。でも、三人はとても深刻な事情で繫がっている。その事情は、沢越冬香の人生に影響を与える大きな出来事だった、そんな気がするんです」

　由美の話をじっと聞いていた片芝は、灰が落ちそうになっている煙草を灰皿に押しつけると、海谷を見た。

「女の勘は馬鹿にできないって知ってたか。出来の悪い嘘発見器より、あてになることがあるんだぞ」

海谷は片眉をあげ、皮肉めいた口調で片芝に言った。

「女性から、嘘を見抜かれそうになったことがあるんですか」

片芝は、うるせえ、と吐き捨てた。海谷は笑いを堪えるような表情をすると、拳を口元にあてて咳払いをひとつした。

「わかりました。事件当時の与野井啓介と本庄美幸の動きについて、こちらで調べてみます。もう三十年前のことですから、どこまで探れるかはわかりませんが、できる限りやってみます」

ただし、と釘を刺すように海谷は続けた。

「片芝さんはわかってると思いますが、今林さん。はっきりするまでこのことは絶対、記事にしないでください。記事のゴーサインは、こちらから出します」

由美は勢いよく肯くと、海谷の目を見つめ、再び頭を下げた。

「よろしくお願いします」

男を殺した夜、あなたは朝まで眠れなかった。怖くはなかったが、言いようのない不安に苛まれた。目覚まし時計が鳴るや、あなたは勢いよく布団を捲り、アパートの一階へ走った。一階にある公衆電話から一一九番するためだ。

救急車は十分もせずにやってきた。駆けつけたふたりの救急隊員は、風呂場に直行すると、浴槽に沈んでいる男を抱き上げた。隊員は男を洗い場に横たわらせ、ひとりがしゃがんで脈をとったり、塞がった瞼をこじ開けたりしていた。隊員はほどなく身を起こし、もうひとりに向かって首を振った。

男が担架に載せられて部屋から運び出されると、入れ替わりに警察がやってきた。年を取った警官はあなたに、遺体を発見したときの状況を訊ねた。あなたは姉に言われたとおり、朝起きたら男が湯船に沈んでいた、と答えた。

部屋の中を調べていた若い警官が、テーブルの上に置いてある睡眠薬の空のシートと錠剤を見つけた。年配の警官はあなたに、これを見たことがあるか、と訊ねた。あなたは、男が飲んでいるところを何度か見たことがある、と答えた。姉の指示どおり、男は最近よく眠れないとこぼしていた、と付け加えることも忘れなかった。

男は司法解剖にふされ、死因は溺死と判定された。

男が睡眠薬を服用していた形跡があること、男がかなり酒を飲んでいたこと、部屋に男とあなた以外の人間が出入りした形跡がないことから、男は泥酔状態で睡眠薬を服用し風呂で溺れた、と警察は判断した。

保護者を失ったあなたは、再び施設へ入所することになった。あなたは施設から中学校へ通い、地元の高校へ入学した。

クラスであなたは、目立たない存在だった。誰とも話さず暗い目をして自分の席に座っているあなたを、クラスメイトは気味悪がり、近づこうとはしなかった。存在を否定されることは、人によっては死に値するくらい辛いことだろう。しかし人との関わりを避けたいあなたにとって、クラスで無視されることは好都合だった。

だが、高校二年のとき、あなたになにかと話しかけてくる人間が現れた。名前は本田亜希子。四十七歳。定年退職するスクールカウンセラーの代わりにやってきた臨時職員だった。始業式で体育館の演台の前に立ち、自己紹介をする亜希子の第一印象は、少女がそのまま大人になったような人、というものだった。

亜希子は校内であなたを見かけると、よく声をかけてきた。話の内容はどうでもいいものばかりだった。

話しかけてくる亜希子の目には、隠そうとしても隠しきれない、同情の念が浮かんでいた。おそらく前任から引き継いだ生徒調査書で、あなたの生い立ちを知ったのだろう。亜希子にとっては善意だったのだろうが、人との関わりを避けたいあなたにとって亜希子の優しさは迷惑だった。本当は無視したかったが、あなたは適当に話を合わせた。事を複雑にして、学校で問題になりでもしたら困るからだ。だが、あなたの態度を亜希子は勘違いした。頑なに心を閉ざしていた少女が自分にだけは胸襟を開いてくれた、と思ってしまった。それは亜希子の共助精神を強く刺激した。

高校三年生の冬、施設職員の林を通して、亜希子があなたを養子に欲しがっている話を聞いた。

亜希子には子供がいなかった。若いときに、高校の教師をしていた夫と結婚して身ごもったが流産した。そのときの医師の処置が悪かったらしく、二度と子供を産めない身体になったという。

施設の相談室の椅子に座りながら、林はあなたに養子縁組を受けるよう勧めた。だが、あなたは話を断った。あなたに家族と呼べる人間は姉しかいなかった。姉以外の家族などいらない、そう思っていた。

一度は話を断ったあなたが、養子縁組を受けたのは、姉の強い勧めがあったからだ。高校の卒業式まであと半月に迫ったとき、施設の公衆電話に一本の電話が入った。取り次いだ林の話では、電話の相手は中学のときの友人で前田と名乗っている、と言った。

——姉だ。

あなたは直感した。前田という人物に心当たりはなかった。あなたに、電話をかけてくるような友人もいない。

あなたは急いで部屋から出ると、公衆電話が置いてある玄関へ向かった。玄関と談話室を隔てているガラス戸を閉めて、あなたは本体の横に置かれている受話器をとった。名乗ると、受話器の向こうから懐かしい声がした。

「冬香。お姉ちゃんやよ」

「お姉ちゃん！」

あなたは受話器を握りしめて呼んだ。

姉は受話器の向こうで、あなたの言葉を遮った。

「そんな大きい声を出したらあかん。私の存在を周りに知られたらあかん。この電話は、中学校のときの友達からのものやよ。上手く話を合わせて」

あなたは慌てて周りを見渡した。誰もいないことを確認して、ほっと胸を撫でおろす。

姉は、あなたがもうすぐ卒業できることを祝うと、卒業後の進路を訊ねた。あなたは地元の食品会社へ就職が内定している旨を伝えた。進学は考えなかったの、と訊ねられ、全然、と即答した。施設の規則では、入所は満十八歳までだった。高校を卒業したら、施設を出てひとりで暮らしていかなければいけない。だから働く、と伝えた。

大学に行きたいのなら金銭的に援助する、と姉は言ったが、あなたは申し出を断った。就職を選んだ一番の理由は、なににも縛られず自由に生きたかったからだった。

「だから養子の話も断ったの」

あなたが言うと姉は、なんの話か訊ねた。あなたは亜希子のことを手短に話した。

姉はあなたの話を黙って聞いていた。話が終わると少し間を置いたあと、養子の話を受けるよう勧めた。養子縁組して姓を変えると同時に、改名しろという。姉が言うには、正当な理由があれば改名は認められるらしい。

「本田夫婦に、いまの名前だと辛かった昔を思い出すから名前を変えたい、新しい名前で新しい人生をやり直したい、って言いね。あなたの生い立ちを知ってるなら、反対はしないはずやよ。もし反対されたら、養子の話は受けない、って言えばいい。それで話が流れるなら、縁がなかったと思うしかない」

どうして違う名前になることを勧めるのか訊ねると姉は、あなたと私のためよ、と答えた。

自分も生まれたときとは違う名前で生きている。あなたもこれから別な名前で生きる。ふたりとも昔の自分と決別するのだ。そうすれば、もう、あの出来事に怯えて暮らさなくてすむ、と姉は言った。

あの出来事——なにがあっても、人に知られてはいけない秘密。忌まわしい過去を隠し通すためなら、どんな手段も厭わない。

あなたは養子にいく覚悟を決めた。そう言うと姉は、ある電話番号をあなたに伝えた。姉が暮らしているアパートの部屋の電話番号だった。

「電話番号を教えたけど、どうしても連絡をとらなければいけない事情ができたときしか、かけたらあかんよ。かけるときは、必ず公衆電話にして。家や職場の電話を使って、万が一、誰かに話を聞かれたら、私たちの関係がばれんとも限らんで」

お姉ちゃんとあなたはいつでも繋がってるんやよ、そう言って姉は電話を切った。

あなたは姉の指示に従い、本田家へ養子に入った。

改名したいというあなたの願いを、本田夫婦は快く受け入れた。反対するどころか、むしろ積極的に改名を勧めた。名前や生活環境など、あなたを取り巻くすべてのものを変えて、一から新たに生きた方がいい、と養父になる本田昭は言った。

どんな名前にしようか迷って、あなたは養父母に相談した。もし嫌でなかったら知代という名前はどうか、と昭が訊いた。知代という名前は、昭が女の子が生まれたら付けようと思っていた名前だった。高校を卒業すると同時に、あなたは沢越冬香を捨て、本田知代として生きることになった。

高校を卒業すると、あなたは内定していた食品会社で働きはじめた。就職した株式会社オリエント水産は福井市に本社を置く従業員約三百人の中堅企業で、あなたは営業部に配属された。

江田友宏と出会ったのは、会社に勤めて五年目のときだった。友宏は金沢市内にあるイタリアンレストランのシェフだった。歳はあなたの九つ上。端整な顔立ちに白いコックコートが似合っていた。

新商品の営業で店を訪れたあなたを、友宏は会ったその日に口説いた。最初は冗談だと思い軽くあしらっていた。だが、友宏は真剣だった。三日に一度は会社に電話をかけてきて、あなたをデートに誘う。断り続けても、友宏は諦めなかった。

知り合ってひと月後、あなたは友宏の熱意に負けてデートに応じた。一度だけのつもりが二度になり、気がつくと週に一度は会う関係になっていた。断る時期を考えながらも、付き合いはずるずると続いた。友宏を好きなわけではなかった。ただ、強く断る理由がなかっただけだった。

交際してから二年後、あなたは友宏からプロポーズされた。

東京に出て勝負したい。いいスポンサーが見つかった。自由が丘に自分の店を出すつもりだ。独立を機に結婚したい。

友宏はあなたにそう言った。

あなたはすぐに姉に連絡をとった。姉に自分から連絡をとるのは、はじめてのことだった。電話に出た姉に、ある男性からプロポーズされている、と伝えると姉は、相手の人となりを聞いて、結婚することを勧めた。あなたには幸せになってほしい、と姉は言った。姉が勧めるまま、あなたは友宏と結婚した。二十六歳のときだった。

新居は田園都市線沿線の桜新町（さくらしんまち）に、マンションを借りた。自由が丘にオープンした友宏の店は当たり、三年後には赤坂（あかさか）と青山に支店を出すまでになった。貯金が億を超えたとき、鎌倉の由比ヶ浜に一戸建てを購入した。

あなたは満たされていた。一等地の瀟洒（しょうしゃ）な家に住み、金に困らず、暴力に怯えることもない。だが、あなたのなかには、ずっと沢越冬香がいた。父親から凌辱（りょうじょく）され、その父親を殺した自分がいた。殺人者である沢越冬香は、よく夢に現れた。暗闇の中で、責めるようにじっとあなたを見つめている。うなされて飛び起きると、全身に汗をびっしょり搔（か）いていた。

姉から連絡が入ったのは、あなたが二十八歳のときだった。自宅の近くにあるスーパーで夕食の買い物をしていると、携帯に公衆電話から着信が入った。訝（いぶか）しみながら電話に出ると懐かしい声がした。姉だった。姉には新居が決まったときに自宅の連絡先と、新しい携帯の番号を教えていた。

二年ぶりの連絡を、あなたは喜んだ。姉は今度の土曜日に会えないか、とあなたに言った。場所は横浜の山下公園、時間は夕方の七時。「水の階段」付近にいるという。

土曜日、あなたは友宏に、どうしても見たいイベントがある、と嘘をついて出掛けた。クリスマスの山下公園は、二人連れの男女の姿が目に付いた。誰もが楽しそうにはしゃいでいる。他人のことを気にする者はいない。

時間どおりに待ち合わせ場所に行くと、黒いコートに身を包んだ女性がいた。俯き加減に佇んでいる。あなたが見間違えるはずがなかった。姉だった。

後ろから声をかけると、姉はびくりと振り返り、ほっとしたように笑った。

あなたと姉は近くのベンチに腰掛けて、暗い海を眺めながらお互いの近況を語り合った。姉は千葉に住んでいた。介護施設で働きながら、ひとりで暮らしているという。

話が途切れると、姉はぽつりとつぶやいた。

「長かったね」

その日は、父親を殺した日から数えて十五回目のクリスマスだった。今日ふたりは、心のなかで時効を迎えたのだ。男の死は公には事件ではない。事故だ。しかしふたりにとっては、紛れもない殺人だった。あなたは自分の靴のつま先を見ながら言った。

「やっと、終わったね」

姉は潤んだ目であなたを見つめ、肯いた。

時効を迎えたあと、あなたと姉は二カ月に一度の頻度で会った。外で会うこともあれば、姉のアパートへ行くこともあった。あなたは嬉しかった。自分たちが姉妹であることを世間に認められなくても、姉といられるだけで充分だった。

だが、姉と会えて嬉しい、と思う一方で、次第にあなたの心は苦しくなっていった。姉と別れたあと、決まって昔の記憶が蘇るのだ。父親に凌辱されたおぞましい記憶や、父親を殺した日のことが鮮明に浮かんでくる。

姉に会いたい、でも会うと辛い。ふたつの思いの狭間であなたは苦しんだ。

思い悩むあなたに私は、すべてを忘れろ、と言った。忌まわしい記憶なんか捨てて、生まれ変わった自分を楽しみなさい、と説得した。それでもあなたは、過去と決別しきれずに悩んだ。次第に表情が暗くなり、口数も少なくなっていく。家事をする気力もなくなり、ベッドに塞いでいる日が多くなった。

あなたの様子がおかしいことに気づいた友宏は、心配して診療クリニックの受診を勧めた。だが、あなたは頑なに拒んだ。精神科医が恐ろしかった。固く閉ざしている秘密の扉を、無理やりこじ開けられてしまう恐怖を感じた。

私はあなたを、救おう、と思った。どんな方法を使ってでも、あなたを苦しみから解放してあげる。そうしなければ、あなたは自ら命を絶ってしまうだろうと思った。

私はあなたをギャンブルに誘った。初心者でもすぐにできて、自分の好きな時間に気軽に楽しめるパチンコを勧めた。なにも考えず、台に向かって繰り出される玉を見ているだけでいい。

はじめてパチンコ店を訪れたあなたは、玉の買い方もわからずおどおどとしていた。周りの客を横眼で見ながら、見よう見まねで打ちはじめた。千円で当たりが来た。ビギナーズラックだった。隣の男が、運がいいねえ、と笑いかけた。わけがわからないまま、あなたは台を打ち続けた。

遊び方がわかってくると、どんどんパチンコが楽しくなった。次は当たるか、という期待に胸が躍り、大当たりが出ると昂奮で頭が痺れた。台に向かっている間は、嫌なことを忘れられた。

あなたは苦しみから逃れるために、ギャンブルにのめり込んでいった。

朝いちで取材を終えた由美は、編集部にある自分のデスクで原稿を書いていた。

取材先は品川に新しくオープンした、京料理の店「よし乃庵」。本格的な会席料理が、ランチ料金で楽しめるのが店の売りだ。料理長お勧めの梅膳はランチタイム限定品で、先付けからはじまり水物まで十品ある。京料理ならではの、細やかな気配りがされた盛り付けは美しく、味も素材の下ごしらえがしっかりされていて美味しかった。

熱の入ったいい記事になる、そう思いながら栄公出版社に戻りパソコンに向かった。が、意に反してキーボードに添えた指はなかなか動かなかった。カメラに収めてきた料理の画像を見ながら、たったいま食してきた味を思い出すが、頭に浮かぶのは円藤冬香と江田知代──旧姓沢越冬香のことばかりだった。

由美は机に肘をつき組んだ手に顎を載せると、机の上に置いてある携帯を見た。

片芝と海谷に会った日から、今日で三日が経つ。千葉県警捜査一課員で、現在、円藤冬香事件の合同捜査本部に身を置いている海谷は、なにか新しい情報が手に入ったら片芝を通して連絡を入れる、と言ってくれた。だが、片芝からはいまだなんの連絡もない。なにか動きがないか、こちらから訊ねてみようかとも思ったが、自制した。連絡がないということは、まだなにもわかっていないということだ。電話をしても、ぶっきらぼうな応対をされるのがオチだろう。

由美は組んでいた手を解き、首を振った。

自分がいくら考えても、事は動かない。いまはじっと、片芝からの連絡を待つしかない。

由美は気持ちを切り替えて、パソコンに向かった。

原稿を書き上げ、フォーマットに流しこみ字数を確認していると、机の上で携帯が震えた。液晶画面に片芝の名前が表示されている。由美は受話ボタンを押すのももどかしく電話に出た。

「はい、今林です」

携帯の向こうから、ぶっきらぼうな声がした。

「おう、いまいいか」

いいかもなにもない。この三日間、待ちわびていた電話だ。

「なにか、わかりましたか」

社交辞令も挨拶も省略し、由美は訊ねた。片芝は、まあな、と曖昧な返事をすると、いまから千葉まで来られないか、と由美に訊ねた。

「電話でするような話じゃないんでな。時間はお前さんに合わせる」

由美は腕時計を見た。二時半。原稿はもう書き上げてある。あとは誤字脱字がないかチェックして、字数を合わせるだけだ。十五分もあれば推敲は終わる。そのあとすぐに社を出て電車に乗れば、四時には千葉駅に着ける。

そう伝えると片芝は、駅近くの店を待ち合わせ場所に指定してきた。店名は「カフェ・豆蔵」。三日前に片芝と海谷に会った、居酒屋小濱の向かいのビルにある喫茶店だという。

「わかりました。四時までに行きます」

由美は携帯を切ると急いで原稿を仕上げ、栄公ビルディングを出た。

豆蔵はすぐに見つかった。片芝の説明どおり、道路を挟んで居酒屋小濱の向かいにあるビルの一階にカフェはあった。

ステンドグラスが嵌め込まれたドアを開けると、鈴の音がした。この店のマスターだろうか、カウンターの中にいた年配の男性が声をかけた。

「いらっしゃいませ」

店の中は狭く、小さなカウンターと四人掛けのテーブルがふたつ置かれているだけだった。ともすれば窮屈な空間だが、狭苦しさを感じないのは、ほどよい間隔で置かれている観葉植物と、店内にゆったりと流れているジャズのせいかもしれない。

片芝は奥のテーブルにいた。新聞を大きく広げ、顔を覆うようにして読んでいる。ほかに客はいない。由美はコーヒーを注文すると、片芝の席へ向かった。

「片芝さん」

声をかけると、片芝は新聞を広げたままの姿勢で、おお、と返事をした。由美は片芝の前に置かれている灰皿を見た。陶器製の灰皿に、吸殻が何本も転がっている。由美が豆蔵に着いたのは、約束の四時をわずかに過ぎたあたりだ。煙草の本数から見ておそらく片芝は、三十分は早く店に来ている。

由美が向かいの席に腰を下ろすと、片芝は不機嫌そうに新聞を閉じ、手元にあったコーヒーをぐいと飲み干した。

「まったく、世の中平和だな。昨今の新聞は報道とゴシップを混同してやがる。芸能人がくっついただの別れただの、そんなことは週刊誌が書いてりゃいいんだ」

片芝は閉じた新聞を隣の椅子に置くと、カウンターの中にいる年配の男性に声をかけた。

「マスター、ホットもう一杯」

親しげな口調から、片芝がこの店の常連であることが窺える。

マスターは淹れたてのコーヒーを由美たちのテーブルに置くと、カウンターの中に戻り、隅の椅子で読みかけと思しき本を開いた。

由美はマスターから視線を外すと、片芝の顔を注視し身を乗り出した。

「円藤冬香と江田知代に関して、なにかわかりましたか」

片芝は灰皿の横に置いてあった煙草のパッケージから一本抜き取ると、口にくわえ百円ライターで火をつけた。

「昨日、海谷と会った」

由美は息を詰めた。やはり新しい情報が手に入ったのだ。だがいつにもまして、片芝の眉間の皺が深い。なにか深刻な事態でも起こったのだろうか。片芝は顔を横に向け、煙草の煙を重々しく吐き出した。

「まず、円藤冬香と江田知代の繋がりに関してだが、いまの段階では明確にふたりの関係性は出てきていないそうだ」

なぜだろう。江田知代が沢越冬香だということは、はっきりしている。あとは円藤冬香が江田知代の姉、沢越早紀であるという証明ができれば、事件は解決に向けて大きく進展するはずだ。円藤冬香がいつから本名を偽り、なぜ別の名前で生きてきたのか、理由はわからない。だが、戸籍を調べれば、出生地や経歴、改名の記録がわかる。円藤冬香が沢越早紀であるという証明ができるのではないか。

そう言うと、片芝は眉間にいっそう皺を寄せた。

「捜査本部の調べによれば、円藤冬香は戸籍を改竄しているらしい」

片芝は肯いた。

「改名ではなく、改竄なんですね」

片芝は肯いた。海谷の情報によると、捜査本部は円藤冬香の供述調書に基づき戸籍を調べたが、円藤が子供の頃に事故死したという両親が実在していた証拠は見当たらず、円藤が卒業したことになっている小学校の名簿にも、円藤の名前はなかった。

「つまり、円藤が周りに話していた自分の出生、生い立ちはすべて嘘だということだ」

無戸籍児で父親から虐待を受けていた沢越早紀を、まったく別な人間として世に送り出した人物がいる——与野井だ。

由美の耳に、特別養護老人ホームのデイルームで、泣き崩れた与野井の声が蘇る。

——美幸には迷惑をかけた。けど、あのときは、ああするしかなかった。だが、それがまさか、あんなことになるなんて——

沢越早紀が自分の父親をカッターで切りつけた事件が起きる一週間前、早紀は東尋坊でいのちの電話を通じ、与野井と会っている。父親を傷つけたあと、寝泊まりしていた車を飛び出した早紀が、これから先どうしたらいいかわからず、一度助けてくれた大人を頼ることは充分に考えられる。

自分の父親を傷つけ怯えている早紀を前に、与野井はどうすべきか考えた。警察に早紀が父親から虐待を受けている事実を伝え、保護するように頼もうか。だが、それは一時的な救出法でしかない。仮に福祉施設に保護されたとしても、親権の問題で父親の元へ帰される可能性が高い。そのとき、父親は自分を傷つけた早紀をどうするだろう。おそらく早紀は、いままで以上の虐待を受ける。

　早紀をどうしたら救えるのだろうか。思案する与野井は、早紀をまったくの別人に仕立て上げることを思いついた。幸か不幸か、早紀は無戸籍児だ。すでに存在している戸籍を作り替えることは難しいが、存在しない戸籍をでっちあげることなら、できるかもしれない。

　与野井は当時、同じ三国町役場に勤務していた古森美幸に、早紀の戸籍の作成を頼んだ。美幸に迷惑をかけた、との与野井の話から察するに、おそらく美幸は断ったのだろう。だが与野井は、ひとりの子供の命がかかっている、という類のことを口にし、美幸を説得した。新しい戸籍を得た早紀は、まったく別の人間として千葉の養護施設に入所した。

　与野井は早紀を救ったと思った。別人として生きることが、早紀のためだと思った。だが時を経て、早紀は連続不審死事件の被疑者として身柄を拘束された。

　おそらく与野井は、練炭殺人事件の被疑者である早紀の顔を、施設内のテレビで見たのだろう。あるいは、デイルームに置かれている雑誌で、かつて改竄した少女の名前に出くわしたのかもしれない。そして、自分が戸籍を変えた少女が、殺人事件を起こしたと知った。与野井は自分を責めた。早紀を救うために、自分は円藤冬香という人物を生み出した。円藤冬香として生まれ変わった早紀は、幸せな人生を送るはずだった。だが、自分が幸せを願った少女は殺人者となってしまった――

「個人情報保護法が施行された現在、戸籍を改竄することは極めて難しいと思います。でも、個人情報の管理が緩く、他人でも戸籍が閲覧可能だった昔なら、法律の隙をついて新たに戸籍を作ることは可能だったのではないでしょうか。ましてや、それが戸籍を管理している役場の人間だったとしたら……」

由美の推論を黙って聞いていた片芝は、フィルターだけになった煙草を灰皿で揉み消すと、ワイシャツのポケットから手帳を取り出し開いた。

「本庄美幸、旧姓古森美幸。地元の高校卒業後、十九歳で三国町役場に就職。以後、三年間は環境課に勤務。その後、町民課に異動。町民課に四年在籍したあと、総務課へ移っている。海谷からの情報だ」

片芝は手帳を懐へしまうと、椅子の背もたれに腕を預けた。

「古森が役場に入ったのは昭和四十九年。計算すると、古森が町民課にいたのは昭和五十二年から五十五年ということになる。沢越早紀が行方不明になっているのは、昭和五十四年、古森が町民課に在籍していた時期だ。戸籍を扱う課に勤めていた古森なら、戸籍を作り替えることも可能だ」

片芝は新しい煙草に火をつけると、話を続けた。

海谷は与野井や古森だけでなく、沢越早紀と冬香の父親である沢越剛についても調べた。三国町の役場に問い合わせたところ、剛は二十五年前に死亡していることが判明。福井県警に依頼し、死亡の確認を行ったところ、死因は溺死で、警察が臨場していたことがわかった。現場検証に当たった当時の捜査員の話をまとめると、娘の話では剛は普段から睡眠薬を常用しており、その日も、深酒をしたうえに薬を服用。そのまま風呂に入り溺れ死んだらしい。

ところが、と片芝は言葉を続ける。

警察の調べで、剛は事故死と判断されたが、おかしな点がなきにしもあらず、だった。沢越冬香は父親と一緒に暮らしていたが、父親が死亡したとき、不審な音や様子にまったく気づかなかったと証言している。当時、剛と冬香が住んでいたアパートは、寝返りの音さえ耳に入るほどの狭さだった。剛が半ば昏睡状態に近い状態で溺れたとしても、異変にまったく気がつかないという点は疑問が残る。また、剛には通院歴がなく、睡眠薬の入手経路も不明だった。さらには、近所では児童虐待の噂もあった。それらのことを踏まえて、捜査員の中には、冬香が睡眠薬を父親に飲ませて沈めたのではないか、との疑いを持った者もいたようだ。だが、冬香が睡眠薬を入手した経緯が見当たらなかったことや、大人の男を中学生の少女がひとりで湯船まで引きずっていき沈めることは体力的にも不可能だとして、最終的に死因は、事故による溺死とされた。

「だがな」

片芝は煙草の灰を、灰皿に落とした。

「今回の連続不審死事件同様、共犯者がいたとしたら、父親を殺害するのは可能だ」

由美は片芝から言葉を引き継いだ。

「沢越早紀が睡眠薬を準備し、冬香が父親に飲ませ、寝入ったところをふたりで湯船に沈めた、ということですか」

片芝は低いがはっきりとした口調で言った。

「断言はできないが、可能性がないわけじゃない」

由美は首を落とし、額に手を当てた。円藤冬香の完璧なアリバイ、共犯者、北陸、与野井の言葉、三十年前に三国町で起きた事件。ばらばらになっていたパズルのピースが、ひとつずつ嵌まっていく。

目を閉じ、想像した。由美の脳裏に画が浮かぶ。荒寥と凍てつく大地に、ふたりの少女が佇んでいる。ふたりは真冬だというのに粗末な身なりで、横殴りの吹雪のなか、お互いの手をしっかりと握り合っている。少女たちの瞳にはなにも映っていない。夢も希望もない。深い穴のような目で、じっと遠くを見ている——

胸のなかに、やりきれない思いが込み上げた。

もし、早紀と冬香が父親を殺したのだとしたら、ふたりの内奥には、どれほどの憎しみや怒り、悲しみが存在したのだろう。

与野井と古森は幼い少女の幸せを願い、戸籍を改竄した。幸せを求めた結果、姉妹は父親を殺した。法的には明らかな犯罪だ。戸籍の改竄も殺人も、裁かれなければならない。

　だが、幸せを求めたことを、誰が責められるだろう。少女を救いたいと思った人間を、幸せになりたいと願った姉妹を、誰が咎められるというのか。

　由美は顔をあげ、中空に目をやった。天井の染みが、滲んで見えた。


　姉に会える喜びと、姉に会うがために蘇る忌まわしい記憶。ふたつの狭間であなたは苦悶し、辛苦から逃れるためにパチンコにのめり込んでいった。

　パチンコの台に向かっていると、すべてを忘れられた。ガラスの向こうで忙しなく回る数字を、無心に目で追った。ギャンブルで得られる救いは、一時しのぎにしか過ぎない。店を出れば、また変わらない苦しみが待っている。そう、わかっていても、あなたはやめられなかった。

　素人がギャンブルで得をすることは、ほとんどない。十回に一度や二度は勝つが、トータルすればかなりの額をのまれていた。

　夫の友宏は、自由が丘と赤坂、青山にある飲食店のオーナーだ。夫婦ふたりが暮らしていくには、充分すぎる収入がある。しかし、いくら夫の稼ぎが多くても、夫の不在をいいことに、毎日開店から夕飯の支度までの時間をパチンコにつぎ込んでいたら、夫があなたに渡す可処分所得は、瞬く間に底を突いた。

あなたは財布に金がなくなると、貯金に手をつけた。口座から引き出した金が、その日のうちに全額、台にのまれることも少なくなかった。物には限りがある。口座の残高は底を突き、銀行のカードローンも限度額を超えた。

それでもあなたは、ギャンブルがやめられなかった。パチンコで負けて店を出るときは、もうやめよう、と思う。二度とパチンコはしない、そう心に誓う。だが、無理だった。勝ったときの快感が忘れられないのだ。

友宏が仕事に出掛けて家にひとりになると、パチンコがしたくてそわそわしてくる。テレビを観たり、雑誌を読んだりして気を紛らわせようとするが、なにをしても無駄だった。激しく点滅する台の演出照明や、耳をつんざくような効果音が頭から離れず、耐えられなくなる。脳が多幸感を――エンドルフィンを求めて、猛り狂う。そしてあなたは、今日だけ、明日から絶対にやめる、そう思いながら、パチンコ店のドアをくぐり続けた。

銀行口座の残高が四桁になり、電力会社や水道局、携帯電話会社から督促状が届くようになった。すべてを合計しても、夫の収入からすれば僅かな額に過ぎなかった。だが家計は、その金が支払えなくなるほど窮迫していた。

電気や水道、携帯のいずれかでも止められたら、夫に貯金を使い込んだことがばれてしまう。貯蓄がゼロに等しいことを知ったら、友宏は激昂し、金の用途を問いただす。友宏は、ギャンブルを一切やらない。宝くじすら買わない人間だ。もし、妻がパチンコに通い詰め、家の貯蓄をほとんどつぎ込んでしまっていると知ったら、離婚を考えるだろう。いや、絶対に離婚を迫る。

——友宏に知られてはならない。

いまの暮らしを失うことを恐れたあなたは、消費者金融から金を借りた。利息は高いが、保証人や難しい手続きは必要がない。

光熱費と携帯電話料金、当座の生活費だけなら、十万円もあれば充分だった。だが、あなたは必要な金額より五万円多く借りた。万が一、急な出費があった場合を考えてのことだった。

消費者金融から借りた金で、当座を凌いだ。友宏に浪費がばれる心配はない。もう大丈夫だ、そう思うと、いまの暮らしを失うかもしれない恐怖が薄らいだ。一時は静まっていたあなたのなかの欲望が再び、鎌首をもたげた。

消費者金融から少し多めに借りていた金はパチンコにつぎ込み、気がつくと、一週間で底を突いた。加えて、消費者金融への返済日は近づいてくる。返せるあてがないあなたは、別の金融業者から金を借り、最初に金を借りた消費者金融への返済にあてた。

あとはどこにでもある話だった。借りては返すを繰り返し、元金は減らない代わりに、利息だけはみるみる増えていった。借金は雪だるま式に膨れあがり、最初に消費者金融に手を出してから一年経つ頃には、返済額は六社合わせて五百万円近くになった。

消費者金融業者の返済を迫る声を携帯で聞きながら、ギャンブルは自分にとって水のようなものだ、とあなたは思った。なければ生きていけないもの。だが、真水ではない。塩水だ。咽喉の渇きを覚えて呷るが、飲めば飲むほど咽喉が渇く。渇きを癒やそうとまた飲むが、その先にはさらなる渇きが待っている。

様々な言い訳を駆使して返済を引き延ばすあなたを、消費者金融業者は自力では返せるあてがない客と踏んだのだろう。もしかしたら、ブラックリストに名前が記載されたのかもしれない。来月、入金が遅れれば夫へ連絡する、と言ってきた。

ひとりのリビングで、あなたは肩を抱いて震えた。どうしよう。このままではすべてが破綻してしまう。やっと手に入れた平穏な日々を失ってしまう。

あなたにとって、ただひとりの頼れる人間である姉からは、すでに数回にわたり、金を工面してもらっていた。ギャンブルで金を使い込んだとは言えず、夫の店の経営が思わしくなく資金繰りが苦しい、と嘘をついた。そのたびに姉は手持ちの貯金を切り崩し、あなたに金を渡してくれた。つい、ひと月前も十万円借りた。それが最後の蓄えだったらしく、姉は札が入った封筒を渡しながら「お姉ちゃんの貯金は、もうない。これで最後やよ」とつぶやいた。

姉にはもう頼れない。どうしたらいいのか。

友宏が出掛けたあと、リビングのソファに座り、項垂れながら窮地を脱する方法を考えた。

そんなとき、あなたはテーブルの上に置かれている新聞の折り込みチラシに目を留めた。

　結婚相談所の広告だった。どこかの事務所に所属しているモデルだろう。若くて可愛い女の子と、好青年を画に描いたような男性が、チラシの中で微笑み、見つめ合っている。女の子の横に吹き出しがあり、「登録会員約百三十万人、理想の人と必ず出会えます」と書いてある。吹き出しの下には、公式サイトのアドレスが記載してあった。いま流行りの、婚活サイトというものだろう。

　あなたはチラシを手に取った。男女比率を半分と考えても、約六十五万人の男が異性との出会いを求めている。そのなかには、低所得の者もいれば、年収一千万を超える高所得の人間もいるはずだ。

　——金を持っている男が、女を求めている。

　あなたはソファの横に置いてあるダイニングボードを見た。前面のガラスに、自分の顔が映っている。

　三十四歳。若いとはいえない年齢だが、年齢のハンディを補って余りある魅力がある。客観的に見て顔立ちは整っているし、スタイルも悪くない。なにより、子供の頃から人の顔色を窺いながら生きてきたあなたは、相手の内面を察することが得意だった。男の気持ちを動かすことなど、そう難しいことではない。

　自分が独身だったら、男からいくらでも金を引き出すことができるのに。そう思うあなたに、そうすればいいじゃない、と私は囁いた。

婚活サイトに入会し、知り合った男から金を貢がせればいい。金が必要な言い訳など、なんとでもなる。料理教室に通いたいでもいいし、親の入院費でもいい。結婚の二文字をちらつかせれば、婚期の遅れたもてない男は、いくらでも金を出すのではないか。

そう、私は言った。

でも、とあなたは躊躇した。自分は既婚者だし、知り合った男と結婚するつもりはない。結果として男を騙すことになる。

私はあなたに、夫を失ってもいいのか、と問うた。地獄から抜け出し、やっと手に入れた暮らしを失ってもいいのか、と迫った。別に金に困っている男を騙すわけではない。余裕がある人間から、少しだけ融通してもらうだけだ。あなたがその身に背負ってきた苦労を考えれば、わずかな嘘をついて多少の金を工面することぐらい許される。

「そうなんかな……」

迷うあなたに、私はネットから登録できる婚活サイトに、すぐ登録するよう勧めた。入会時に必要な本人確認は、姉の健康保険証を使えばいい。姉の名前と住所で登録されるが、名前は姉の名を名乗ればいいし、住所は「プライバシーの問題があるから、連絡は住居ではなく携帯に欲しい」と言えば問題はない。だが、携帯だけは、普段使っているものと別なものを用意した方がいい。支払いが夫名義の口座だと、万が一、警察が介入した場合、すぐに身元が割れる。念のため、使用者がわからないプリペイド式の携帯にしよう、と私は提案した。

あなたは、姉になり澄まし婚活サイトに登録することを拒んだ。姉を巻き込みたくない、と言った。

私はあなたを説得した。姉に知られなければいい。姉が気づく前に、男から金を引き出す。それで借金を清算すれば、姉に迷惑がかかることはない。

「あなたが自分を守る道は、これしかないんやよ」

そう言うとあなたは、迷いながらも腹を決めた。

あなたはその日のうちに姉のアパートへ行き、留守を確かめると、箪笥（たんす）の中から姉の健康保険証を抜き出し、近所のコンビニでコピーした。部屋には合い鍵（かぎ）で入った。姉はあなたに再会したあと「万が一、なにかあったら使いなさい」とあなたに合い鍵を渡していた。

あなたは帰宅すると、すぐにパソコンから婚活サイトに登録し、姉の健康保険証のコピーを婚活会社へ送った。

あなたは姉の名前でサイトに登録された。コンビニでプリペイド式の携帯を購入し、姉名義の銀行口座も開設した。男から金を振り込ませるためのものだ。

入会してから一週間で、二十人を超える男から、婚活会社を通してあなたに問い合わせが入った。下は三十五歳から、上は六十五歳までいた。職業は農家のような自営業者から、お堅い公務員まで様々だった。

顔立ちなどどうでもいい。あなたは男の中から、東京近郊に住み結婚願望が強く、年収が高い者を選んだ。

メールのやり取りを数回したあと、あなたは男性と直接会った。姉とあなたは、顔立ちが似ていた。とはいえ、一卵性双生児でもないふたりは、よく見れば当然だが違う顔をしている。だが、男たちはさして気に止めなかった。彼らにとって女は、化粧で印象が異なる者であり、美人ならそれで満足だったようだ。

幾度かのデートのあと、男たちはあなたの身体を求めた。好きでもない男に身体を開くことに、あなたは抵抗がなかった。父親に犯されていたことを思えば、どんな下手なセックスも、一方的で乱暴なセックスも、さほど苦痛ではなかった。

男が夢中になると、あなたは金を無心した。結婚の二文字で周りが見えなくなっている男を騙すことは、簡単だった。もっともらしい理由をつけて金をせびると、たいがいの男性は融通してくれた。なかでも、親を出汁にした理由は、多くの金を引き出せた。実家の親が借金をしていて、それがなくならないと結婚できないとか、親が病気で通院しているため医療費がかかり、その支払いの目途がたってから結婚したいなど、金の問題が片付けば結婚できる、と臭わせれば、男たちは大抵疑いもせず、あなたが望む額を口座に振り込んだ。

人間は良くも悪くも、慣れていく生き物だ。最初は十万の振り込みで、嘘がばれやしないか、とあなたはびくびくしていたが、嘘がばれないとわかると、男たちへ求める金額が増えていった。男たちから引き出した金のほとんどは、借金の清算と、あれほどやめようと誓ったパチンコへ消えていた。

しかし、いくら結婚の二文字に踊らされているとはいえ、いつまでも男たちを騙し通せるものではない。金だけ振り込ませ、一向に結婚する気配を見せないあなたに、男たちは苛立ちはじめた。

最初に、あなたに面と向かって疑惑を向けた男は、宮本尚二だった。六十二歳でバツイチ。東京の江戸川区で、小さなスポーツ用品店を経営し、主に学校関連への卸売りで生計を立てていた。ふたりの子供が自立し、自分の老後を考えて連れあいを探している男だった。

婚活サイトで知り合い一年が過ぎても、のらりくらりと結婚話をはぐらかすあなたに宮本は言った。

「いったい、いつになったら結婚するのか。もしその気がないなら、すぐ貸した金を返してくれ。返さなければ警察に詐欺容疑で訴える」

宮本からは、その時点で五百万円、騙し取っていた。

金はすでに使い切っている。返せるわけがない。だが結婚も、できるわけがない。詐欺容疑で警察に訴えられたら、すべて終わりだ。どうしよう。いっそ、自首しようか。それとも、自ら命を絶とうか。そう考える一方であなたは、なぜ苦労して生きてきた自分が不幸にならなければいけないのか、とも思った。この世の辛酸を舐めつくし生き延びてきた自分には、幸せになる権利がある。こんな負け犬のような人生で終わりたくない。

右にも左にも行けず悩むあなたのもとへ、姉から連絡が入った。一年ぶりだった。姉は携帯の向こうで、元気でやっているか、と訊ねた。あなたは言葉に詰まった。懐かしい姉の声に、目頭が濡れ、肩が震えた。あなたの様子がおかしいことに気づいた姉は、なにがあったのかあなたに訊いた。

あなたは姉にすべてを打ち明けた。あなたは、金が必要だった本当の理由は、ギャンブルにのめり込んだせいで、借金で首が回らず姉になり変わって男を騙し、どうにもならない状況へ追い込まれている。嗚咽混じりに、そう伝えた。泣きながら、勝手に健康保険証を持ち出したことを詫びるあなたを、姉は責めなかった。

無言で聞きながら、姉は一緒に泣きはじめた。姉は携帯の向こうで何度も、可哀想に、と繰り返し言葉を詰まらせた。

しばらくの沈黙のあと、姉は小さいが決然とした声で言った。

「殺そう」

事故、自殺、病死なんでもいい。どれかに見せかけて男を殺す、と姉は言った。

姉の言葉に、あなたは怯えた。男を手にかけることより、姉が警察に捕まることを恐れた。男と付き合っていたことになっているのは姉だ。男の死に不審な点があった場合、警察は真っ先に姉を疑う。なんの罪もない姉が、自分のせいで逮捕されるなんて絶対に嫌だ。

そう訴えるあなたに、姉は言った。

「安心して。私は絶対に捕まらん」

もし、宮本の死に不審な点が見つかったら、たしかに警察は自分を疑うだろう――だが、と姉は切り返した。

「あなたが宮本を殺すとき、私は完璧なアリバイを作る。アリバイがある人間を、警察は逮捕できんはずやよ。だからといって、警察があなたに行きつくこともない。だって、江田知代は宮本とまったく関係がない人間なんやから。世間では、円藤冬香と江田知代は、見ず知らずの赤の他人なんやから。あなたと私を繋ぐ線は、どこにもない」

姉は優しい声で、あなたに言った。

「大丈夫。私に任せて。冬香はお姉ちゃんが守る」

その言葉は、これまで何度も、姉が口にしたものだった。

あなたは携帯を握りしめ、声をあげて泣いた。

宮本は持ち家の自宅にひとり暮らしで、スポーツ用品店の経営に行き詰まっていた。そのことを伝えると姉は、あなたに薬を手渡した。シートの裏にベゲタミンAと薬名がある。

「私が勤めてる介護施設から持ってきた。これは、錯乱状態に陥った認知症の入居者に服用させてる、強い睡眠薬やよ。これを飲めば早くて十分、遅くても三十分以内には深い眠りに就く。作用時間が長いから、数時間は起きない」

姉は待ち合わせをした夜の公園で、薬のシートをあなたの手に握らせると、底光りのする目をして言った。

「この薬を、男に飲ませなさい。あのときと同じように」

あのとき——男を浴槽に沈めて殺した夜のことだ。

「宮本が寝入ったら、窓やドアを閉めてガス栓を捻りなさい。部屋の大きさや換気状況にもよるけど、六畳から八畳ほどの部屋なら三十分ほどで宮本は死ぬ」

そう姉は言った。

「警察はきっと、店の資金繰りに困って自殺したと思うはずやよ。もし、不審な点が見つかって他殺の線が浮かんでも心配ない。あなたが宮本を殺す日、私は完璧なアリバイを作る。私が逮捕されることは、絶対にない」

あなたは姉の指示に従った。

二日後、あなたは宮本に電話をかけると、大事な話があるから今夜家に行く、と伝えた。

あなたは宮本の部屋で、プロポーズを受けると嘘をつき、祝杯をあげよう、と買ってきた酒を勧めた。宮本は疑う素振りも見せず、嬉しそうに何度も肯き、コップに注がれたビールを一気に飲み干した。

よほど嬉しかったのだろう。宮本は普段よりも速いペースでグラスを空け、酔いが回った証しに顔を紅潮させた。

宮本が手洗いに立った隙に、あなたは宮本のグラスに睡眠薬を入れた。姉が言ったとおり、あらかじめ細かく砕いてあった薬はすぐに溶けた。

手洗いから戻ると、なにも知らない宮本は薬入りのビールを口にした。いましがた結婚を口にした女が自分を殺すつもりでいるなど、思いもしなかったのだろう。宮本はあなたに勧められるまま、酒を飲んだ。

ほどなく、宮本は呂律が回らない口調で、なんだか目眩がする、と言ったかと思うと、テーブルに倒れるように突っ伏した。寝入るというより、失神に近い状態だった。薬入りのビールを飲んで、十分足らずのことだった。

宮本が意識を失うと、あなたは自分の鞄から、薄いビニール製の手袋を取り出し、手に嵌めた。持ってきたタオルで、自分が触った場所を拭いて回り、自分が使った箸やグラスをバッグにしまった。

部屋に自分がいた形跡を消すと、あなたはガス台の点火ツマミを捻り、火がついていない状態でガスの元栓を開いた。ガスが出ていることを確認すると急いで戸締りをし、あなたは宮本の家をあとにした。

二日後、都内で買った新聞の地域欄に、宮本の死亡記事が載った。氏名は記載されていなかったが、自宅がある町名と年齢、スポーツ用品店経営者という肩書から、宮本に間違いはなかった。ガスの臭いに気づいた近所の人間がガス会社に通報。駆け付けたガス会社の職員が居間で倒れている宮本を発見し、すぐに救急車を手配したが、病院に搬送された宮本はすでに死亡していた。

新聞記事によると、警察は事故と自殺の両面から事件を調べている、とのことだった。

宮本の遺体が発見されてからひと月ほどのあいだ、あなたはずっと不安だった。警察は宮本の死になにか不審な点を見つけ、姉を逮捕するのではないか。警察は自分と姉を繋ぐなにかしらの線を探り出し、自分を逮捕しに来るのではないか、と怯えた。

だが、ひと月が過ぎても、なにも起こらなかった。いつもと変わらない日々が過ぎていった。

あなたの中から、次第に恐怖が薄れていった。と同時に、姉への強固な信頼感が改めて湧いてきた。姉を信じて言うとおりにしていれば、すべてが上手くいく。なにも恐れることはない。

そう考えるあなたの頭に、ある男の名前が浮かんだ。

青田進。厚木市に住む、今年で七十二歳になる独居老人だ。宮本と同じく、婚活サイトで知り合った男だった。

青田は十年ほど前に妻に先立たれ、子供はいなかった。商社を定年退職したあと、退職金を貯め込み、厚生年金、企業年金で悠々自適の生活を送っている。この十年、ひとりで暮らしていたが、年々老いていく身体の衰えを自覚して、ひとりで老後を過ごす淋しさから、再婚を望んでいた。

青田とは三十五歳近く年が離れていた。青田はあなたとの年の差を、気にする様子はなかった。むしろ、親子ほど年の離れた若い女を手に入れたことを誇らしく思うのか、逆に年の差を、事あるごと、嬉しそうに強調する。

青田と知り合ったのは、宮本の少しあとだ。付き合って一年ほどが経つ。

宮本と同じく、青田もあなたに結婚を強く迫っていた。もう自分は若くない。いつ心臓が止まってもおかしくない。早くお前と一緒になりたい、と会うたびに言う。あなたは、昔から年上が好きで、父親を早く亡くしたファザーコンプレックスもあるのかもしれないが、青田のように安心できる男性と会ったのははじめてだ、とお為ごかしを青田に何度も囁いた。とはいえ、なぜこれほど簡単に自分を信用するのか、あなたにもわからなかった。よほど楽天家なのか、自惚れが強いのか、それとも、嘘をつくごとにあなた自身の演技が磨かれていったのか。

青田は心臓が悪く、利尿薬や強心薬を服用していた。

ずるずると答えを引き延ばしていると、猜疑心が頭をもたげてきたのだろう。結婚できないのならいままで貸した七百万円を返せ、返せないのならば警察へ訴える、と詰め寄るようになった。それでも、甲斐甲斐しく身の回りの世話をするあなたに、老後を託す望みは捨てなかった。ときに怒りながら、ときに目に涙を滲ませて結婚を切望する。

あなたは姉に相談した。事情を聞いた姉は、あなたにレビトラという薬を渡した。勃起不全治療薬だという。

勃起不全治療薬は心臓に負担がかかるため、心臓を患っている人間は原則として服用できないことになっている。だから、通常の倍の量のレビトラを青田に飲ませろ、と姉は言った。一週間かかるか、二週間かかるかはわからない。だが、飲ませ続けていれば、弱っている心臓はいずれ必ず止まる。結婚する振りをしながら、その時が来るまで薬を飲ませ続けろ、と指示した。

姉の指示に従い、あなたは青田に薬を飲ませた。夜の生活に効くからと、レビトラを砕いて溶かした栄養ドリンクを、青田はなんの疑いもなく飲み続けた。実際、薬の効き目もあり、青田は毎晩、あなたを求めた。

薬を飲ませてから半月後、青田の心臓は止まった。いつもどおり、あなたが持参したドリンクを飲んだ青田は、あなたの目の前で急に心臓を押さえて蹲り、そのまま動かなくなった。脈がないことを確認すると、あなたは宮本のときと同じように自分がいた形跡を消し、青田のアパートをあとにした。

青田が死んだ二日後、地元新聞のお悔やみ欄に、青田の名前が載った。死因は心不全となっている。司法解剖に付したのかどうかわからないが、たとえレビトラの成分が発見されたとしても、あの年の男性だから不思議はないはずだった。

自宅のリビングで新聞を閉じると、あなたはソファの背にもたれた。

もう、あなたに怖いものはなかった。いままでに、父親を含めて三人の男を殺した。が、すべて警察の目を欺けた。姉の言うとおりにしていれば、すべてが上手くいく。

そう信じていたあなただったが、四人目の男でミスを犯した。

男の名前は、佐藤孝行。佐藤は青田のあとに知り合った男で、五十二歳の会社員だった。

あなたは佐藤にも、金を無心していた。結婚を目の前にぶら下げられた佐藤は、最初はあなたの嘘を信じ、なんの疑問も抱かず金を渡していた。しかし、佐藤も煮え切らないあなたに業を煮やし、結婚するか貸した金を返すか、の二者択一を迫った。

あなたと姉は、佐藤も殺すことに決めた。

だが、殺害方法がすぐには浮かばなかった。佐藤は心臓も丈夫で、古い一戸建てに両親と暮らしている。一酸化炭素中毒も、心不全も使えない。

考えて、練炭を使うことに決めた。佐藤は自家用車を持っている。上手く理由をつけて山中に誘い出し、ポットに作っておいた睡眠薬入りのコーヒーでも飲ませる。佐藤が寝入ったら、用意していた七輪で練炭を燃やし、一酸化炭素中毒で殺すことにした。

あなたには微塵の迷いもなかった。今回も上手くいく、そう思い込んでいた。

たしかに、計画どおり佐藤は死んだ。だが、ひとつミスがあった。

計画では、佐藤を自殺に見せかけるため、車を出るときに佐藤の服のポケットにキーを入れてくる予定だった。前もって用意しておいた合い鍵で外からロックをすれば、密室になる。

そのはずが、なかなか練炭に火がつかないことに焦ったあなたは動転し、気がつくと置いてくるはずの車のキーを持ち帰っていた。

手元にキーがあることに気づいたあなたは、錯乱した。パニックに陥り、普段は公衆電話からしかかけない姉の携帯に、自宅の固定電話から連絡をとった。アリバイ作りのために職場の同僚と飲んでいた姉は、電話に出なかった。あとで折り返しかけてきて、固定電話から電話してきたあなたを叱ったが、すぐに冷静さを取り戻し、心配しないようにと宥めて電話を切った。

翌日、佐藤の死体が発見された。新聞やニュースの報道で、警察は車のキーが見当らないことから他殺を疑い、佐藤の身辺を捜査していることがわかった。

警察が動いていると知ったあなたは、公衆電話から姉に連絡をとった。姉は出勤前で、まだ自宅にいた。半泣きで、どうしよう、と繰り返すあなたに、姉は落ち着いた声で言った。

「いずれ警察がやってきて、私は詐欺罪で逮捕されるかもしれない。おそらく、殺人事件の重要参考人になるやろう。だから、もう連絡を寄こしてはだめ」

受話器を握りしめながら、自分はどうすればいいのか、と訊ねるあなたに姉は、絶対に動くな、と語気を強めた。

自分は警察に捕まっても、殺人罪に問われることはない。詐欺の容疑はかかるだろうが、詐欺罪は相手を騙す意思があったのかどうかが問題となる。付き合いはじめた頃は結婚の意思があったけれども、次第に気持ちが変わった。騙すつもりはなかったと主張すれば、結婚詐欺にはならない。自分には完璧(かんぺき)なアリバイがある。大丈夫、と姉は言った。

「あなたはなにも心配しないで、いつもと変わらない暮らしをしてなさい」

姉は言い聞かせるように言うと、声を和らげた。

「長くても、三週間くらいで帰ってくる。大丈夫。なにがあっても、お姉ちゃんはあなたを守る。安心しなさい」

あなたは泣きながら、姉の言うとおりにする約束をして、電話を切った。

佐藤の死体が発見されてから二週間後、姉は警察に逮捕された。

姉の逮捕を新聞で知ったあなたは、夫を送り出すとリビングに置いてあるパソコンを開いた。姉に関わる記事を検索し、片っ端から開く。姉の逮捕は、どのニュースサイトでもトップにあがっていた。書き方の違いはあるが、どの記事も、姉は佐藤に対する結婚詐欺で逮捕され、殺人事件の重要参考人となっている、と指摘していた。

あなたはパソコンを閉じると寝室へ入り、ベッドに倒れ込んだ。

きつく目を閉じ、胎児のように丸くなる。

私はあなたに声をかけた。

「大丈夫だって。お姉ちゃんはすぐに帰ってくるよ」

あなたは身じろぎもせずじっとしていたが、目をうっすら開けると、自分に言い聞かせるようにつぶやいた。

「そうやの？　大丈夫やの？」

私はあなたを元気づけた。

「お姉ちゃんも、そう言ってたじゃない。いままで、お姉ちゃんが言ったことで、間違っていたことがあった？」

あなたは横たわったまま、首を振った。

私は確信を込めて言った。

「なんにも心配ないって。それより、少し休みな。旦那が帰ってきたら、普通にしてなきゃいけないんだから、気持ちを落ち着かせた方がいいよ」

あなたは宙を見ながら言った。

「ありがとう。ずっと私を励ましてくれて」

気恥ずかしくなり、少し乱暴な口調で言う。

「いまさら何言ってんの。もうどのくらいあなたと一緒にいると思ってんのよ。いままでも、これからも、私はあなたと一緒よ」

あなたの目に、涙が滲んだ。

「ほら、目を閉じて。少し寝た方がいいよ」

あなたは、うん、と肯くと、静かに目を閉じた。

「やはり――江田知代と円藤冬香、ふたりは姉妹なんですね」

視線を膝に落とし、由美はつぶやいた。

片芝は由美の問いに答えず、新しい煙草をくわえるとライターで火をつけた。煙を吐き出し、独り言のように言った。

「警察が江田知代の身辺を調べたところ、知代に多額の借金があることが判明した」

――借金。

由美は眉をひそめた。

江田知代の夫、友宏は自由が丘や青山にイタリアンレストランを持つオーナー・シェフだ。鎌倉の一等地に持ち家まである。以前、自宅を訊ねて知代をこの目で見たが、身につけている服やバッグは一目でそれとわかる高価なものだった。髪型や指先の爪にも、相応の金を使っている跡が窺えた。生活に窮している様子は、少なくとも外見からはまったく見受けられなかった。

片芝は片手で、丸い物を摑み回す仕草をした。

「これだ」

片芝の手の動きに、由美ははっとした。

「パチンコですか」

警察の調べによると、知代は四年前から消費者金融で金を借りるようになった。借金の額は一番多いときで、六社から合計五百万円にものぼったという。

「そんなに……」

借金の額に由美は驚いた。

「警察が周辺の聞き込みを行ったところ、江田知代が藤沢駅近くのパチンコ店に出入りしていたという情報が出てきた。従業員の話によると、江田知代は朝から夕方まで、ほぼ毎日、打ちに来ていたそうだ」

知代は仕事をしていない。子供や親など、同居している人間もいない。夫と二人暮らしだ。自由な時間はたっぷりある。その気になれば、開店から閉店まで打っていられるだろう。自宅の最寄り駅から離れた藤沢を選んだのは、近所の顔見知りと遭遇することを避けるためか。

片芝は煙草をくわえたまま、苦い顔をして、口の端から煙を吐き出した。

「ギャンブルなんてのは、たいてい負けるもんだ。プロのギャンブラーならまだしも、素人が付け焼き刃で勝てるほど、博打の世界は甘かあない。知代の場合も推して知るべし、さ。毎日通い詰めてりゃ、たまには大勝ちすることもあっただろう。だがトータルすれば、大損のはずだ」

由美は確認するように、言葉を発した。

「手持ちの資金を使い果たし、二進も三進もいかず、それでも止められなくて、知代は消費者金融に手を出した――」

片芝は、ああ、とぶっきらぼうに言った。

「そういうこった。借金はすべて知代本人の名義で借りている。旦那には秘密だったようだ」

返せるあてのない借金を抱えた知代の焦燥は、いかばかりだっただろう。日々、夫に借金をしていることがばれるのではないかという怯えと、パチンコに夢中になってしまう自分への怒りと悔い、そして、いまの穏やかな暮らしが崩壊する恐怖を抱えて震えていたのだろうか。

片芝はまだ半分しか吸っていない煙草を灰皿に押しつぶすと、冷え切ったコーヒーを口にした。

「いっときは五百万まで膨らんだ知代の借金だがな、ちょこちょことまとまった額を返金していたそうだ。二、三ヵ月に一度のペースで、少ないときで五十万円、多いときで百万円ほど返済していた」

専業主婦の知代が、ひとりで返せる額ではない。別の消費者金融から金を借りて、自転車操業式にやりくりしたとしても限界がある。貸金業は密なネットワークで繋がっている。借金の返済額や返済状況などの情報は金融業者が共有し、返済が滞ったり自己破産してブラックリストに載った者には、金を貸さなくなると聞いている。もっとも、それを喰い物にする闇金業者もいるわけだが。

複数の金融業者から金を借りていた知代も、ブラックリストに載っていた可能性は高い。返済金は、どこから捻出していたのか。

片芝は新しい煙草を口にくわえた。

「その金の出所だがな、調べてみると面白いことがわかった」

片芝は声を落とした。

「知代が消費者金融にまとまった金を返済していた時期と、婚活サイトで円藤冬香と知り合い不審死を遂げた男たちが自分の口座からまとまった金をおろしていた時期が、ほぼ一致する」

由美は息を呑んだ。

「死んだ男たちがお金を渡していた相手は円藤冬香ではなく、江田知代だったってことですか」

片芝は答えなかった。視線を宙に向け、手にしている百円ライターを、コツコツとテーブルにぶつけている。否定しないことが、肯定を意味していた。

由美はテーブルに肘を載せ、顔の前で手を組んだ。

消費者金融の返済に困った江田知代は、どこからか金を捻出しようと思案した。そのときになにかで、婚活サイトの存在を知った。婚活サイトには、女との出会いを求める男がたくさんいる。彼らは、歳、生活環境、職業など、属性は千差万別だろう。様々な男がいるが、ひとつ言えることは、そのなかに必ず、金を持っている男がいるということだ。

婚活サイトに登録すれば、金を持っている男と知り合える。上手くやれば、男から金をせしめることができる。だが、知代はすでに結婚している。上質な――つまり金を持っていて真剣に結婚を考えている男がいる――サイトほど、身元のチェックは厳格だ。

そのとき知代の頭に、ある人物の顔がくっきりと浮かんだ。

円藤冬香――姉だ。

姉は独身だ。姉の名前を使えば、婚活サイトに登録できる。姉と自分は一卵性双生児のように瓜二つとまではいかないが、顔立ちは似ている。円藤冬香として婚活サイトに登録し、冬香として男に会い、冬香として男から金を引き出す。姉になりすませば、男を騙せる。そう考えた知代は、姉の身分証明を使い、円藤冬香の名前と住所で婚活サイトに登録した。

「江田知代は、円藤冬香として男たちに近づき、結婚の二文字をちらつかせて金を無心していた……」

由美の推論を、片芝が引き継いだ。

「しばらくの間は、知代の思惑どおり姉にも知られず、男たちを騙していられた。だが、なにかのきっかけで、姉は妹が自分の名を騙り、男たちから金を引き出していることを知った。男側からのコンタクトでばれたのか、なにかしらの理由で知代自身が姉に打ち明けたのかはわからない。まあ俺は、男たちから結婚するか金を返済するかの選択を迫られた知代が、姉にすべてを打ち明けて泣きついた、というあたりが真相だと思うがな」

由美も片芝の意見に同意した。頭の中でさらなる推論を組み立てる。

知代は自分が姉に成りすましていることを知られないよう、男たちに対していろいろと手を打っていたはずだ。たとえば、近所や家の者に付き合っていることはまだ秘密にしてあるから、登録している住所には来ないでくれとか、電話は携帯しか教えないとか、姉へ連絡がいかないように画策していたはずだ。姉が事実を知ったとすれば、やはり本人の口から聞いた可能性が高い。

男たちからは、金の返済か結婚かを迫られる。消費者金融からは借金の取り立ての連絡がひっきりなしに入る。追いつめられた江田知代は、姉にすべてを打ち明けて、詫びながら助けを求める。

妹の汚行を知った姉は、驚きはしたが妹を咎めなかった。口にすることすら忌まわしい人生を共に生き抜いてきた妹を救うために、妹の策略に加担した。

男を自然死に見せかけて殺す計画を持ちかけたのは、姉の方かもしれない。介護の仕事をしている姉ならば、心臓に負担をかける薬や、服用すれば意識を失うほど強い睡眠剤も手に入れることは可能だ。

円藤冬香は妹に、男たちを殺せと命じた。

万が一、男たちの死に不審な点が見つかった場合、真っ先に疑われるのは男たちと交際していたことになっている姉だ。知代は抵抗したかもしれない。だが、冬香は妹を説得する。あなたが男たちを殺す時間、自分は完璧なアリバイを作る。男たちの死亡推定時刻にアリバイがあれば、警察は自分を逮捕することはできない。あなたと私を繋ぐ線はなにもない。だって、私たちは表向き、赤の他人なんだから。

おそらくそんなやり取りが、姉妹の間に交わされたのだろう。

由美は自分の推論を片芝にぶつけた。

片芝は肯き、言葉を引き継いだ。

「そして、他人として生きてきた姉妹は、アリバイ工作をして男たちを殺した」

片芝はテーブルにぶつけていたライターを手に持つと、煙草に火をつけた。

「海谷の話だと、警察もお前さんの推察と同じ考えのようだ。いまごろ、捜査本部は知代に任意同行を求めているはずだ」

「いま、ですか」

片芝は煙を吐き出し、肯いた。

「海谷の話によると、知代に任同をかけることは、昨夜の捜査会議で決定したらしい。さすがに保秘の立場があるから、それ以上の詳しいことは教えてくれなかったが」

いきなり、片芝のシャツのポケットから、携帯の震える音が聞こえた。電話に出た片芝は短い相槌を何度か打ち、わかった、と言うと電話を切った。

「察回りの担当から連絡があった。いま、知代が捜査本部のある所轄に入ったそうだ」

由美の脳裏に、江田知代の自宅が浮かんだ。鎌倉の一等地にある瀟洒な家に、私服警官が覆面パトカーで乗り付け、玄関のインターホンを鳴らす光景を想像する。

突然現れた見知らぬ男たちが警察だと知って、知代はどうしたのだろう。任意での同行を拒否し抵抗を見せたのか、それとも観念して、大人しく覆面パトカーに乗り込んだのか。

由美は目を伏せた。

「彼女はこのまま、逮捕されるんでしょうか」

たぶんな、と片芝は答えた。

「引っ張った以上、大人しく帰すはずがない。まずは被害者男性から金を騙し取った詐欺容疑で、明日あたり逮捕状を取り身柄を押さえるつもりだろう。朝刊の見出しはひとまず、〝婚活サイト男性連続不審死事件の重要参考人、事情聴取〟だ」

ついに来るべき時が来た。

参考人の段階では、氏名は公表されない。だが、それも時間の問題だ。長期戦と思われていた事件が急展開を見せた以上、週刊誌やマスコミは飛びつくだろう。参考人がどのような人物か調べあげ、こぞって記事にするはずだ。しかも逮捕が明らかになれば、当然、実名報道に切り替わる。

――沢越冬香の、江田知代としての人生が終わる。

片芝は煙草を灰皿で揉み消すと、上着を手に取り立ち上がった。

「俺はこれから社に戻る。また動きがあったら連絡する」

立ち去ろうとした片芝は、なにかに気づいたようにふと足を止めて、由美を振り返った。

「海谷から伝言だ。身柄を押さえた段階で、ゴーサインだとよ」

海谷は、自分がゴーサインを出すまで、江田知代と円藤冬香の繋がりは記事にしないでくれ、と言っていた。

「お前さんが探し出したネタだ。気張って書けよ」

片芝は伝票を持った手を軽くあげると、レジに向かった。


千葉から東京に戻った由美は、栄公ビルディングの六階にある編集部に入った。

間もなく夜の七時になる。一般企業ならば、残業する者を除き多くの社員は退社している時間だ。だが夜型の編集部は、慌ただしく動いていた。

自分の席に着くと、後ろから声をかけられた。振り返ると編集長の康子が立っていた。次号に掲載する予定の原稿のゲラだろう。大量のコピーを胸に抱きかかえている。

「どう、調子は」

訊ねられた由美は、椅子ごと後ろを振り返ると、まずまずね、と曖昧な返事をした。

康子が訊ねている調子というのが、由美の担当する「現代のヒューマンファイル」の進捗状況を指していることはわかっていた。編集長である康子には、事件の詳細を話さなければいけない。そうはわかっていても、あまりに急な展開で由美の中でまだ消化できていなかった。

「わかってると思うけど、そろそろ締め切りよ。下書きでもいいから目を通しておきたいんだけど」

企画が通っても、それが掲載になるという保証はない。採用するかボツにするかの決定権は編集長にある。

「わかってる」

由美はぎこちない笑みを返した。

康子は、お願いね、と言い残し自分の席へ戻っていく。

由美は椅子の向きを元に戻すと、パソコンを立ち上げた。ネットを開き、ホームに設定しているニュースサイトを表示する。

トピックスの項目に、江田知代の記事が載っていた。見出しは『婚活サイト男性連続不審死事件に、新たな参考人が浮上』というものだった。名前こそ出てはいないが、鎌倉に住む三十八歳の女性、という情報が出ている。

由美はパソコンに保存していた、円藤冬香の画像を開いた。整った美しい顔が画面に現れる。改めてそのつもりで見ると、目元や口のあたりが、江田知代と似ている。

自分の推論に間違いはないはずだ。事件が解明された暁には、週刊誌や新聞に『男たちを手玉に取り、共謀して殺害した鬼畜姉妹』『血も凍る殺人狂姉妹』などという、おどろおどろしい見出しが躍るだろう。

たしかにふたりは複数の男を殺害した犯罪者だ。断罪されて然るべきだろう。だが、由美の胸のなかには、殺人者に対する怒りより、やるせなさが溢れていた。

なにも知らない者が見れば、円藤冬香は容姿に恵まれた幸せ者、江田知代は裕福な家庭の専業主婦と映るだろう。しかし現実は違う。ふたりは親から愛されず、血反吐を吐く思いで生き延びてきた。それゆえ人の道を踏み外してしまった、不遇の人間だ。

由美は組んだ手を額に当てて顔を伏せた。どうしてこんなことになってしまったのだろう。彼女たちを誰か助けてくれなかったのだろうか。いや、救おうとした人間はいた。与野井や古森だ。虐待する父親から子供を守るために、戸籍を改竄し別人に仕立て上げた。だが結果はどうだ。ふたりは複数の男を手にかけた、殺人犯になってしまった。

結局、誰も彼女たちを救えなかったのだ。国も、自治体も、福祉も、身近にいた人間も。

──どうすれば彼女たちは救われたのだろう。

答えが見いだせず、由美はパソコンの画面を見つめ続けた。

友宏を仕事へ送り出すと、あなたはリビングのソファに腰を下ろした。

見るともなしに、窓の外へ目を向ける。間もなく冬を迎える空は、鈍色に染まっていた。

──お姉ちゃん、いつ帰ってくるんやろう。

薄暗い空を見ながら、あなたはぼんやりと思った。

姉が逮捕されてから、二週間が過ぎた。姉は、もし自分が逮捕されても心配しなくていい、長くても三週間で帰ってくる、と言っていた。三週間——正確に言えば二十三日間が、取り調べの許された勾留期限らしい。

あなたは毎日、「帰って来たよ」という姉からの電話を待っていた。今日か、明日か、明後日だろうか、といつも考えている。

あなたは目を瞑り、首を振った。

大丈夫。なにも不安に思うことはない。どんなに遅くても、あと一週間もすれば姉は帰ってくる。いままで姉が、自分に嘘をついたことはない。

心の中で言い聞かせると、朝食の片付けをするため、あなたはソファから立ち上がった。

流しに立ち水道の蛇口を捻ったとき、玄関のチャイムが鳴った。

こんな朝早く誰だろう。友宏が忘れものでもして戻ってきたのだろうか。

あなたは水を止めると、玄関へ向かった。

玄関の扉を開ける。ドアの先に見知らぬ男がふたり立っていた。ひとりは四十代、もうひとりは二十代後半の歳かっこうだった。

男はふたりともスーツ姿だ。服装だけ見れば、セールスマンの類に思えなくもない。だが、ふたりの男は資料が入ったアタッシェケースも持っていなければ、営業用の笑みも浮かべていなかった。

前に立っていた年嵩の男が、あなたに訊ねた。

「江田知代さん、ですね」

男の険しい口調に、あなたは身構えた。

いったい、この男たちは何者なのだろう。朝早くやってきて、いきなり名前を確認するなんて失礼だ。

あなたはふたりを交互に見やると、あからさまに不機嫌な声音で訊ねた。

「どちらさまですか」

中年の男は背広の内ポケットから、二つ折りになった手帳のようなものを取り出した。開いてあなたの顔の前にかざす。

「千葉県警の者です。ひと月ほど前、見星山の山中から遺体で発見された佐藤孝行さんに関して、お話を伺いたいのですが、我々と一緒に署まで同行願えませんか」

──警察。

あなたは動揺した。

なぜ、警察が自分のところへやってきたのだろう。ひと月前に殺した男との接点は、見つかるはずがないのに。もしかして姉が、警察にすべてを話したのだろうか。まさか
──あり得ない。

足元から震えが這いあがり、汗がどっと噴き出した。身体は冷えているのに、顔が異様に熱い。

姉はなにも心配ない、と言った。自分が捕まってもあなたのところに警察が行くことはない、と断言した。それなのに、どうしてここに刑事が来るのか。

叫び出しそうになる恐怖を、あなたは必死で嚙み殺した。

「いったいなんのことか、私にはわかりません。どうかお引き取りください」

絞り出すように言うと、玄関のドアを閉めようとした。若い刑事は素早くドアを摑むと、玄関に身体を滑り込ませた。背後から覗き込むように、中年の刑事が言った。

「お時間はとらせません。お願いします」

懇願ではない。命令だった。有無を言わさぬ強い口調と、すべてを見抜いているかのような突き刺す視線に、全身が総毛立つ。

刑事から逃れるように、あなたは後ろへ退いた。あなたが退いた分、刑事が玄関の中へ入ってくる。

後ずさるあなたの足が、上り框に閊えた。もうあとがない。あなたは刑事を見ながら、いやいやをするように首を振った。

「私はなにも知りません。佐藤って誰ですか。そんな人、会ったこともありません。警察になんか行きません」

刑事は引き下がらなかった。間合いを詰めて、さらに迫る。

「そのあたりのことは、警察で伺います。外に車を用意してあります。家に施錠をして、大人しく車に乗ってください」

あなたの息が乱れる。息苦しそうに喘ぎ、歯ががちがちと音を立てる。様子がおかしいと気づいたのだろう。中年の刑事はあなたの肩に手をかけて、下から顔を覗き込んだ。

「大丈夫ですか。どこか、気分が悪いですか」

「触らないで」

あなたは刑事の手を叩き払った。

「私に、触らないで！」

親の仇でも見るかのようなあなたの凄まじい形相に、刑事たちは一瞬ひるんだ。

あなたは自分自身を抱えるように身体に腕を回すと、目を伏せて震え出した。

「お姉ちゃん……」

あなたは吐息のような声で、姉を呼んだ。抑揚のないか細い声音で、言葉を続ける。

「お姉ちゃん、いつになったら帰ってくるの。怖い人が家にやってきたの。お姉ちゃんは私に、なんにも心配ない、冬香は私が守るって、言ってくれたやろ。ねえ、お姉ちゃん。私、どうしたらいいの。怖い……お姉ちゃん、怖い。助けて。怖い、怖い……」

錯乱状態でつぶやくあなたに、中年の刑事はただならぬ気配を感じたのだろう。ドアを手で支える若い刑事に、何事か指示を出した。震えたまま立ちつくすあなたの耳に、ふたりの会話が途切れ途切れに聞こえてくる。錯乱、病院、救急車……。

あなたの脳裏に、幼い頃、車中にひとり取り残された嵐の日が、鮮明に蘇ってくる。

車の窓ガラスに叩きつける横殴りの雨。怪物の唸り声のような風の音。血に染まったカッター。姉を恐ろしい形相で睨みつけている男。

あなたのなかに、恐怖が込み上げてくる。あの日、姉は男の脚を傷つけ車を飛び出したまま、帰ってこなかった。そのあと自分は警官を名乗る男に病院へ連れて行かれ、そのまま姉とは会えなくなった。

あのときと同じように、また、自分はひとりになるのだろうか。再び、男に怯える地獄のような日々に戻るのだろうか。

「いや――」

声が咽喉から零れる。あなたは震えながら叫んだ。

「いやや！ お姉ちゃん、怖い。助けて、助けて！」

あなたは思い切り声を張り上げると、意識を失いその場に倒れた。

「おい！ 大丈夫か、おい！」

中年の刑事が、玄関に倒れたあなたを抱き起こそうと手を伸ばした。

私は、その手を強く振り払った。

「この子に触るな！」

中年の刑事は、顔色を変えて手を引いた。

私はゆっくり身を起こすと、刑事を睨みつけた。

おそらくこの刑事たちは、どこからか円藤冬香とこの子の繋がりを探し出し、ふたりが姉妹だという確証を持ってやって来たはずだ。姉妹だと知られてしまった以上、もう逃れることはできない。ふたりが共犯して男たちを殺した事実を、警察は立証する。

私は宙を仰ぐと、唇を噛んだ。

あのときのミスだ。練炭を使って男を殺したとき、誤って車のキーを持ち帰ってしまった。たったひとつのミスが、すべてを台無しにしたのだ。

「おい、君……」

中年の刑事が、恐る恐る私に声をかけた。

私は刑事をねめつけた。

「お前たちは、この子を責めるのか」

私は刑事たちに吐き捨てた。

「お前らに、なにがわかるっていうんだ！　この子がどんな思いで生き延びてきたか、考えたこともないくせに！」

ふたりは声を失っている。

私は詰め寄った。

「母親を知らず、父親からは殴られ蹴られ、この子はいつも怯えて生きてきたんだよ。ゴミ溜めみたいなワゴン車の中で、年がら年中、腹を空かせてさ。姉貴と生き別れたあと養護施設に保護されたけど、また父親の元へ戻された。そのときだけ、親父は優しかった。この子は思った。もしかしたら、まともな暮らしができるかもしれない、って」

私は両手の拳を、強く握りしめた。

「わずかな希望を抱いたこの子に、父親はなにをしたと思う。もっとも残酷な方法で、この子の希望を打ち砕いたんだ。父親は、この子を犯したんだ！」

私は顔を伏せると、あなたの身体を抱きしめた。

「この子が父親にしたことは正当防衛だ。あいつを殺さなければ、この子は壊れてしまっていた。抜けがらになって、死人同然の暮らしを送るしかなかったんだ！」

刑事たちは目を見開いたまま、私を凝視している。

私は顔をあげると、刑事たちに訴えた。

「この子と姉貴はね、ふたりだけで生きてきたんだ。誰もこの子たちを、助けてくれなかった。警察も役所も、救ってくれなかった。誰も守ってくれないなら、自分で自分を守るしかないだろ。そうしなければ、この子たちは生きてこられなかった。必死に生き延びてきたふたりを、誰が咎められるっていうんだ！」

私が叫び終えたとき、リビングから軽やかなメロディが聞こえた。時を知らせる電子時計の音だ。

その音で我に返ったのか、放心したように立ちつくしていた中年の刑事が表情を引き締めた。刑事は警戒を怠らない目で私を見ると、威圧するような声で言った。

「とにかく、一度、署に来ていただきます」

さあ、と言いながら、刑事は足を前に踏み出した。力ずくでも連れて行く、そんな顔だった。

　私はとっさに、下駄箱の上にある花瓶を摑み、刑事に向かって投げつけた。刑事は素早く身をかわした。花瓶は後ろにいた若い刑事の胸元にあたり、下に落ちて粉々に割れた。

「この子は連れて行かせない。私が守る！」

　私は玄関の靴や壁にかかっている絵を、手当たり次第に投げつけた。

「やめろ、やめるんだ！」

　中年の刑事が、腕で身をかばいながら叫ぶ。それでも私はやめなかった。投げるものがなくなると、拳を振りあげて刑事に殴りかかった。

「この子は悪くない！　生きようとしただけだ！」

　叫びながら、刑事に拳を振り下ろす。だが、振り下ろした拳は刑事の顔面には当たらなかった。刑事は素早い動きで身をかわすと、私の手首を摑み、羽交い絞めにした。

「くそっ、離せ。離せえ！」

　刑事から逃れるために、私は激しく身をよじった。しかし、刑事は私の手首をがっしりと摑み、離さなかった。それでも暴れる私に、中年の刑事は叫んだ。

「大人しくしろ。ひとりでなにを言っているんだ！」

　――ひとり。

　刑事の言葉が、耳の奥でこだまする。

私はゆっくりとあたりを見回した。玄関には二人の刑事と、私しかいなかった。

頭の中で、突然、あなたの声がした。

『もういい。ここまでよ。逃れられない』

私はあなたに語りかけた。

『あなたはなにも悪くない。あなたも姉も、必死に生きようとしただけだ。だから私は、あなたに手を貸した。あなたが可哀想だったから私は――』

私の言葉を遮るように、あなたは言った。

『もういい。もう終わり』

目頭が熱くなる。

『それでいいの？　こんな終わり方で、あなたはいいの？』

あなたが悲しげに微笑む気配がした。

『これでやっと、本当の姉妹としてお姉ちゃんに会える』

身体から力が抜けた。

身をふたつに折り、玄関に膝をつく。

「君、大丈夫か！　おい、すぐに救急車を呼べ！」

刑事の声が、次第に遠のいていく。周りの景色も、霧がかかったように薄れた。

消えゆく意識の中で、あなたの声がした。

『いままで、ありがとう――』

あなたのなかから、私が消えた。

終章

千葉駅構内のドトールは、昼時を過ぎたというのに混み合っていた。時間つぶしの営業マンや、電車待ちの乗客で席はほとんど埋まっている。

店の一角に設置されている喫煙ルームで由美は、片芝と海谷に会っていた。

コーヒーを飲んでいた由美は、海谷の言葉に目を見開いた。

「多重人格障害？」

テーブルの向かいに座っている海谷が肯（うなず）いた。

「いまは、解離性同一性障害と呼ばれています。症状は様々で、わずかな時間記憶を喪失するという軽度なものから、自分の中に多数の人格が存在する重いものまであるそうです」

千葉の山中で、佐藤孝行の遺体が発見されてから、およそひと月が経つ。遺体発見から二週間後に円藤冬香——沢越早紀が結婚詐欺容疑で逮捕され、その十二日後、いまから三日前に沢越早紀の妹である江田知代——沢越冬香が、婚活サイトに登録していた複数の男性殺害に関与した疑いで千葉県警から任意同行を求められた。

海谷の話によると、沢越冬香は、現在、千葉県警本部に勾留（こうりゅう）されている。千葉県警の捜査員が取り調べを行ったところ、沢越冬香に精神疾患の傾向が見られたため、千葉大学附属病院で簡易精神鑑定を受けた。診断の結果は、解離性同一性障害の疑いが濃厚とのことだった。

「沢越冬香の症状は重いんですか」

由美は海谷に訊ねた。海谷はコーヒーを啜ると、はい、と答えた。

「いま、本格的な精神鑑定を行っているんですが、彼女のなかにはもうひとりの人格が存在しているそうです」

昔、なにかで読んだことがある。幼少期や児童期に、苛めや虐待などによる強い精神的ストレスを受けると起きる可能性がある病気だったはずだ。自分では受け止めきれない強いストレスを受けた子供は、本人格の精神が崩壊することを防ぐために、自分の中に別の人格を形成する。自己を守るための防衛本能だ。

「じゃあ、沢越冬香は婚活サイトで知り合った男性たちの殺害を、認めていないんですか」

海谷は冷えた手を温めるように、コーヒーが入っているマグカップを両手で包みながら首を振った。

「いえ、取り調べに当たっている刑事の話では、沢越冬香は自分が男たちを殺したと認める供述をしているそうです。でも、取り調べや診察の合間に、別の交代人格がときどき現れて、本人を擁護するそうです」

由美は手にしていたマグカップをテーブルに置くと、目を伏せた。

「ふたりは、これからどうなるんでしょう」

由美の言葉に、海谷の隣で煙草を吸っていた片芝が答えた。

「円藤冬香——沢越早紀に関しては、結婚詐欺での起訴は見送りだそうだ。男を騙していたのは妹の方なんだから、そりゃそうだろう。だが、犯人隠匿は免れない。殺人罪に関してもアリバイ工作や殺害に使われた薬や練炭を手配していたことから、共犯および証拠隠滅の容疑で再逮捕されるはずだ」

続く言葉を、海谷が引き継いだ。

「一般的に主犯より共犯の方が罪が軽いけれど、複数の男性を殺害しているとなると、共犯とはいえ軽くはすみませんね。長期の実刑は確実でしょう」

「妹の沢越冬香は、どのような罪に問われるんですか」

由美の問いに海谷は腕を組むと、ううん、と唸った。

「精神鑑定の結果がでないことにはなんともいえません。責任能力あり、となれば死刑もしくは無期。精神疾患が認められれば、刑法三十九条が用いられるかもしれません」

刑法三十九条とは、心神喪失者の行為は罰しない、もしくはその刑を軽減するといったものだったはずだ。

「沢越冬香は罰せられない、ということですか」

沢越姉妹の生い立ちを思うと、憐情を抱かずにはいられない。だが、殺された男たちの遺族からすれば、沢越姉妹がどのような環境で生きてきたかなど関係ない。身内を殺した憎い犯人だ。裁判で刑法三十九条により被告人は罰せられないとの判決が出たら、どれほど怒り、法の理不尽さを呪うだろう。

片芝は煙草の灰を、灰皿に落とした。

「法律上、科刑はないかもしれないが、おそらく沢越冬香は一生、医療刑務所で過ごすことになるだろう。刑法犯という烙印は押されないが、結果的には同じだ。一生、法の監視下に置かれ、鉄格子の中で過ごす」

でも、と隣から海谷が口を挟んだ。

「仮に責任能力ありとなっても、生い立ちを考慮した情状酌量はあるんじゃないですかね」

片芝は煙を上に向かって大きく吐き出すと、凝りをほぐすように首をぐるりと回した。

「そこは弁護士次第だろうな。やり手の弁護士がつけば、大幅な減刑もあり得るかもしれん」

由美は唇を嚙んだ。

どのような理由があったとしても、人の命を奪った罪は重い。殺人行為は決して許されるものではない。

――でも。

由美はぽつりとつぶやいた。

「どうすれば、彼女たちを救うことができたんでしょうか」

片芝と海谷が、少し驚いたような顔で由美を見た。由美はカップを包んでいる手に力を込めた。

「事件が起きたのは現在です。でも、事件の根幹は彼女たちの過去にある。誰かが彼女たちを父親から……過酷な生活から助け出していたら、今回の事件は起きなかった。そう思うんです」

なんと答えていいのか困っているのだろう。海谷は縋るような目で片芝を見た。由美と海谷から視線を向けられた片芝は、難題を突きつけられた学生のような面持ちで、椅子の背にもたれた。

「さあな。事件なんてのは、常に不条理なもんだ。あのときこうしていたら、とか、あのときああしていたら、なんて仮定を言ったってしょうがない。起きちまったことは、起きちまったんだ。なかったことにはできない」

隣で海谷が、賛同するように肯いた。

由美は膝頭を強く握りしめた。

片芝の言うとおり、過去は変わらない。いくら時間を巻き戻したいと思っても、過ぎた時間は戻らない。沢越姉妹が罪を犯した事実は消えないし、殺された男たちが生き返ることはない。しかしだからといって、この事件を不条理のひと言で片付けてしまうには、あまりに悲しすぎる。

三人のテーブルに、沈黙が広がる。

片芝が遠くを見やりながら、ぽつりとつぶやいた。

「共依存」

由美と海谷は片芝を見た。

「前に、共依存関係にある夫婦が起こした事件を担当したことがあってな。ふと、そのことを思い出した」

その事件は、アルコール依存症の夫からDVを受けていた妻が、夫から包丁で刺されたというものだった。

妻は夫に殴られるたびに、警察に相談に来ていた。担当した刑事は、夫に注意を促し、妻には離縁するように勧めたが、妻は夫と別れなかった。逆に夫に執着した。暴力は次第にエスカレートし、ついに傷害事件が起きた。

「どうしてもっと早くに夫から逃げなかったのか、と妻に訊ねると、自分がいなくなったら夫はますますだめになるから、と答えた。自分の命を危険にさらしてまで、暴力に耐えるなんてのは正気の沙汰じゃない」

その夫婦に、姉に救いを求める江田知代と自分の身を滅ぼしてまでも妹を助けようとする円藤冬香の姿が重なる、と片芝は言った。

「一見、助け合っているように見えるが、現実はそうじゃない。共倒れの坂を転がり落ちているだけだ」

「その後、その夫婦はどうなったんですか」

海谷が訊ねる。別れた、と片芝は答えた。

「事件のあと、ふたりとも精神科に通院し、一年後に離婚した。夫は酒をやめてまともに働きはじめ、妻は別の土地に引っ越した。それぞれ、自分の人生を歩いている」

由美は唇を噛むと、膝の上の手を握りしめた。

人はひとりでは生きられない。誰かに助けられ、誰かを支えながら生きている。が、その前提には自分という人間の確立が必要だ。自立の上にこそ、確とした人間関係は成り立つ、そう強く思う。

片芝は吸いかけの煙草を灰皿に揉み消し、頭を掻いた。

「さっきも言ったとおり、事件なんてのはどうしようもない理不尽の連続の上に起こるもんだ。過去は変えられない。だが、先のことは誰にもわからん。まだ裁判もはじまってないし、判決も出ていない。だが、あの姉妹が重い罪に問われることに間違いはない。長い刑務所暮らしになる」

だがな、と片芝は、由美を真正面から見た。

「ひとつ言えることは、あの姉妹の本当の人生はこれからはじまるってことだ。何者にも怯えることなく、やっと自分の名前で生きていけるんだ。ふたりの罪は重い。極刑や無期でもおかしくない。だが、姉妹の生い立ちが考慮され、情状酌量による減刑を受けるかもしれない。俺の経験上、その可能性は高いと思う。そうなって、姉妹が十年で刑務所を出てきたと仮定してみろ」

由美は頭の中で計算した。いま、姉は四十三歳、妹は三十八歳だ。十年後は、五十三歳と四十八歳。

――まだ、やり直す時間は残っている。

心に圧し掛かっていた重さが、わずかながら軽くなったような気がする。

由美は勢いよく椅子から立ち上がると、隣の席に置いていたバッグを持った。

「もう行くんですか」

海谷が訊ねた。まだコーヒーが半分ほど残っている。由美はバッグを肩にかけながら答えた。

「原稿の締め切りまで時間がないので」

片芝が、ああ、と納得した声を漏らした。

「円藤冬香のヒューマンドキュメントか」

由美は肯く。

「私、彼女と妹の半生を辿りながら、児童虐待防止法のあり方について書いてみようと思います」

海谷が、へえ、と感心したように声を漏らす。

由美は今回の事件をきっかけに、児童虐待防止法制度や児童福祉法について調べた。身体的虐待に加えて、ネグレクトや心理的虐待など相談件数は年々増えている。国や地域が連携を結んで被害を食い止めようとしているけれど、親権問題や養護施設の不足、児童相談所の体制の脆弱さなど様々な壁があり、子供たちを守りきれていないのが現状だ。

「児童福祉の現場には見えない障壁があるという事実を、記事を通して訴えたいと思います」

「虐げられている子供たちをきっちり保護しろよ、って国や自治体のケツをひっぱたくのか」

片芝がからかうように言う。由美は真面目な顔で肯いた。

「国や自治体が、ふたりを守りきれていたら、きっと今回の事件はなかったはずです。今回の事件は彼女たちだけの問題じゃない。いま、こうしている間にも、ふたりのように辛い思いをして苦しんでいる子供たちがたくさんいます。彼ら、彼女らを守らなければいけません。そのためにペンをとります」

青臭い感情だと思ったのだろう。片芝は乱暴に脚を組むと、自虐の言葉を吐いた。

「ペンがどれだけの力を持ってるってんだ」

由美はふっと口元を緩めた。

「どのくらいの力があるかはわからないけれど、無力じゃないことは、片芝さんならよくご存じのはずです」

片芝は言葉に詰まった。片芝さんの負けだ——ジャッジするように海谷が笑った。

由美は腕時計を見た。午後三時半。急いで社に戻り原稿に取りかからなければ、締め切りに間に合わなくなる。

「失礼します」

由美は自分の分のコーヒー代をテーブルに置くと、頭を下げた。

出口へ向かう由美の背に、海谷の声がした。

「そのうち一杯やりましょう！」

由美は振り返り、微笑みながら片手をあげた。

社に戻ると、由美は原稿のたたき台を急いで仕上げ、島の上席に座っている康子に渡した。

隣の給湯室でコーヒーを淹れ自分の席に戻り、本原稿に取りかかろうとパソコンの画面を開いたとき、康子が慌てた様子で由美の席へやってきた。康子は由美の前に立ちはだかると、先ほど由美が書いたたたき台を鼻先に突きつけた。

「これ、ここに書かれていることは本当なの」

車中練炭死亡事件の容疑者円藤冬香に実妹がいて、ふたりが共謀して複数の男性を殺害したとする内容のことだ。

由美は、婚活サイト連続死に関わっているとされる沢越姉妹の生い立ちと、ふたりが男たちを殺害した経緯を伝え、いま社会問題にもなっている児童虐待の現状と福祉の問題点を取り上げたい、と説明した。

康子は難しい顔で、たたき台の原稿を食い入るように見ている。このネタは絶対記事にしたい。だが、採用するかボツにするかは編集長である康子の気持ちひとつだ。由美は康子の顔色を見ながら訊ねた。

「だめ、かな」

康子は原稿から顔をあげると、輝いた目で由美を見た。

「まあまあね。それも、とびっきりのまあまあ！」

康子は由美の肩を摑み、頰が紅潮した顔を近づけた。

「これ、倍の分量ですぐ原稿にして。トップに持ってくるから」

トップ、巻頭だ。由美の胸が高鳴る。

由美は大きく肯くと、原稿に取りかかろうとした。が、康子は、ちょっと待って、と由美を止めた。

「これ、連載にしよう。そうね、六回……いや、十回の長期連載でいこう。まとまったら、書籍化する。そのつもりで書いて」

単発の予定だった特集記事が連載になる。しかも、終了した暁には一冊の本にまとまる。取材原稿を書く者にとって、自分の原稿が一回きりの読み捨て記事ではなく、長く読み継がれる書籍になるのはこのうえない喜びだ。

「これはいい原稿になる。反響も大きいはず。気張って書いてよ！」

康子は由美の肩を叩くと、自分の席へ戻っていく。

由美は胸の鼓動を落ち着かせるために深呼吸をすると、パソコンに向かった。

原稿の出だしの文章は、すでに決まっていた。

――蟻の菜園。

今日、片芝から、共依存という言葉を聞いたときから決めていた。

南米に「蟻の菜園」と呼ばれる、蟻と植物の共依存によって成り立っている事象がある。蟻は地上ではなく樹木の上に巣を作り、その巣に数種類の着生植物が生える。蟻たちは着生した植物の果実を食料にし、植物は蟻の廃棄物を栄養源にして生きている。どちらが欠けても生きてはいけない。自分が存在するために相手の存在を必要とする事象に、沢越早紀と沢越冬香が重なった。

いつか、彼女たちが過去を乗り越え、それぞれの力で生きていけるよう心から願う。

由美は気を引き締めると、キーボードを打ちはじめた。

解説

西上心太

テレビのワイドショーが大賑わいになるセンセーショナルな事件は数多い。芸能人や有名人の不倫騒動などは毎年のように世間を騒がせている。これが殺人など凶悪犯罪がからんだ事件の場合は新聞の社会面でも報じられるので、より影響は大きい。この数十年でもマスコミが狂奔したさまざまな事件が起きた。ロス疑惑の銃弾事件、連続幼女誘拐殺人事件、和歌山毒物入りカレー事件、酒鬼薔薇事件……。

扇情的な報道はもうたくさんだと思っていても、自然と目や耳に入ってきて閉口する方も多いだろう。最近——といっても十年経つのだが、大騒ぎになったのが首都圏連続不審死事件だろう。練炭を使った一酸化炭素中毒による「自殺」事件の捜査がきっかけとなり、Kという女性が浮かび上がる。やがてKと関係した複数の男性が不審死を遂げていたことも。しかも多額の現金もKに貢がれていた。Kは殺人容疑などで起訴され、裁判は最高裁まで争われたがついに死刑判決が確定した。

この事件は作家による裁判傍聴記をはじめ、事件を扱った出版物が何冊も出ているし、さらにK自身が拘置所で書いたとされる自伝的小説まで出ているのだから驚きである

（本書と同じ版元である。さすがK書店！）。

　本書はその事件に触発されて書かれたと思われる作品である。とはいえ作者はいま注目の柚月裕子だ。単なるキワモノで終わるはずがない。

〈車中練炭死亡事件　結婚詐欺容疑で四十三歳女逮捕　複数の男性殺害に関与か〉

　フリーライターの今林由美はネットで見たトップニュースに釘付けになる。逮捕されたのは千葉県在住の介護福祉士・円藤冬香という女性だった。車中で亡くなった男性に自殺する理由がなく、車のキーも見あたらなかったため警察が捜査に乗り出したところ、男性の口座から五百万円が冬香の口座に振り込まれていたことが判明した。しかも冬香は複数の男性と交際しており、その内の何人かは不審死を遂げていたのだ。

　だが冬香の写真を見た由美は目を瞠ってしまう。彼女は誰もが認める美貌の持ち主だったのだ。これほどの魅力を持った女性なら異性に不自由はしないだろう。金が必要ならいくらでも稼げそうだ。そんな女性がなぜ結婚詐欺に手を染めたのか。

　由美はこの事件を追うことを決意する。伝手を頼ってたどりついたのが千葉県の地方紙記者の片芝敬だった。男性が死亡した時には冬香には完全なアリバイがあり、金の使途も不明であった。しかも冬香の住まいは古い木造のアパートで、贅沢な暮らしとは無縁であり、男関係など共犯者の影も見あたらなかった。

　由美は片芝から得た情報をもとに、冬香と関わりのある人たちに聞き込みを続けて行く。すると報道とは違う冬香の顔が見えてくる。男を騙し、金だけでなく命まで奪った人間とは思えなくなってきたのだ。ようやく得たわずかな手がかりから、由美は冬香の過去を追って北陸に足を延ばす。

柚月裕子の代表作『盤上の向日葵』(二〇一七年、中央公論新社)を読んだ時、松本清張の『砂の器』へのオマージュが濃いと思ったのだが、本作もそうであったことに遅ればせながら気がついた。冬香が働く介護施設で、北陸地方出身の老女と意思の疎通がはかれたことや、学生時代にある方言を口にしたという情報から、由美は彼女の原点が北陸の地にあることに気づくのだ。そして第二章では時代が過去に遡り、北陸のある地を舞台にした物語が展開していく。『砂の器』もまたある地方の方言が捜査進展の鍵になるのは有名だ。

本書は由美の調査を追っていく現在のパート(奇数章)と、過去のパート(主に偶数章)が交互に配置された構成を取っているのが特徴だ。現在と過去を行き来する構成が本書の魅力の第一である。

過去のパートでは親からの暴力とネグレクトを受ける姉妹が登場するのだが、彼女たちが現在のパートとどのように繋がっていくのか、二重三重に仕掛けられた作者の罠をかいくぐって真相にたどりつくのは至難の業であるだろう。しかも第四章では滅多にない二人称を使用した「語り」を使用しているので注目だ。「あなた」と呼びかける人物は誰なのか。それも本書の謎の一つである。

第二の魅力が主人公の今林由美の造形である。彼女は四十歳半ば。中堅出版社の栄公出版社に編集者として勤めたが、結婚を機に退職した。だが三十歳を目前にして夫と離婚。昔の伝手で栄公出版社のニュース週刊誌を主戦場に、フリーライターとして活動している。同誌の編集長は同期の長谷川康子である。二人の境遇は二十年近くの間に大きく変わってしまった。康子に比べ半分以下の年収、長いローンが続くマンション……。離婚以降は異性とのつきあいもなく、注文を受けた目の前の仕事を追い続ける毎日。そんな境遇であるからこそ、由美は円藤冬香が起こしたとされる事件に、より興味を覚えたのであろう。

柚月裕子は俳優の上川隆也との対談で、女性より男性の方が書きやすいと語っている（「小説 野性時代」二〇一九年三月号所収）が、それは女性を描くと精彩を欠くということではない。由美が女性であるからこそ、冬香の事件に挑む必然性がある。本書はそのことが読者に伝わるようにきっちりと書かれている。

柚月作品の魅力のひとつは、「昭和の香り」がするところにある。これは『盤上の向日葵』や『孤狼の血』（二〇一五年、KADOKAWA→角川文庫）を読めば一目瞭然。本書に登場する新聞記者片芝敬も昭和の臭いがプンプンだ。傍若無人な態度で、酒好きのチェーンスモーカー。ただしプロ意識は高い職人気質。由美は片芝に取材協力を依頼した電話口で次のような啖呵を切る。

「十の事実があっても新聞には一しか載りません。でも、残りの九にこそ、当事者にしかわからない真実があると思います。私はその九を記事にしたいんです」

この言葉が偏屈な片芝を動かし、彼のフォローもあって由美は過去にあった事実から「九の真実」を探り出すことに成功するのだ。

つぶしが利かず、焦燥を内に秘めた中年女性フリーライター、筆舌に尽くし難い過去を持つ女性たち。本書は立場こそ違え女性性を持つ両者が、過去と現在を通じて見え交錯する物語である。柚月裕子が社会に消費され尽くした現実の事件をどのように料理したか。本書を読めば、その手並みの鮮やかさにきっと驚かされるに違いない。

本書は、二〇一五年八月に宝島社文庫より刊行されました。

この物語はフィクションです。実在の個人・団体とはいっさい
関係ありません。

蟻の菜園

—アントガーデン—

柚月裕子

令和元年 6月25日 初版発行
令和7年 6月5日 20版発行

発行者●山下直久

発行●株式会社KADOKAWA
〒102-8177 東京都千代田区富士見2-13-3
電話 0570-002-301(ナビダイヤル)

角川文庫 21624

印刷所●株式会社KADOKAWA
製本所●株式会社KADOKAWA

表紙画●和田三造

◎本書の無断複製(コピー、スキャン、デジタル化等)並びに無断複製物の譲渡および配信は、著作権法上での例外を除き禁じられています。また、本書を代行業者等の第三者に依頼して複製する行為は、たとえ個人や家庭内での利用であっても一切認められておりません。
◎定価はカバーに表示してあります。

●お問い合わせ
https://www.kadokawa.co.jp/(「お問い合わせ」へお進みください)
※内容によっては、お答えできない場合があります。
※サポートは日本国内のみとさせていただきます。
※Japanese text only

©Yuko Yuzuki 2014, 2015, 2019 Printed in Japan
ISBN 978-4-04-106661-4 C0193

◆◇◇

角川文庫発刊に際して

角川源義

第二次世界大戦の敗北は、軍事力の敗北であった以上に、私たちの若い文化力の敗退であった。私たちの文化が戦争に対して如何に無力であり、単なるあだ花に過ぎなかったかを、私たちは身を以て体験し痛感した。西洋近代文化の摂取にとって、明治以後八十年の歳月は決して短かすぎたとは言えない。にもかかわらず、近代文化の伝統を確立し、自由な批判と柔軟な良識に富む文化層として自らを形成することに私たちは失敗して来た。そしてこれは、各層への文化の普及滲透を任務とする出版人の責任でもあった。

一九四五年以来、私たちは再び振出しに戻り、第一歩から踏み出すことを余儀なくされた。これは大きな不幸ではあるが、反面、これまでの混沌・未熟・歪曲の中にあった我が国の文化に秩序と確たる基礎を齎らすためには絶好の機会でもある。角川書店は、このような祖国の文化的危機にあたり、微力をも顧みず再建の礎石たるべき抱負と決意とをもって出発したが、ここに創立以来の念願を果すべく角川文庫を発刊する。これまで刊行されたあらゆる全集叢書文庫類の長所と短所とを検討し、古今東西の不朽の典籍を、良心的編集のもとに、廉価に、そして書架にふさわしい美本として、多くのひとびとに提供しようとする。しかし私たちは徒らに百科全書的な知識のジレッタントを作ることを目的とせず、あくまで祖国の文化に秩序と再建への道を示し、この文庫を角川書店の栄ある事業として、今後永久に継続発展せしめ、学芸と教養との殿堂として大成せんことを期したい。多くの読書子の愛情ある忠言と支持とによって、この希望と抱負とを完遂せしめられんことを願う。

一九四九年五月三日

角川文庫ベストセラー

孤狼(ころう)の血 柚月裕子

広島県内の所轄署に配属された新人の日岡はマル暴刑事・大上とコンビを組み金融会社社員失踪事件を追う。やがて複雑に絡み合う陰謀が明らかになっていき……男たちの生き様を克明に描いた、圧巻の警察小説。

最後の証人 柚月裕子

弁護士・佐方貞人がホテル刺殺事件を担当することに。被告人の有罪が濃厚だと思われたが、佐方は事件の裏に隠された真相を手繰り寄せていく。やがて7年前に起きたある交通事故との関連が明らかになり……。

検事の本懐 柚月裕子

連続放火事件に隠された真実を追究する「樹を見る」、東京地検特捜部を舞台にした「拳を握る」ほか、正義感あふれる執念の検事・佐方貞人が活躍する、司法ミステリ第2弾。第15回大藪春彦賞受賞作。

検事の死命 柚月裕子

電車内で痴漢を働いたとして会社員が現行犯逮捕された。容疑者は県内有数の資産家一族の婿だった。担当検事・佐方貞人に対し不起訴にするよう圧力がかかるが……。正義感あふれる男の執念を描いた、傑作ミステリー。

眠たい奴ら 新装版 大沢在昌

破門寸前の経済やくざ高見は逃げ込んだ温泉街で警察嫌いの刑事月岡と出会う。同じ女に惚れた2人は、政治家、観光業者を巻き込む巨大宗教団体の跡目争いの渦中へ……はぐれ者コンビによる一気読みサスペンス。

角川文庫ベストセラー

冬の保安官　新装版　大沢在昌

ある過去を持ち、今は別荘地の保安管理人をする男。冬の静かな別荘で出会ったのは、拳銃を持った少女だった（表題作）。大沢人気シリーズの登場人物達が夢の共演を果たす「再会の街角」を含む極上の短編集。

ジャングルの儀式　新装版　大沢在昌

ハワイから日本へ来た青年・桐生傀の目的は一つ、父を殺した花木達治への復讐。赤いジャガーを操る美女に導かれ花木を見つけた傀は、権力に守られた真の敵を知り、戦いという名のジャングルに身を投じる！

夏からの長い旅　新装版　大沢在昌

充実した仕事、付き合いたての恋人・久邇子との甘い逢瀬……工業デザイナー・木島の平和な日々は、放火事件を皮切りに、何者かによって壊され始めた。一体誰が、なぜ？　全ての鍵は、1枚の写真にあった。

ドミノ　恩田　陸

一億の契約書を待つ生保会社のオフィス。下剤を盛られた子役の麻里花。推理力を競い合う大学生。別れを画策する青年実業家。昼下がりの東京駅、見知らぬ者同士がすれ違うその一瞬、運命のドミノが倒れてゆく！

ユージニア　恩田　陸

あの夏、白い百日紅の記憶。死の使いは、静かに街を滅ぼした。旧家で起きた、大量毒殺事件。未解決となったあの事件、真相はいったいどこにあったのだろうか。数々の証言で浮かび上がる、犯人の像は――。

角川文庫ベストセラー

チョコレートコスモス　恩田　陸

無名劇団に現れた一人の少女。天性の勘で役を演じる飛鳥の才能は周囲を圧倒する。いっぽう若き女優響子は、とある舞台への出演を切望していた。開催された奇妙なオーディション、二つの才能がぶつかりあう！

軌跡　今野　敏

目黒の商店街付近で起きた難解な殺人事件に、大島刑事と湯島刑事、そして心理調査官の島崎が挑む。（「老婆心」より）警察小説からアクション小説まで、文庫未収録作を厳選したオリジナル短編集。

熱波　今野　敏

内閣情報調査室の磯貝竜一は、米軍基地の全面撤去を前提にした都市計画が進む沖縄を訪れた。だがある日、磯貝は台湾マフィアに拉致されそうになる。政府と米軍をも巻き込む事態の行く末は？　長篇小説。

陰陽
鬼龍光一シリーズ　今野　敏

若い女性が都内各所で襲われ惨殺される事件が連続して発生。警視庁生活安全部の富野は、殺害現場で謎の男・鬼龍光一と出会う。祓師だという鬼龍に不審を抱く富野。だが、事件は常識では測れないものだった。

憑物
鬼龍光一シリーズ　今野　敏

渋谷のクラブで、15人の男女が互いに殺し合う異常な事件が起きた。さらに、同様の事件が続発するが、その現場には必ず六芒星のマークが残されていた……警視庁の富野と祓師の鬼龍が再び事件に挑む。

角川文庫ベストセラー

スリーパー　楡　周平

殺人罪で米国の刑務所に服役する由良は、任務と引き替えに出獄、CIAのスリーパー（秘密工作員）となる。海外で活動する由良のもとに、沖縄でのミサイルテロの情報が……著者渾身の国際謀略長編！

骨の記憶　楡　周平

貧しい家に生まれた一郎。集団就職のため東京に行った矢先、人違いで死亡記事が出てしまう。一郎は全てを捨てるため、焼死した他人に成り変わることに。運送業で成功するも、過去の呪縛から逃れられず──。

ドッグファイト　楡　周平

物流の雄、コンゴウ陸送経営企画部の郡司は、入社18年目にして営業部へ転属した。担当となったネット通販大手スイフトの合理的すぎる経営方針に反抗心を抱き、新企画を立ち上げ打倒スイフトへと動き出す。

天使の屍　貫井徳郎

14歳の息子が、突然、飛び降り自殺を遂げた。真相を追う父親の前に立ち塞がる《子供たちの論理》。14歳という年代特有の不安定な少年の心理、世代間の深い溝を鮮烈に描き出した異色ミステリ！

北天の馬たち　貫井徳郎

横浜・馬車道にある喫茶店「ペガサス」のマスター毅志は、2階に探偵事務所を開いた皆藤と山南の仕事を手伝うことに。しかし、付き合いを重ねるうちに、毅志は皆藤と山南に対してある疑問を抱いていく……。